음악가들이 그린 풍경

음악가들이 그린 풍경

초판 1쇄 인쇄일 2016년 6월 9일
초판 1쇄 발행일 2016년 6월 20일

지은이 최윤희
펴낸이 양옥매
디자인 최원용
교   정 조준경

펴낸곳 도서출판 책과나무
출판등록 제2012-000376
주소 서울시 마포구 방울내로 79 이노빌딩 302호
대표전화 02.372.1537 **팩스** 02.372.1538
이메일 booknamu2007@naver.com
홈페이지 www.booknamu.com
ISBN 979-11-5776-201-9(03670)

이 도서의 국립중앙도서관 출판시도서목록(CIP)은 서지정보유통지원 시스템
홈페이지(http://seoji.nl.go.kr)와 국가자료공동목록시스템
(http://www.nl.go.kr/kolisnet)에서 이용하실 수 있습니다.
(CIP제어번호 : CIP2016013773)

음악가들이 그린 풍경

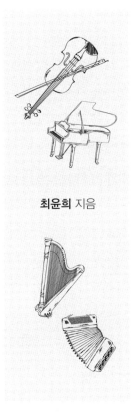

최윤희 지음

책과나무

머 · 리 · 말

　산업혁명과 교통수단의 발전으로 세계 여러 국가 사이의 거리가
좁아지면서 음악가들도 여행을 통해 다양한 풍물과 음악을 경험한
다. 이러한 경험은 작곡가들의 창작 활동에 큰 도움이 되었다. 특
히 이념의 차이, 독재정권에 대한 저항으로 외국에 체류할 수밖에
없었던 음악가들에게 고향에 대한 그리움은 음악적 영감靈感의 근
원이 되었다. 러시아 혁명으로 미국으로 망명한 라흐마니노프는 피
아니스트로서 세계적 명성을 얻었지만 고국에는 갈 수 없었고, 대
신 매년 유럽을 여행하면서 향수를 달랬다.

　나폴레옹이 엘바 섬에 유배된 후, 1814년 유럽 각국의 보수파 지
도자들이 빈에 모여 다시 세상을 옛날로 돌리기로 합의한다. 하지
만 변화를 거스르려는 지배자들과는 달리 이미 유럽에는 자유에 눈
뜬 사람들이 많았다. 그리고 강한 나라의 압박에 저항하는 민족주
의도 점점 강해지고 있었다.

　문화사적으로 보자면 이러한 배경을 지닌 시기는 낭만주의 시대

였다. 혁명의 열기와 함께 낭만주의의 기운이 유럽 전체에 흘러넘치던 시기였다. 그중 가장 두드러진 장르는 문학이었다. 하지만 보통 낭만주의라고 부르는 이 용어는 '르네상스,' '바로크,' '고전주의'처럼 음악에 적용하기에는 어려움이 따른다. 낭만주의가 음악사에서 의미하는 것이 무엇이냐고 할 때, 그것은 작곡가나 연주자 개인의 감정이 작품에서 가장 중요한 요소가 된 시대를 의미한다. 베토벤은 그의 〈전원 교향곡〉에서 '폭풍', '농부들의 춤' 같은 시각적 이미지를 회화적인 효과보다는 자신의 감정을 나타내려고 노력했다. 한 세기 전에는 모든 자연은 신神의 힘을 반영했다면, 낭만주의 시대에는 자연도 인간의 관점에서 해석되었다.

　낭만주의는 문학과 음악의 융합이 일어났던 시대의 주류 창작 흐름이다. 낭만주의 시詩를 가사로 삼은 가곡을 비롯해 표제음악이 중요한 장르로 등장했다. 슈베르트와 슈만은 연가곡에서 버림받은 나그네의 정처 없는 방황을 그리는가 하면 사랑하는 여인에게 사랑

을 표현했다. 산, 바다, 강, 각종 동물, 달빛, 소리 등은 작곡가들이 자주 음악으로 만든 소재였다. 계절의 변화는 비발디의 〈사계〉에서 필립 글래스의 〈미국의 사계〉에 이르기까지 수많은 음악가의 소재가 되었다. 파란만장한 삶을 산 바그너는 아내와 아들에게 아름다운 목가牧歌를 선물했다. 무소륵스키는 전람회에서 관람객의 느릿한 발걸음을 묘사하여 회화繪畫를 음악으로 만들었다. 드뷔시는 고전, 낭만주의 음악의 형식에서 벗어나 음을 통해 이미지를 감각적으로 표출하는 데 몰두했다.

작곡가들은 또한 자신의 민족 나름의 고유문화를 작품에 표현했다. 작곡가가 좋아하는 지역 또한 중요한 음악의 소재였다. 스메타나와 시벨리우스는 그들의 조국을 민족주의적 관점에서 노래했다. 차이콥스키는 이탈리아에 곡을 붙였고, 멘델스존은 스코틀랜드에 매료되어 핑갈의 동굴에 곡을 붙였다. 새뮤얼 바버는 〈현을 위한 아다지오〉를 통해 듣는 이에게 내면의 그림을 그릴 수 있는 기회를 제공한다.

이러한 19세기의 음악적 변화와는 거리를 두고 스페인은 본래의 음악에 충실했다. 스페인 작곡가들은 서정적이고, 인상주의적이며 낭만적인 선율을 강조하는 그네들의 전통적인 스타일에 바탕을 둔 곡을 써 나갔다. 프란시스코 타레가는 기타의 소리가 더욱 맑게 울려 퍼지고 울림이 풍부한 색채감을 줄 수 있도록 기타를 개량했다. 로드리고는 〈아랑후에스 협주곡〉을, 파야는 민족정신이 뚜렷하게 담겨 있는 〈스페인 정원〉 등 스페인의 생명력이 실린 곡들을 만들었다.

　이처럼 음악을 듣는 이는 그 음악을 들으며 그림을 그릴 수 있다. 당신도 이 책에서 만난 곡과 관련된 그림을 나름대로 그려 보시지 않겠습니까?

2016년 6월
최 윤 희

Contents

낭만주의는 문학과 음악의 융합이
일어났던 시대의 주류 창작 흐름이다
낭만주의 시詩를 가사로 삼은 가곡을 비롯해
표제음악이 중요한 장르로 등장했다

토마소 죠바니 알비노니

Tomaso
Giovanni
Albinoni

우리가 알비노니의 '아다지오 g단조'라고 알고 있는 〈현과 오르간을 위한 아다지오 Adagio for string and organ〉는 슬픈 아다지오 곡으로, 새뮤얼 바버(1910~1981)의 〈현을 위한 아다지오 Op.11〉와 늘 함께 꼽힌다. 하지만 이 곡이 지니는 슬픔은 바버의 곡이 지닌 슬픔과는 사뭇 느낌이 다르다. 알비노니의 아다지오가 애잔한 슬픔을 준다면 바버의 아다지오는 비장한 슬픔을 준다고 할까. 그래서인지 베트남 전쟁을 그린 올리버 스톤 감독의 「플래툰」에 바버의 아다지오가 삽입되었다. 바버의 아다지오에 대해서는 이 책 끝부분에서 좀 더 상세히 소개했다.

토마소 죠바니 알비노니Tomaso Giovanni Albinoni (1671~1751)

는 종이를 취급하는 부유한 상인의 아들로, 바로크 시대 후기를 대표하는 베네치아 출신의 작곡가이다. 같은 고향 출신인 비발디보다 일곱 살 위인데, 음악을 직업으로 삼은 비발디와는 달리 예술이나 학문을 취미 삼아 하는 사람(dilettante)으로서 일생을 보냈다. 알비노니는 평생 50여 곡의 오페라와 40여 곡의 칸타타, 64곡의 협주곡과 8곡의 신포니아, 97곡의 소나타 등을 작곡했다. 당시 베네치아는 이탈리아 오페라 공연이 활발한 곳이었고, 알비노니도 오페라 작곡가로서 이름을 떨쳤다. 하지만 오늘날엔 〈오보에 협주곡 d단조〉와 같은 기악곡 작곡가로 더 알려져 있다. 알비노니가 유명해진 것은 '아다지오 g단조' 덕분이다. 그런데 유명해진 것이 이제 겨우 60여 년밖에 안 된다. 이러한 사정에는 '아다지오 g단조'를 둘러싼 오해와 진실 그리고 감동적인 실화가 있다. 최근에 이 곡은 알비노니가 아니라 이 곡을 처음 발견했다고 주장한 이탈리아의 바로크 연구가 레모 지아초토가 자작한 곡으로 추정되고 있다.

현과 오르간을 위한
아다지오 g단조

이탈리아의 작곡가인 레모 지아초토Remo Giazotto (1910~1998)는 알비노니의 생애와 음악을 연구하는 음악학자이기도 했다. 2차 세계대전이 끝난 1945년 여름, 그는 그해 2월과 3월 동안 미국과 영국 공군의 폭격으로 폐허가 된 독일 드레스덴 시의 색슨주립도서관을 찾았다. 그는 그 도서관에 방치된 서류 더미에서 악보를 하나 발견했다. 지아초토는 이 악보가 1708년경 작곡되었다고 알려졌을 뿐 실체가 확인되지 않았던 알비노니의 〈교회 소나타 Op.4〉의 일부분이라고 결론 내렸다. 그러나 이 작은 부분만으로 소나타 전체를 복원할 수는 없었다. 지아초토는 아예 이 짧은 선율을 바탕으로 알비노니에게 바치는 새로운 작품을 쓰기로 작정했다. 이렇게 해서 〈현과 오르간을 위한 아다지오 g단조〉가 탄생했다.

알비노니의 〈아다지오 g단조〉는 이탈리아 밀라노의 리코르디 출판사가 1958년 출판하자마자 유명해져 많은 사람들에게 인기를 얻었다. 그런데 이상한 일이다. 알비노니는 원래 후기 바로크 시대 사람으로서 이 사람의 작품이 1958년에야 발표되었다니, 이게 무슨 일인가.

앞에서 이야기했듯이 이 곡은 레모 지아초토가 알비노니의 미완성 스케치를 발견하여 이를 바탕으로 수정, 보완하여 발표한다. 이 작품은 타인을 속인 가짜였다.

〈아다지오 g단조〉는 그 뒤로 다시 사례를 찾아보기 어려울 만큼 어마어마한 성공을 거두었다. 시장에서의 성공을 겨냥하여 꾸며낸 것이기는 하지만 곡 자체는 많은 사람들의 마음을 움직일 만큼 아름답다.

그로부터 30여 년이 지난 1992년, 보스니아 내전[1]이 일어나 전쟁으로 상처받고 굶주린 사람들이 빵을 받기 위하여 사라예보의 한 제과점 앞에 길게 줄 서 있었다. 그런데 갑자기 포탄 하나가 사람들 가운데로 떨어져 22명이 그 자리에서 사망하였다. 다음 날, 처참해진 그 거리에 한 사내가 첼로를 들고 나타났다. 사라예보 오페라단의 첼리스트 베드란 스마일로비치(1956~　)였다. 그가 연주를 시작한 곡은 장엄하면서도 애절한 〈아다지오 g단조〉였다.

　당시 다른 사람들과 마찬가지로 하루하루를 고단하게 살아가고 있었던 그는 죽음의 현장을 목격하고는 차마 견딜 수가 없어서 오후 4시 정각이면 하루도 빠짐없이 그 현장에서 사망한 숫자 만큼인 22일 동안 연주를 하였다. 모여든 시민들은 포탄을 피해 몸을 숨긴 채 그의 연주를 들었다. 화염에 싸인 전쟁터가 장엄한 레퀴엠이 울리는 연주회장이 된 것이다. 그의 연주가 알려지면서 미국의 반전 가수 조앤 바에즈, 비평가 수전 손탁 등이 사라예보를 방문했고, 이들의 행보는 국제사회의 보스니아 내전 개입을 끌어내는 계기가 됐다.

　신문을 통해서 이 소식을 전해 들은 영국의 작곡가 데이비드 와일드는 스마일로비치에 대한 존경을 담아 또 하나의 슬픈 음악 〈사라예보의 첼리스트〉를 작곡했다. 전쟁으로 죽음을 당한 사람들을 위로하고 전쟁으로 인한 고통에 신음하던 사람들에게 희망을 전해 준

---

1) 보스니아 내전은 구 유고슬라비아 연방이 1991년 분리되는 과정에서 세르비아계 주민들이 보스니아 헤르체고비나 공화국의 수도인 사라예보를 공격하면서 시작돼 3년 5개월간 지속됐다. 내전 과정에서 세르비아계는 이슬람교도들과 크로아티아인들에 대한 끔찍한 '인종 청소'를 자행해 국제적인 공분을 샀다.

합주 협주곡형식의 곡이다. 이 곡은 단조의 애잔하고 다소 어두운 그림자를 드리우고 있지만, 오보에 특유의 음색으로 마치 화려한 풍경을 보는 듯한 느낌을 준다.

1994년 영국 맨체스터에서 열린 국제 첼로 페스티벌에서 요요마가 연주한 곡이 바로 〈사라예보의 첼리스트〉였다. 연주를 마친 뒤 요요마는 청중석에 있는 누군가에게 손짓을 했고, 무대에 올라온 그와 팔을 내밀어 반갑게 껴안았다. 길게 자란 머리와 턱수염 사이로 주름진 얼굴이 보였고 눈에서는 끊임없이 눈물이 흐르는 그는 베드란 스마일로비치였다. 무대 중앙에 선 두 사람은 그렇게 껴안고 울고 있었다.

가짜 얘기를 하나 더 해 보자. 모차르트의 바이올린협주곡 '아델라이데'는 오랫동안 묻혀 있었는데, 1932년 마리우스 카사데우스가 우연히 발견하여 세계 음악계에 화제를 불러일으킨 명곡으로 천재 예후디 메뉴인에 의해 초연되었다. 모차르트가 10살 때 아버지에게 이끌려 연주 여행을 하던 당시 베르사유 궁전에서 루이 15세의 딸 아델라이데 공작부인 앞에서 써냈다는 일화가 전해지는 곡이다. 하지만 이 작품은 1933년 바이올리니스트 카사데우스가 만들어서 모차르트의 것으로 발표한 위작僞作으로서 쾨헬번호 책에는 Anh.294a(Anh.는 Anhang의 줄인 표기로서 작품목록이 작성된 뒤에 추가된 작품임을 가리킴)로 적혀 있다. 카사데우스는 음반 저작권을 더 유지하기 위해 1977년에 스스로 이 사실을 밝혔다고 한다.

02

안토니오 비발디

Antonio
Vivaldi

뛰어난 바이올리니스트였던 아버지와 마찬가지로 안토니오 비발디Antonio Vivaldi (1678~1741)는 그의 머리카락이 불그레하여 '빨간 머리의 사제司祭'라는 별명을 얻었다.

안토니오는 베네치아에서 태어났다. 그의 아버지인 조반니 바티스타 비발디는 산마르코 대성당의 바이올리니스트였다. 그는 아버지로부터 바이올린을 배웠다. 원래 비발디의 가문은 3대 음악가문이다. 어린 안토니오에게는 만성적인 천식이 있었지만, 이 병으로 바이올린 연주와 작곡에 대한 그의 의지가 꺾이지는 않았다. 비발디 어머니는 아들에게 어릴 때 세례를 받게 했는데, 그 이유는 아마도 아들의 건강을 고려해서 또는 그 당시 베네치아를 뒤흔든 지진 때문인 것으로 추정된다. 그는 성직자가 되기 위해 15세부터 공부하여 25세가 되던 1703년 가톨릭 사제로 임명되었다.

안토니오는 사제로 임명된 후 산 피에타 성당에서 일했다. 하지만 건강이 나빠 사제의 중요한 임무인 미사를 집전할 수 없었다. 태어날 때부터 앓아 왔던 천식이 원인이었다. 사제의 임무로부터 해방된 비발디는 1703년 피에타 고아원의 교사가 되었다.

당시 베네치아 공국에는 교회가 후원하는 네 개의 국립 고아원이 있었는데, 그중 하나가 피에타 고아원이다. 안토니오는 이곳에서 음악교사로 고아들을 가르치는 한편 소녀들로 구성된 악단을 지도했다. 당시 베네치아에는 버려지는 고아와 사생아가 많았다. 안토니오는 1740년까지 그곳에서 바이올린을 가르치는 한편 다양한 곡을 작곡했다. 그는 기악 작품만 해도 400편을 넘게 작곡했다. 그의 곡들은 협주곡 양식의 확립에 큰 영향을 미쳤으며, 그중에서도 〈사계The four seasons〉는 독주협주곡의 효시라 할 수 있다.

비발디는 독일의 대음악가 바흐에게도 큰 영향을 미친 인물이다. 특히 협주곡 장르에서 많은 작품을 남겼다. 그는 빠른 1악장과 느린 2악장, 그리고 다시 빨라지는 3악장의 구성으로 '협주곡의 전형'을 확립했다는 음악사적 평가를 받는다.

비발디는 한때 베네치아를 들끓게 한 스캔들의 주인공이 된다. 비발디는 보기 드문 빨간 머리와 사제라는 신분에 적합하지 않은 튀는 행동 때문에 비난을 받기도 했다. 머리 색깔만큼 자유분방한 생활로 자신의 악단에 소속된 고아들과 애정행각을 벌인다는 이른바 '비발디 스캔들,'에 휩싸이기도 했다. 특히 피에타 고아소녀학교 출신 메조소프라노 안나 지로와의 금지된 사랑 때문에 오페라 상연이 전면 금지되고, 결국 베네치아에서 추방된 그는 빈에서 초라하게 객사했다. 당연히 비발디의 사후 그의 작품들 대부분은 사람들의 기억에서 잊혀 간다. 작곡가로서의 비발디는 그렇게 오랫동안 잊혔다가 제2차 세계대전 이후 바로크 작품의 재조명으로 다시금 주목받게 되었다.

사계

계절의 변화는 음악으로 묘사해 내기에 가장 적합한 테마로 인식되어 왔고, 바로크 시대부터 현대에 이르기까지 많은 작곡가들이 이 소재를 음악화하려는 노력을 기울여 왔다.

이 작품의 매력이라면 역시 귀에 쏙 들어오는 발랄한 리듬과 상큼한 선율일 것이다. 첫 번째 협주곡 '봄'을 시작하는 밝고 명랑한 멜로디나 '겨울' 협주곡 2악장의 친근하고 편안한 선율을 사랑하지 않을 사람이 있을까. 사계절의 특성을 하나의 바이올린으로 표현한 점도 재미있지만, 이 음악 속에서 들려오는 각각의 소리에 어떤 의미가 부여되고 있다는 것은 참으로 매력적인 일이다. 이 곡은 비발디가 1723년에 그를 후원하던 백작에게 헌정한 작품이다.

오늘날 비발디의 〈사계〉가 마치 고전음악의 대명사처럼 되었지만, 비발디가 세상을 떠난 후에도 대중적으로 유명했던 것은 아니다. 어떤 작곡가의 곡이 많은 사람의 사랑을 받게 되기까지는 곡 자체가 좋아 듣는 이에게 감명을 주어야 할 뿐 아니라 명연주자들이 연주를 해야 하고 음반사들이 상업적인 성공을 거두어야 한다. 비발디의 〈사계〉가 지금처럼 대중화되는 데는 이 무지치I Musici의 역할이 컸다.

1952년은 바로크 음악의 리바이벌로 인해 유럽 대륙은 음악적으로 흥분에 들뜨고 있던 시기였다. 로마의 산타 체칠리아 음악원을 갓 졸업한 12명의 젊은 음악가들은 'I Musici(음악가들)'란 이름으로 새 악단을 결성했다. 1명의 쳄발로를 전공한 여학생과 11명의 현악기를 전공한 남학생들은 바로크식 음악을 표방했다. 그때까지 고전과 낭만의 영향으로 인해 숨을 죽이고 있던 바로크 음악에 새 호흡을 불어넣은 것이다. 이들의 고유 레퍼토리라면 뭐니 뭐니 해도 비발디의 〈사계〉다. 현대인들에게 〈사계〉는 이 무지치 때문에 유명해졌고, 이 무지치는 〈사계〉 때문에 유명해졌다고 보아도 무방하다. 20세기 중반 유럽을 강타했던 바로크 음악은 20세기 말에 다시 원전악기 연주에 의한 고전음악의 부활로 인해 다시 세인들의 관심을 끌었다.

그로부터 60년이 지난 오늘날에도 이 무지치는 여전히 비발디의 〈사계〉를 연주하고 있다. 그간 모든 멤버들은 새로이 교체되었고 7명의 악장을 거치며 그 스타일도 변화했다. 이 무지치의 단원이 되는 전통은 두 가지다. 그들의 2세가 대를 물려서 악기를 이어받는 경우와 걸출한 재능이 있는 젊은 연주가가 참여하는 경우다.

사계는 비발디의 바이올린 협주곡 중에 한국인이 가장 사랑하는 곡으로서 원래 열두 곡이 포함된 〈화성과 창의의 시도〉로 암스테르담에서 출판되었으나 사계절을 묘사한 첫 네 곡이 자주 연주되면서 현재와 같이 따로 분리되어 〈사계〉로 불리게 되었다. 각 곡은 3악장으로 구성되어 있고 빠른 악장들 사이에 느린 악장이 하나씩 끼어 있다. 그리고 곡에는 '봄', '여름', '가을', '겨울'이라는 부제가 붙어 있다.

〈사계〉의 음악사적 가치는 여러 면에서 평가되고 있다. 본격적인 표제음악[2]이자 묘사음악이고, 근대적인 독주 협주곡의 효시이다. 각 협주곡의 첫머리에는 각 계절을 나타내는 소네토[3]가 붙어 있다. 소네토 외에도 새의 울음소리, 나뭇잎의 속삭임, 짖는 개 등이 묘사된 부분을 자상하게도 악보에 표시해 주고 있어 추상적 표제음악이 아닌 구체적 묘사음악으로 만들어 냈다.

각각 음악의 유형은 다르지만 사계를 주제로 곡을 쓴 작곡가는 비발디 말고도 하이든, 글라즈노프, 피아솔라, 차이콥스키 등을 들 수

---

2) 표제음악은 순수하게 음의 구성에만 관심을 갖는 이른바 절대음악의 반대 개념이다. 낭만주의 음악의 중요한 특징 중의 하나는 시, 연극, 소설, 그림 같은 다른 장르와의 통합을 시도한다는 점이다. 이럴 경우 작곡가는 작품에 제목을 붙이고, 때로는 자신의 의도를 구체적으로 나타내는 주석을 첨가하기도 한다. 이렇게 제목이 있는 음악을 '표제음악'이라고 한다.
3) 르네상스 시대의 이탈리아에서 유행했던 14행의 시.

있다. 음악으로 겨울을 표현한 작곡가들 중 비발디 외에도 작품의 배경이 크리스마스와 겨울인 푸치니의 〈라 보엠〉, 뮐러의 24편 연작 시를 바탕으로 작곡한 슈베르트의 〈겨울 나그네〉, 쇼팽의 〈연습곡 Op.25-11〉 '겨울바람', 슈만의 〈어린이 정경〉 중 '난롯가에서', 러시아의 겨울을 음악으로 표현한 차이콥스키 〈사계〉 중 '1월'과 고국의 자연을 표현한 〈교향곡 제1번〉에 붙은 '겨울의 꿈'이 있다.

2010년 초연된 필립 글래스의 〈미국의 사계〉는 비발디의 〈사계〉로부터 아이디어를 가져온 것이다. 그러나 글래스는 선배 작곡가와 달리 계절을 지정하지 않았다. 어느 악장이 어느 계절을 나타내는지에 대한 해석의 자유를 듣는 이에게 맡겼다.

여기서 비발디가 활동하던 바로크 시대를 생각해 보자. 바로크 시기는 예술뿐 아니라 모든 분야에 치장을 하던 시대다. 집, 가구, 심지어 의상에도 장식이 유행했다. 옷에 레이스가 달린 것도 이 시대부터다.

바로크Baroque라는 말은 폴투갈어로 '찌그러진 진주'라는 뜻을 지닌 바로코barroco에서 유래된 것이다. 18세기 중엽보다 새롭고 단순한 양식을 선호하던 비평가들이 이 용어를 음악과 미술에서 처음으로 사용하였는데, 그때는 경멸하는 의미로 썼다. 1920년대 이후 음악사가들은 17세기에서 18세기 중엽의 음악에서 과장된 장식, 표현에 대한 집착 등을 발견하게 되었고, 1950년에 이르러서는 바로크라는 용어가 1600년부터 대략 1750년까지의 시기를 일컫는 이름으로 불리게 되었다.

하지만 중세의 음악은 르네상스를 거치면서 악보가 보급되었으며, 신을 위한 음악에서 인간을 위한 음악으로 그 범위가 넓어지고 여러 작곡가들이 이론적인 체계를 세웠다. 기악곡도 성악곡을 보조하는 역할에서 독립해 발전하게 되었다. 이러한 영향으로 바로크 시대는 역사상 최고의 음악적 황금기를 맞게 된다.

바로크 시대에 이르러서는 일종의 후원제도가 생겼는데 그것은 음악의 발전에 큰 역할을 하게 된다. 귀족들은 자신의 명예와 부를 과시하기 위해 유명한 음악가들을 고용하거나 후견인이 되었다. 그들은 세를 과시하기 위해 대곡이나 화려한 곡들을 주문하고 작곡가들은 그에 보답했다. 바로크 시대에 활동한 작곡가로는 비발디를 위시하여, 스카를라티, 요한 제바스티안 바흐, 헨델, 라모 등을 들 수 있다.

베르디나 푸치니 공연에 익숙한 오늘날의 오페라 관객이 당시 바로크 오페라의 공연 현장을 상상하기란 쉬운 일이 아니다. 오페라 역사의 초기에 해당하는 오페라를 안다는 것은 단순히 그 시대의 작곡된 음악을 들어 본다는 뜻이 아니라 그 시대에 살던 사람들의 사고방식과 삶의 현실을 체험한다는 의미이기 때문이다. 예를 들면, 1700년의 경우 오페라 관객들은 스토리의 인과관계나 등장인물의 심리상태에 거의 관심이 없었다. 중요한 것은 목소리의 아름다움과 기교 그리고 정형화된 방식을 따르는 연기였다.

03

요한 제바스티안 바흐

Johann
Sebastian
Bach

18세기 독일, 제후들은 대단한 음악 애호가였고 수많은 궁정 악단을 운영했다. 하지만 당시 음악가의 사회적 지위는 매우 낮았다. 그들이 받은 대우는 잡일을 하는 인부, 문지기, 요리사와 다르지 않았다. 음악 천재인 바흐도 이와 같은 운명에서 벗어나지 못했다. 그는 다음 세대 음악가인 모차르트나 베토벤처럼 살아 있을 때 명성을 누리지 못했을 뿐만 아니라 가족의 끼니를 해결하기 위해 부지런히 일해야 했다. 바흐는 평생 자녀 20명을 낳았는데, 그중 11명이 어린 나이에 세상을 떠났다. 또한 안타깝게도 자신의 음악을 알아주는 사람을 평생 만나지 못했다. 그를 마지막으로 고용한 라이프치히 교회는 원래 일류 음악가를 찾으려 했으나 마땅한 사람을 찾지 못해서 차선책으로 바흐를 택한 것이었다.

요한 제바스티안 바흐Johann Sebastian Bach (1685~1750)는 1685년 3월 21일, 독일 튀링겐주 아이제나흐에서 태어났다. 부친은 가풍에 따라 그에게 바이올린을 가르치고 음악의 기초를 배우게 했다. 10세 때 양친을 잃은 그는 형에게 의지하고 지내면서 그의 지도로 클라비어(피아노의 전신)를 배우기 시작했다. 바흐의 재능은 이 무렵부터 싹트기 시작하여 어려운 곡을 자유로이 연주해서 주위 사람들을 놀라게 했다고 한다. 그는 성악보다 기악 방면, 특히 오르간과 클라비어에 관심을 가졌고, 오르간에 대해서는 각별한 흥미를 보였다. 1707년에 윌하우젠의 블라지우스 교회당 오르간 주자로 봉사하고, 그 고장에서 육촌 누이동생 마리아 바르바라 바흐와 결혼했다.

그리스도교회에서는 모든 의식에 음악이 사용되었고 음악이 교회당의 성쇠를 좌우했기 때문에 교회의 오르간 주자라는 지위는 당시에는 매우 중요한 자리였다. 오르간 주자는 성가대의 지도와 지휘를 담당하고 예배 악곡을 작곡했다. 바흐가 수많은 예배 악곡을 남기게 된 것은 이러한 그의 직책과 신실한 신앙심에서 비롯된 것이다. 1708년 그는 바이마르로 옮겼는데, 당시 제1류의 오르가니스트로서 수많은 오르간 곡을 작곡해 냈다.

1717년, 그는 레오폴트 대공의 추천으로 쾨텐 궁정 예배당 관현악단의 악장으로 임명되었다. 당시 쾨텐 궁정이 칼빈파여서 복잡한 교회음악을 금지했다. 덕분에 바흐는 세속음악 작곡에 몰두했고,

그 결과 〈평균율 클라이버곡집〉, 〈브란덴부르크 협주곡〉, 〈관현악 모음곡〉 등 위대한 기악곡들이 세상에 나올 수 있었다.

바흐는 1723년 라이프치히의 토마스 쉴레의 합창장 및 시市의 두 교회악장으로 취임했다. 그의 이름은 점점 더 널리 알려져 먼 곳에서 배우러 오는 사람들이 끊이지 않았다.

1748년에 최후의 역작이라고 할 만한 〈푸가의 기법 BWV.1080〉[4]에 착수했지만, 그 무렵부터 지병인 안질이 악화되어 수술을 받았으나 그 후유증으로 1750년 7월 28일 65세의 나이로 세상을 떠났다.

바로크 시대의 교회음악은 로마 가톨릭교회의 성가대 중심의 전례음악과 프로테스탄트교회의 회중 중심의 찬송음악으로 구분할 수 있다. 양적으로나 질적으로 개신교 음악의 성장이 두드러졌는데, 음악과 말의 결합에 관심이 많은 당시 작곡가에겐 자신의 신앙심과 작곡능력을 함께 아우를 수 있는 좋은 기회였다. 이 가운데 가장 주목할 만한 형식이 칸타타였다.

'노래하다'는 뜻의 이탈리아어 칸타레cantare에서 유래한 칸타타 cantata는 17-18세기 바로크 시대에 성행한 성악곡의 한 형식이다.

---

4) 〈푸가의 기법 BWV.1080〉은 바흐가 작곡한 14곡의 푸가와 4곡의 카논으로 된 곡집이다. 푸가란 한 개의 성부가 주제를 나타내면서 다른 성부들이 차례로 이 주제를 모방하면서 전개되는 악곡 형식을 의미한다. 카논은 처음 주어진 선율이 일정한 시간이 지나 하나 또는 여러 성부에서 같은 음높이나 다른 음높이로 모방된다. 모방될 때 음의 길이는 그대로 또는 처음보다 긴 길이로 확대되거나, 본래보다 짧은 길이로 축소되어 나타난다. 선율적으로도 원래의 진행방향과 거꾸로 모방이 이루어지기도 하며, 음정은 불변이지만 반대방향으로 움직이거나, 동시에 나타나기도 한다.

독창, 중창, 합창과 기악반주로 이루어진 큰 규모의 성악곡으로, 가사의 내용에 따라 교회칸타타와 세속칸타타로 나뉜다. 우리에게 전해 오는 200여 곡의 교회칸타타는 바흐 종교음악의 핵심을 이룬다. 신앙고백을 담아낸 개인적 기록이라 할 수 있는 이들 작품에는 삶과 죽음에 대한 바흐 자신의 내면적 성찰과 자각이 투영되어 있다.

18세기 이후에는 모차르트, 베토벤, 브람스, 슈베르트, 랄프 본 윌리엄스(1872~1958) 등 많은 작곡가가 칸타타를 썼지만, 사실상 칸타타의 절정기는 바흐를 기점으로 막을 내렸다고 할 수 있다. 그러나 칸타타는 원형 그대로 혹은 변형을 거치며 오늘날까지 명맥을 유지하고 있다.

사냥 칸타타
BWV.208

평생을 궁정과 교회에서 음악 작업을 했던 바흐에게서 종교 음악이 많이 나온 것은 당연한 일이지만, 그도 사람인지라 신께 드리는 경배 음악 외에도 웃고 울고 화내는 '세상'의 음악이 필요했을 것이다. 평소 커피광이었던 바흐가 종교적 내용이 아닌 일반 삶의 모습을 그린 '세속 칸타타'를 구분해 〈커피 칸타타Coffee cantata BWV.211〉, 〈사냥 칸타타Hunting cantata BWV.208〉 등 20여 곡의 음악을 만든 건 바로 그런 이유에서일 것이다.

〈사냥 칸타타BWV.208〉는 작센의 바이센펠스 공작 크리스티안의 생일을 축하하기 위해 1713년 작곡된 초기 세속 칸타타다. 이 작품은 '나의 즐거움은 오직 사냥뿐'이라는 주제 아래 사냥의 수호신 다이아나, 그의 연인 엔디미온, 농경 동물들의 여신인 팬과 팔레스 같은 많은 가공인물들이 등장하는 일종의 전원곡이다. 이 중 아홉 번째 소프라노의 아리아 '양들은 평화로이 풀을 뜯고Sheep may safely graze.'가 특히 백미白眉로 꼽힌다. 선한 목자의 보호 아래서 양들은 평화로이 풀을 뜯는다는 내용의 이 아리아는 작센 공을 목자에 비유해 그의 선정善政을 찬양한 것으로, 20세기에 들어와서 영국에서 태어난 미국 작곡가 레오폴드 스토코프스키가 관현악곡으로 편곡해 더욱 유명해졌다.

바흐시대의 라이프치히에서는 커피를 마시는 것이 유행이었으며 오늘날과 마찬가지로 커피하우스와 카페가 번성했다. 사교장이나 문화공간으로서의 성격도 띠던 커피하우스에서 음악을 연주하는 경우가 있었는데, 커피에 중독된 딸과 아버지가 벌이는 승강이를 그린 〈커피 칸타타〉는 바흐가 지도했던 연주단체인 콜로기움 무지쿰이 지머만의 커피하우스에서 연주하기 위해 작곡한 것으로 추정된다. 한가로이 커피를 즐기는 곳에서 연주된 곡이다 보니 내용은 매우 유쾌하다. 이러한 칸타타는 대부분 종교칸타타와는 달리 결혼, 취임, 생일 등을 축하하거나 장례식 등의 행사를 위한 것이었다.

바이올린 협주곡
제2번

바흐의 〈바이올린 협주곡 제2번〉은 드물게 바흐 생존 시에도 가끔 연주된 곡이며, 오늘날에도 바흐의 작품 중에서 자주 연주되는 곡이다. 이 곡은 〈바이올린 협주곡 제1번〉과 함께 1717년에서 1723년까지 6년에 걸쳐 악장으로 근무했던 괴텐 시절에 작곡된 것으로 추정된다.

이 곡은 근대 바이올린 협주곡과 유사한 느낌을 준다. 특히 제2악장 아다지오에서 바이올린이 노래하듯이 아름답게 연주되는 부분이 유명하다. 침착하고 깊이가 있는 저음 위에 아름답게 피어나는 바이올린의 고음이 매혹적이다. 약간의 비통과 슬픔이 배어 있어 정신없이 돌아가는 일상에 지친 이를 위로해 주는 곡이라고 할 수 있다.

이 곡의 3악장은 1970년에 상영된 영화 「러브 스토리」에 나온 적이 있다. 에릭 시걸의 소설을 영화화한 작품으로, 부잣집 아들 올리버와 가난한 이민자 출신 제니퍼의 슬픈 사랑 이야기이다. 가족의 반대에도 두 사람은 결혼식을 올리지만, 제니퍼는 불치의 병으로 세상을 떠나고 만다. "나는 모차르트, 바흐, 비틀즈 그리고 너를 사랑해.", "사랑은 결코 미안하다고 말하는 게 아니야. Love means never having to say you're sorry." 등의 명대사가 나왔고, 주제곡 '러브 스토리'와 삽입곡 '눈 장난'이 크게 히트했었다. 음악을 전공한 여주인공 제니퍼가 동료 학생들과 함께 리허설 하는 장면에 나오는 곡이 바로 이 협주곡의 3악장이다.

04

프란츠 요제프 하이든

Franz
Joseph
Haydn

수레를 만드는 목수의 아들로 태어난 프란츠 요제프 하이든Franz Joseph Haydn (1732~1809)은 음악과는 거리가 먼 환경에서 자랐지만 어려서부터 음악적 재능을 보였다. 5세 때 초등학교 교장이자 교회음악가인 프랑크라는 사람에게 처음으로 음악수업을 받았다. 하이든은 17살에 변성기가 시작되면서 그가 노래 부르던 아동합창단을 그만두었다. 아동합창단을 나온 그는 빈에서 자유로운 생활을 했지만 불안정하고 빈곤한 생활이었다.

하이든은 떠돌아다니는 세레나데 악단의 단원이 되어 가난한 생활을 이어 갔다. 몇몇 동료 가난뱅이 음악가들과 남의 집 창밑에서 세레나데를 연주해 주고 동전 몇 푼 받아 오는 생활이었지만, 틈틈

이 음악 공부를 했다. 독학으로 작곡을 공부하는 한편, 음악 애호가인 귀족 튠 백작부인에게 하프시코드를 가르치기도 했다. 1755년 23세 때는 오스트리아의 귀족 퓌른베르크 남작 집안의 실내음악가로 일한 적도 있었다. 그러나 이때는 이미 그의 명성이 세계적으로 알려지게 되어 1791년과 1794년에는 영국으로 초청되는 등 외국여행도 잦아졌다.

18세기 후반 런던에서는 공연예술이 하나의 '산업'으로 자리 잡기 시작했다. 런던 상인들을 중심으로 한 신흥부르주아가 공연 예술의 새로운 수요층이 되었고, 음악회를 비롯해 인형극과 서커스 등이 도심 곳곳에서 열렸다. 이 무렵 이 흐름을 주도했던 흥행업자들이 등장했는데, 이 공연예술의 산업화는 파리를 비롯한 다른 도시에서도 진행되었지만 특히 런던에서 빠르게 성장했다.

그런 흥행업자 가운데 독일 출신인 요한 페터 잘로몬(1746~1815)이라는 사람이 있었다. 그는 바이올린 연주자였고 가끔 작곡도 하던 사람이었다. 하지만 연주나 작곡보다 장사에 수완이 있었던 것 같다. 그는 1781년 런던으로 건너와 연주회를 기획해 표를 팔기 시작했다. 작곡가 하이든을 런던으로 불러들인 사람이 바로 그였다. 당시 하이든은 에스테르하지 가문의 '하인 음악가'로 30년을 봉직하다 1790년 후작이 사망하자 자유의 몸이 된 상태였으므로 돈과 명예를 얻을 수 있었던 좋은 기회였다.

하이든은 1791년 새해 첫날 런던에 발을 내디뎠고 잘로몬의 요청에 따라 12곡의 교향곡을 작곡해 초연했다. 교향곡 93번부터 104번까지, 이른바 '잘로몬 교향곡' 혹은 '런던 교향곡'으로 불리는 일련의 작품들이다. 당시 하이든이 동원할 수 있는 재원은 가수 여섯 명, 오르가니스트 겸 합시코디스트 한 명, 바이올린 여섯 개, 첼로 한 개, 콘트라베이스 한 개, 플루트 한 개, 오보에 두 개, 바순 두 개, 호른 두 개가 모두였다. 그러니까 하이든의 방대한 작품 대부분은 이런 소규모 악단을 위해서 쓴 것이다.

1760년에 그는 후원자와 아내를 함께 얻었다. 하지만 아내는 하이든에게는 짐이었다. 한동안 하이든은 빈의 가발 제조업자인 요한 페터켈러의 젊고 매력적인 딸에게 구애를 했었으나 그녀가 거절하자, 1760년 홧김에 그의 언니를 선택하였다. 그런데 아내는 음악을 좋아하기는커녕 남편이 기껏 만들어 놓은 악보를 찢어서 머리 마는 종이로 쓸 정도였다. 하이든은 늘 미소 짓는 온화한 사람이라 웬만한 일에는 동요하지 않았다. 하이든은 모든 아내의 심술을 체념으로 견디어 냈다. 그리고 젊은 이탈리아 여가수인 루이지나 폴체리를 만나 서로 사랑을 하였으나, 결국 루이지나는 다른 남자와 결혼했고, 하이든은 여생을 홀로 마쳐야 했다.

하이든은 거의 독학으로 음악을 익힌 사람이다. 특히 교향곡이니 협주곡이니, 혹은 현악 4중주곡이니 하는, 오늘날 우리들이 말하는 근대적 의미를 지닌 여러 음악 양식을 처음으로 개척한 작곡가이다. 하이든은 현악합주에 금관과 목관을 더한 2관 편성을 즐겨 사용했는데, 이것이 뒤에 교향악단의 표준으로 자리 잡았다. '알레그로-아다지오-알레그로'의 세 악장으로 된 바로크 시대 합주 협주곡의 틀에 귀족 취향의 미뉴에트를 끼워 넣었고, 이것이 4악장으로 된 고전 교향곡의 기본 형식으로 정착되었다. 100곡이 넘는 교향곡을 작곡하여 '교향곡의 아버지'로 불리며, 150개의 관현악곡 외에 오라토리오와 오페라도 남겼다. 그렇다고 하이든이 교향곡을 발명한 것은 아니다. 20세기 초까지 작곡가들이 느슨하게 따랐던 전통적인 4악장을 만들어 내지도 않았다. 그러나 그가 작은 선율을 가져와 다양하게 변형하여 통일성 있는 틀을 만들어 내는 법을 보여준 것이다.

오라토리오 〈천지창조〉야말로 이 시절의 하이든을 대표하는 걸작이다. 그리고 또 하나의 걸작이 바로 요제프 에르되디 백작에게 헌정된 여섯 곡의 현악4중주였다. Op.76으로 기록되고 있는 바로 그 여섯 곡이다. 다시 말해, 이 여섯 곡의 현악4중주는 오라토리오 〈천지창조〉, 또 그보다 두 해 뒤에 작곡된 또 다른 오라토리오 〈사계〉와 더불어 말년의 하이든을 대표하는 음악이라고 할 수 있다.

그런데 하이든은 이 일련의 현악4중주를 작곡해 주는 대가로 에르되디 백작에게 얼마를 받았을까? 전하는 기록에 따르면 100두카텐이었다고 한다. 모차르트의 마지막 작품인 〈레퀴엠〉의 작곡료가 50두카텐이었다고 하는데, 그것도 당시로서는 매우 파격적인 금액이었다고 한다. 결국 하이든은 그보다 두 배의 금액을 받을 만큼 당대 최고의 '비싼 음악가'였다는 얘기가 된다. 그렇다면 100두카텐은 어느 정도의 금액이었을까? 하이든과 모차르트가 생존했던 시절, 대학교수의 연봉이 10두카텐 정도였다고 하니, 대략적인 셈이 나오는 것 같다.

하이든은 농담을 좋아했고 무엇보다도 사람을 좋아했다. 그는 젊은 모차르트와 수시로 만났고 런던에서 독일로 돌아가던 1792년, 본에 들러 처음으로 젊은 베토벤을 만났으며 그 후 잠시 빈에서 그에게 음악을 가르친 적이 있다. 그리고 나폴레옹의 두 번째 빈 공략의 포성을 들으면서 77세의 나이로 생애를 마쳤다.

현악 4중주 D장조
Op.64-5 '종달새'

'교향곡의 아버지'라고 불리는 하이든은 한편으로는 '현악 4중주의 어머니'라고도 불린다. 현악4중주의 음악적인 형식과 기초를 다지면서 크게 발전시킨 작곡가이기 때문이다. 하이든은 바로크 시대에 크게 유행한 모음곡과 고전주의 작곡가들이 즐겼던 디베르티멘토[5] 등에서 출발한 '현악 4중주'의 초기적 원형을 지금과 같이 실내악곡 형식으로 확립해 놓았다.

하이든의 현악 4중주곡들 가운데 가장 대중적인 사랑을 받고 있는 '종달새'는 전 6곡으로 구성된 Op.64 가운데 다섯 번째 곡이다.

---

[5] '기분전환' 또는 '여흥'이라는 뜻의 이탈리아어에서 유래한 가볍고 유쾌한 성격의 18세기 음악 형식이다. 디베르티멘토는 여러 악장으로 구성되어 각 악장은 소나타 형식, 변주형식, 춤곡 등으로 되어 있다.

하이든이 에스테르하지 공을 위해 일하던 시기의 마지막 해이자 그의 나이 58세 때인 1790년에 작곡한 작품이다. 하이든이 Op.64의 현악 4중주들을 작곡하게 된 것은 에스테르하지 악단의 바이올리니스트 요한 페터 토스트의 청탁에 의해서였다. 그래서 이 작품들을 '토스트 4중주곡'이라고도 부른다.

이 작품에 붙은 '종달새'라는 애칭은 제1악장의 서두에 나오는 주제가 마치 종달새가 하늘을 날며 지저귀는 듯 명랑한 음형을 연상시킨다고 해서 붙여진 별칭이다. 하이든 자신이 붙인 것은 물론 아니다. 4개의 악장이 모두 우아한 기품 속에서도 명랑하고 활달한 선율로 가득 차 있다.

교향곡 제6번 '아침'

18세기 후반, 이탈리아에서는 대중들이 오로지 오페라에만 빠져 있었고 프랑스에서는 프랑스 오페라와 이탈리아 오페라 간의 우열을 놓고 오랫동안 논쟁이 이어지고 있었다. 독일의 경우, 음악의 중심지였던 드레스덴에서는 교향곡보다는 이탈리아 오페라가 더 각광받았고, 북부 프로이센에서는 프리트리히 대왕이 베를린을 음악의 중심지로 만들었지만 왕 자신은 주로 이탈리아와 프랑스 음악에 골몰했다. 반면에 오스트리아에서는 '교향곡'이라는 새로운 기악 예술이 확립되어 모든 계층의 사람들이 기악 음악에 빠져 있었고, 빈의 궁정은 음악가와 그들의 음악을 적극 후원했다. 당시 부유한 귀족들은 대부분 사립 오케스트라를 거느리고 있었는데 귀족들은 오케스트라로 서로 경쟁했으며, 그들의 저택 안에는 음악당이나 호화스러운 오페라 극장을 두기도 했다. 이러한 귀족 가문들 중에서 헝가리 출신 에스테르하지 가문은 가장 부유하고 권세가 있었으며 합스부르크 왕가[6]와 돈독한 관계를 유지했다.

그 당시, 젊은 하이든은 음악선생, 떠돌이 악단 연주자 등으로 간신히 생계를 이어 가다가 모르친 백작의 오케스트라를 맡게 되었다. 하지만 얼마 후 백작이 재정문제로 이 오케스트라를 해산하자 하이든은 또다시 떠돌이 음악가 신세가 될 운명에 처했다. 이때 파울 안톤 에스테르하지 후작이 그를 아이젠슈타트로 불러들였다. 이리하여 29세의 하이든은 에스테르하지 오케스트라를 맡으면서 안정된 수입이 보장된 직업을 갖게 되었다.

에스테르하지 후작은 관대한 음악 후원자였고, 바이올린과 첼로를 연주할 정도로 음악을 좋아했는데, 그를 위해 하이든이 이곳에서 처음으로 작곡한 교향곡이 바로 〈교향곡 제6번〉이다. 이 곡은 1악장의 첫 부분 아다지오가 아침 해가 뜨는 광경을 연상하게 한다고 하여 나중에 '아침'이라는 제목이 붙었다. 이 작품에 이어서 그는 교향곡 7번, 8번을 작곡했는데, 이 두 교향곡에는 '정오', '저녁'이라는

---

6) 합스부르크 왕조는 13세기부터 약 6백여 년 동안 유럽의 거의 대부분을 세력권 안에 둔 신성로마제국을 운영한 왕조를 일컫는다.

제목이 붙었다.

하이든은 〈교향곡 제6번〉을 쓴 1761년부터 1790년까지 자그마치 30년 동안 에스테르하지 궁전에서 활동했다. 이곳에 있는 동안 그는 에스테르하지 가문이 의뢰하는 음악은 무엇이든지 작곡해야만 했으며, 그의 작품이 다른 사람에게 넘겨지는 것은 철저히 금지되었다. 사실 그의 신분은 어디까지나 귀족의 고용인이었을 뿐이었다. 그렇지만 그는 영향력 있는 귀족 가문에 속해 있었던 덕택에 그의 작품은 널리 외부에 알려질 수 있었다.

실내악의 양식이 성립된 시기는 바로크 시대로 거슬러 올라간다. 악기를 위한 음악이 번성한 바로크 시대에 작곡가들은 실내연주를 위한 소규모 앙상블을 작곡하기 시작했다. 실내악은 영어로 'chamber music'이라고 한다. 'Chamber'란 '방'을 뜻하는데 여기서는 좁고 옹색한 방이 아니라 왕이나 귀족의 넓고 호화로운 실내공간을 말한다. 18세기와 19세기에 왕과 귀족은 자신의 살롱이나 응접실에 모여 음악을 감상했는데, 이를 계기로 이들 앞에서 연주하는 소규모 연주단을 위해 작곡한 음악을 실내악이라고 부르기 시작했다. 실내악 연주에서는 각각의 파트를 연주자가 단독으로 연주하며 독주와 반주라는 개념 없이 대등한 위치에서 함께 연주한다. 그래서 개개인의 기량보다는 연주자들 사이의 조화가 무엇보다 중요하다.

실내악은 연주자의 인원수에 따라 2중주, 3중주, 4중주, 5중주 등으로 불린다. 악기를 편성하는 방법은 다양하지만 그 중심은 현악기로서 현악2중주, 현악3중주, 현악4중주, 현악5중주 등이 있다. 여기에 피아노 4중주, 클라리넷 5중주 등 피아노나 목관악기를 더하기도 하며 목관5중주처럼 목관악기만으로 구성할 수도 있다. 또 피아노가 등장하면서 피아노 독주를 위한 소나타, 하나의 독주악기와 피아노를 위한 2중주 소나타가 유행하기도 했다.

실내악은 고전주의 시대에 전성기를 맞았다. 가장 이상적인 양식으로 평가받는 현악4중주도 이 시대에 완성됐다. 현악4중주를 창조하고 완성한 작곡가는 바로 하이든이다.

05

볼프강 아마데우스 모차르트

Wolfgang
Amadeus
Mozart

모차르트는 천재라고 불린다. 볼프강 아마데우스 모차르트 Wolfgang Amadeus Mozart (1756~1791)만큼이나 '천재' 또는 '신동'이라는 단어를 달고 다닌 작곡가는 없을 듯하다. 궁정연주가인 아버지의 지원 덕분에 어릴 때부터 음악을 배우고 익혀서 훌륭한 음악가로 성장할 수 있었다.

바로크 시대의 화려한 장식과 양식들이 점점 도가 지나치게 되자, 사람들은 이에 식상해지면서 좀 단순하면서 깔끔하게 표현하는 기법을 원했다. 이러한 시대적 요구에 따라 '고전파'가 등장하게 된다. 따라서 고전파 음악의 특징은 간결한 형식미에 있다고 할 수 있겠다.

고전시대의 작품에서는 현란한 장식이 모두 사라지고 소박한 선율을 쉽게 찾아볼 수 있다. 특히 소나타 형식(대조적인 두 주제를 제시부–전개부–재현부로 배열하는 형식)은 고전시대에 완성되어 이후 낭만시대를 지나 현대음악에 이르기까지 음악의 표현형식에 큰 영향을 미치게 된다.

음악에 종교의 영향이 다소 줄어들게 되면서 고전시대의 음악은 대부분 귀족을 위해 봉사하게 되지만, 이 시대에는 단순하고 쉬운 음악을 추구했기 때문에 아마추어가 집에서 연주하는 경우도 많이 생겼다. 즉, 가정에서 음악을 즐기는 분위기가 형성되는 시기라고도 할 수 있다.

아버지는 아들의 뛰어난 재능을 각 지의 궁정에 알리기 위하여 아들이 6세 되던 해부터 여행을 계획하여 1762년 7월 바이에른 선거후選擧侯[7]의 궁정이 있는 뮌헨에 가서 연주하고 이어 빈으로 가서 여황제 마리아 테레사 앞에서 연주하게 했다. 그의 작곡가로서의 활동에 커다란 자극과 영향을 준 것은 서유럽을 거의 일주하다시피 한 여행이었다. 파리에서 알게 된 슈베르트, 런던에서 알게 된 J. C. 바흐(J. S. 바흐의 막내아들)로부터 많은 영향을 받았다. 두 번째로 빈을 다녀온 후 1763년부터 10년간 3회에 걸쳐 이탈리아를 여행하였는데, 이 여행 중 교황으로부터 황금박차훈장[8]을 받기도 했다.

여행에서 돌아온 후 궁정음악가로서의 활동이 계속되었으나 잘츠부르크 대주교 히에로니무스 폰 콜로레도와의 불화가 표면화되어 모차르트는 아버지의 반대에도 불구하고 빈에서 살기로 결심한다.

그의 인생의 후반이 여기에서 시작된 것이다. 왜 모차르트는 대주교와 결별했을까? 낮은 급여를 이유로 드는 사람도 있다. 하지만 잘츠부르크 시내의 다른 귀족이 세 배의 급료를 주겠다고 했어도 자리를 옮기지 않았다. 가장 중요한 이유는 존중과 자유였다. 어린 시절 전 유럽을 다니며 각국의 군주를 알현한 모차르트는 대주교가 자신을 한낱 하인으로 취급한다며 불쾌감을 표현했다. 게다가 대주교가 그의 외부 활동을 못하게 했다.

모차르트는 빈에서 작곡과 연주활동을 하는 한편, 1782년 8월에 아버지의 반대를 무릅쓰고 콘스탄체와 결혼한다. 하이든과는 1785년경 서로 영향을 주고받는 사이가 되었다. 빈 시대의 후반에 모차르트의 작품은 한층 무르익었으나 빈 청중들의 기호로부터는 차차 멀어져 생활은 어려워지고 친구들로부터 빌린 빚도 많아졌다. 1786년부터 이듬해에 걸쳐 그러한 상황이 지속되는 가운데 이른바 3대 교향곡 〈제39번 E장조〉, 〈제40번 g단조〉, 〈제41번 C장조〉를 작곡했다.

우리가 지금 알고 있는 모차르트의 작품 수는 우리에게 알려지지 않았으나 그가 창작한 전체 분량의 아주 적은 부분에 지나지 않는

---

7) 신성 로마 제국 황제를 선정하는 역할을 하였던 신성로마제국의 선거인단이다. 선제후라고도 부른다.
8) 황금 박차 훈장黃金拍車勳章은 가톨릭 신앙을 전파하는 데 뚜렷한 공헌을 했거나 무훈武勳, 저작 활동 또는 기타 혁혁한 활동을 통해 교회의 영광을 빛내는 데 공헌한 사람에게 교황이 수여하는 기사훈장이다.

다는 것이다. 그는 생전에 즉흥연주를 많이 즐겼다. 그는 아무 때나 악기를 가지고 연주를 했는데, 공식적인 연주회에서뿐만 아니라 몇 사람 안 되는 청중들 앞에서도 시간 가는 줄 모르고 연주를 즐겼다. 애석한 것은 이렇게 그가 연주한 것을 악보로 남기지 않았다는 점이다.

그의 외모는 어떠했을까? 옷차림을 빼놓고 모차르트의 외모란 정말 볼품이 없다. 태양신처럼 그려진 대부분의 그의 그림은 참모습과는 거리가 멀다는 것이다. 그와 동시대인들은 그의 얼굴은 작고 코는 크고 안색은 창백했다고 전한다. 또 다른 영국인은 그에 대하여 "눈에 띄게 작았고 여위었다. 그리고 머리카락은 숱이 많고 블론드 색깔이었다."고 말한다.

어린 시절부터 음악에만 집중된 모차르트의 삶은 음악 외적인 면에서는 그리 행복하지 못했던 것 같다. 철없는 아내와 함께 살면서 늘 가난했고 건강도 그리 좋지 않았다. 그의 모든 작품에서 느껴지는 세련되고 명랑함 뒤편에는 어딘지 서글픈 애수가 살짝 엿보이는데, 아마 이처럼 고단했던 그의 삶이 반영된 것은 아닐까?

그의 작곡 활동은 마치 마감을 앞둔 신문기자와 같았다. 극장 매니저가 아이디어를 던져 주면 그 자리에서 작곡하고 30분 후부터 악사들이 연습에 들어간다. 이런 곡들이 모두 불후의 명작으로 남은 것을 보면, 그가 천재라는 점은 부인할 수 없을 것이다.

그가 천재라 하더라도 그 시대, 그 문화에서 배출될 수밖에 없는 천재였던 것이다. 다시 말하면, 그는 궁정에 예속된 시민예술가라고 할 수 있다. 그는 양쪽 세계 모두에 걸쳐 있었던 인물이다. 그의 지위는 한마디로 하인이었다. 물론 전문적 하인 또는 고급 하인이었지만 어쨌든 하인은 하인이었다.

모차르트는 자신의 이런 처지에 대해 분개했다. 그리하여 그의 짧은 인생 후반기에 그는 자유 예술가를 선언한다. 자유로운 음악인으로 산다는 것은 창작을 자유롭게 하고 그 결과를 악보형태로 팔든지, 자신이 주관하는 음악회를 열어 입장 수입을 얻어 독자적인 음악 활동을 해야 한다는 뜻이다. 그것은 음악을 향유하는 주된 층이 귀족이 아니라 시민층이라는 것이 전제되어야 한다. 하지만 모차르트 시대에는 아직 이런 기반이 조성되지 않았다.

다음 두 유명한 작곡가와 비교해 보면, 당시 모차르트의 입지를 조금 더 명확하게 이해할 수 있을 것이다. 모차르트보다 조금 선배인 하이든은 완전무결한 하인이었다. 그의 초상화에 그려진 옷은 하인 복장 그대로이다. 그는 그런 지위를 그대로 받아들였다. 그리고 궁전 세계에 살며 그곳의 주문과 취향에 맞춘 음악을 만들었다. 베토벤은 완전히 다른 세계에 살았다. 그는 자신의 음악을 귀족들의 취향에 맞추는 일은 전혀 하지 않아도 됐다. 그는 자기가 독립적인 예술가라는 의식을 갖고 있었으며 자신의 음악적 주장을 과감하게 펼쳤다. 사람들이 그의 음악을 이해해야지, 그가 사람들의 기호에 맞는 음악을 만들 이유가 없었다.

모차르트의 음악은 고귀한 기품을 지니고 있으며 단정하고 아름다워 동심에 찬 유희와 색채, 그리고 자연스럽게 흘러내리는 창작력을 가지고 있었다. 그러기에 그의 음악을 궁정 음악이라 부르는 이도 있다. 단정한 스타일, 맑은 하모니, 간결한 수법으로 구성되어 있다. 그의 말대로 '멜로디는 음악의 에센스'라고 할 정도로 그의 선율은 아름답고 풍부하다.

피아노 소나타 K.331
'터키 행진곡'

〈피아노 소나타 K.331 Piano sonata in A major 'Alla Turca' K.331〉은 모차르트가 22세인 1778년 5~7월 사이에 여행지인 파리에서 작곡한 것으로 알려져 있었지만, 최근의 연구에 의하면 빈이나 잘츠부르크에서 1783년에 작곡된 것으로 추정되고 있다.

'터키 행진곡'이라는 타이틀은 3악장의 리듬이 터키 군악대 리듬과 같다고 후대에 붙여진 별명이다. 당시 터키 군악대의 음악은 유럽에 크게 유행하고 있었다. '터키 행진곡'이란 이름이 붙은 곡으로는 베토벤의 작품도 있다. 베토벤의 '터키 행진곡'은 그가 1811년에 작곡한 극음악 〈아테네의 폐허 Op.113〉이라는 작품의 4번째 곡인 오케스트라 작품이다.

오스만제국은 세계 최초로 군악대를 정규병과로 개설한 국가였다. 오스만 군대의 군악대는 위풍당당한 모습과 위협적인 음악으로 오스만제국의 유럽 침공 시 유럽인들에게 강렬한 인상을 남겼다. 이 터키 군악대의 음악이 18세기 후반에서 19세기 초에 걸쳐 오스트리아 빈을 중심으로 유럽에 퍼져 폭넓게 유행했고, 음악뿐만 아니라 다양한 분야에서 터키 스타일을 모방하는 붐이 일어났다.

터키 군악대의 음악은 리듬, 형식, 악기 편성이 유럽의 음악과는 많이 달랐으며, 팀파니와 비슷하게 생긴 큰북과 같은 타악기를 적극적으로 쓰면서 다이내믹하고 힘찬 소리를 만들어 냈다. 이 특징적인 면이 유럽인들에게 강한 인상을 남겼으며 당시 하이든, 모차르트와 같은 유명 작곡가들에게 음악적 아이디어를 제공하기도 했다. 모차르트는 〈피아노 소나타 K.331〉에 앞서 〈바이올린 협주곡 제5번 K.129〉 3악장에도 터키 스타일의 행진곡 리듬을 사용한 적이 있으며, 오페라 〈후궁으로부터의 도주〉에서도 터키의 이국적인 매력과 풍물을 적극적으로 활용했다.

모차르트와 베토벤의 터키행진곡은 후세 사람들이 행진곡이라는 이름을 붙인 것이다. 특히 모차르트의 〈피아노 소나타 K.331〉은 1악장이 변주곡, 2악장은 미뉴에트, 3악장은 론도로 구성되어 있다. 곡의 성격으로 봐서 행진곡도 아닌 곡이 행진곡이 된 것이다. 그렇다면 모차르트가 소나타의 고정된 틀에서 벗어나 '터키 행진곡'을 통해서 새로운 시도를 한 것은 아닐까?

피아노 협주곡 21번 C장조 K.467

〈피아노 협주곡 21번 C장조 K.467 Piano concerto no.21 in C

major K.467〉은 모차르트가 1785년에 빈에서 작곡한 작품으로 23번과 함께 가장 유명한 곡이다. 이 곡은 그의 27개 피아노 협주곡 가운데 1783년 이후 빈에서 열렸던 예약 연주회를 위해 작곡된 작품들(20번 d단조 K.466, 21번 C장조 K.467, 22번 E플랫장조, K.482) 가운데 한 곡이다.

이 협주곡에는 간결한 형식미가 담겨 있다. 이 협주곡에서 특이한 점은 서정적으로 느린 제2악장이다. 그의 부친의 편지에서도 표현되어 있듯이 '품위 있고 장중한' 맛을 갖는 이 안단테 악장은 협주곡적인 소나타 형식을 채택하고 있다.

1785년 3월 9일에 완성된 이 작품은 모차르트가 피아노협주곡을 가장 활발하게 작곡하던 시기의 작품으로서 〈피아노협주곡 20번〉과 동시에 작곡된 곡이다. 그때는 모차르트가 가장 행복해 했고 그의 창작열이 가장 왕성했던 시기인데, 피아노 협주곡 19번, 20번, 21번, 22번, 23번, 24번, 25번 모두가 그 당시 3년 동안에 작곡되었다.

이 협주곡은 앞의 20번의 협주곡과는 정반대의 성격을 띠고 있는 곡으로, 전곡을 통해 어두운 그림자는 찾아볼 수 없고 시종 맑고 청순하며 밝은 선율로 일관하고 있다. 모차르트가 화려하고 장대한 분위기를 나타낼 경우 자주 쓰는 조성으로 이 C장조, 즉 다장조를 즐겨 사용했다.

1785년에 접어들면서 모차르트의 생활은 더욱 고통스러워졌다. 이 무렵부터 모차르트의 가난과 빈곤의 시대가 시작된 것이다. 그해 11월에 출판업자 호프마이스터에게 보낸 편지를 보면 당시의 형편을 짐작할 수 있을 것이다. "급히 필요해서 얼마간 빌려야 하겠습니다. 아무쪼록 돈이 빨리 왔으면 좋겠습니다." 특히 제21번의 경우, 자필 악보에 악보 대신 숫자가 빽빽하게 적힌 가계부가 더 많은 부분을 차지하고 있어서 보는 이의 마음을 아프게 한다.

모차르트는 이 곡을 같은 해인 1785년 3월 12일 예약 연주회에서 자신이 초연했다. 이때 이 협주곡을 들은 그의 부친의 편지에는 "이 곡은 청중들의 박수갈채를 받았고 많은 사람들이 눈물을 흘리고 감격했다."고 적고 있다.

이 협주곡에는 원래 '군대'라는 별명이 있었다. 물론 '군대'라는 별명도 모차르트가 붙인 것은 아니다. 행진곡풍으로 당당하게 시작하는 첫 악장 때문에 후대 사람들로부터 얻은 별명이었다. 그런데 1960년대에 영화 「엘비라 마디간」이 세계적으로 유명해지면서, 이 협주곡은 그냥 '엘비라 마디간'으로 불리게 된 것이다. 그 아름다운 영상과 함께 협주곡 21번에서도 가장 아름다운 악장으로 손꼽히는 2악장 안단테가 곳곳에서 흘러나온다. 이 안단테는 모차르트의 다른 곡에서는 찾아볼 수 없을 정도로 낭만적인 선율을 쏟아내며 듣는 이를 꿈길로 안내한다.

클라리넷 협주곡
K.622

「아웃 오브 아프리카」는 아프리카의 아름다운 자연을 마음껏 감

상할 수 있도록 해 주는 영화다. 영화를 본 지 오래되어 줄거리를 잘 기억하지 못하는 사람도 그때 울려 퍼졌던 모차르트의 〈클라리넷 협주곡 Clarinet concerto K.622〉 2악장과 함께 화면 가득 펼쳐졌던 아프리카의 광활한 초원, 산과 바다의 풍경을 잊지 못할 것이다. 그런데 이 아름다운 음악이 모차르트가 가장 고통스러운 시절에 작곡되었다. 모차르트가 살았던 18세기 중반은 새로운 사상인 계몽주의가 전 유럽을 뒤덮던 시기였다. 이 시기는 또한 작곡가가 후원자로부터 서서히 독립하기 시작한 과도기이기도 하다. 그러나 아직 작곡가가 완전한 독립을 위한 시대적 분위기는 조성되지 않고 있었다. 유럽의 여러 궁정의 생활 방식은 그대로 유지되었으며, 혁명의 기운은 감돌았지만 구질서가 여전히 자연의 질서로 여겨지고 있었다.

타고난 독창성으로 종종 후원자와 마찰을 빚었던 모차르트는 결국 후원자로부터 독립해 생애 마지막 10년을 프리랜서로 살았다. 음악가가 하인보다 조금 나은 피고용인에서 독립된 예술가로 이행하는 변혁의 와중에 스스로 프리랜서로서의 고단한 삶을 선택했던 것이다. 모든 자유에는 대가가 따르기 마련이다. 모차르트에게 자유의 대가는 배고픔이었다. 그는 매일매일의 양식을 얻기 위해 작품을 써야만 했다. 이 시기 모차르트는 빚에 쪼들린 나머지 쥐꼬리만 한 돈을 받고 밤낮 없이 곡을 써야 했으며, 아내인 콘스탄체는 병에 걸려 온천을 전전하고 있었다. 그런데 바로 이 무렵 신으로부터 부여받은 그의 창조성은 오히려 더욱 빛났다. 세속의 고통이 그의 에너지를 고갈시키기는커녕 더욱 찬란한 불꽃으로 피어나게 한 것이다. 모차르트 말년의 걸작 〈클라리넷 5중주〉와 〈클라리넷 협주곡〉은 바로 이런 시련 속에서 탄생했다.

모차르트가 당시로서는 비주류 악기에 속했던 클라리넷을 위한 곡을 쓰게 된 것은 빈 궁정악단의 클라리넷 주자였던 안톤 슈타틀러라는 사람 때문이었다. 슈타틀러는 모차르트에게 물심양면으로 도움을 많이 주었던 사람이다. 경제적 궁핍에 시달리는 모차르트를 딱하게 여겨 그에게 클라리넷 곡을 의뢰하고 또 직접 연주하기도 했다.

〈클라리넷 협주곡〉은 모차르트가 죽기 두 달 전에 완성한 그의 유일한 클라리넷 협주곡이자 마지막 협주곡이다. 이 곡은 저음역과 고음역을 자유자재로 오가며 클라리넷이라는 악기의 매력을 변화무쌍하게 보여 주는 협주곡이다. 특히 밝고 활기찬 1악장과 3악장 중간에 들어 있는 2악장의 느린 아다지오 선율이 아름답기 그지없다.

이 곡은 장조 곡임에도 불구하고 마치 자신의 죽음을 예감이라도 하듯 애수에 찬 멜로디가 듣는 이의 마음을 애잔한 감동으로 채운다. 무어라 표현할 수 없는 이 세상의 편안함이 마음속을 잔잔한 바다로 만들어 준다.

클라리넷은 모든 악기 중에서 가장 전원적인 악기다. 악기 중에서 목질의 음색을 가장 많이 가지고 있기 때문이다. 그래서 음악에서 클라리넷은 종종 목동의 피리 소리에 비유되곤 했다. 슈베르트가 〈바위 위의 목동〉이라는 가곡에 클라리넷을 집어넣은 것도 아마이 때문일 것이다.

　독일 작곡가 베버(1786~1826)는 모차르트의 아내인 콘스탄체의 사촌으로 잘 알려져 있다. 그래서인지 모차르트와 비슷한 분위기의 곡들이 눈에 띄기도 한다. 물론 그 당시 최고의 작곡가는 누가 뭐래도 하이든이었고 그의 작품에 영향을 받지 않은 작곡가는 거의 없었다고는 하지만, 베버는 그래도 모차르트에 더 가까운 작곡가라 생각된다. 그가 젊은 나이에 작곡한 2개의 클라리넷 협주곡은 모차르트와 더불어 당시 흔하지 않았던 클라리넷이란 악기를 이용해 작곡한 상당히 뛰어난 작품이다. 또 다른 명곡으로 브람스의 〈클라리넷 5중주〉를 들 수 있다.

06

루드비히 반 베토벤

Ludwig
van
Beethoven

　루드비히 반 베토벤Ludwig van Beethoven은 1770년 독일 본에서 태어났다. 베토벤은 그의 부친에게서 처음으로 음악 교육을 받았는데, 그 당시 모차르트가 신동으로서 성공한 것에 자극을 받아, 그의 부친도 베토벤을 모차르트와 같은 신동으로 만들려고 엄격한 피아노 훈련을 시켰다. 덕분에 그의 피아노 기술은 많은 발전을 보았지만, 모차르트만큼의 신동은 되지 못했다. 11세 때 뛰어난 교사인 네페에게서 바흐의 작품에 관하여 배운 것이 그의 음악에 커다란 영향을 미쳤다. 13세에 작품을 발표하기에 이르렀고, 또 궁정 악단에 근무하게 되었다.

　베토벤은 청년 시절에 모친의 죽음으로 타격을 받고, 거기다 실직한 부친을 대신해서 가족을 부양해야만 했기 때문에 그의 고단한 삶은 이미 일찍부터 시작되었다. 브로이닝 집안과 그 밖의 친구와의 교류 과정에서 알게 된 괴테, 셰익스피어, 실러, 칸트 등의 예술과 사상의 영향을 받았다. 1792년 22세 때 본을 방문한 하이든에게 인정받아, 그해 가을에 빈으로 간 베토벤은 얼마 동안 하이든의 지도를 받고 요한 알브레히쯔베르거에게 배우는 한편, 〈피아노 3중주곡 Op.1〉, 〈피아노 소나타 Op.2〉, 〈피아노 협주곡 제2번 Op.19〉 등을 작곡했다. 또 귀족의 살롱이나 공개 피아노 연주로도 유명하게 되고, 리히노프스키, 로브코비츠, 라주모프스키 등 귀족의 후원을 받아 혁명으로 인한 정치적 불안 속에서도 작곡 활동을 이어 갔다.

1800년대를 맞이한 그는 귓병으로 고생하면서도 〈에로이카〉, 〈운명〉, 〈발트슈타인〉 등 걸작을 썼다. 30대 중반에 전혀 듣지 못하게 되어 절망한 나머지 죽음을 결심하여 하일리겐슈타트에서 유서를 쓴다. 하지만 인류를 위해 작곡하는 것이 신에게서 받은 사명이라는 생각으로 위기를 극복한다. 그러나 차차 바깥세상과의 접촉이 줄어듦에 따라, 그는 자기의 내면세계로 침잠해서 여러 현악 4중주곡, 〈장엄 미사〉, 〈제9 교향곡〉 등 정신적으로 깊이가 있고, 또 때로는 신비스러운 후기의 작풍으로 옮겨 갔다. 고전적인 초기, 정열적이고 격렬한 중기, 그리고 정신적으로 고고해진 후기의 작품은 인생의 거친 물결을 견뎌 낸 이 위대한 한 인간의 역사인 것이다. 베토벤의 음악 중에도 〈바이올린 소나타 5번 F장조〉처럼 상쾌하고 봄바람의 느낌을 주는 곡들이 있지만 "당신의 난청은 치유 불능"이라는 의사의 판정을 받은 후 베토벤의 곡에는 운명과의 치열한 싸움, 주관적인 감정의 토로, 극적인 스토리 전개가 고조된다.

베토벤은 모차르트를 숭배하고 있었다. 1792년에 하이든이 런던에 오고가면서 본에 들른 것이 동기가 되어 대망의 빈 유학이 실현되었다. 모차르트는 이미 죽었으므로 하이든에게 배웠다. 오스트리아가 18세기 후반 음악 활동의 중심지가 되었던 것은 우연이 아니었다. 지리적으로도 정확히 유럽 중앙에 있는 빈은 이탈리아, 독일북부, 프랑스 그리고 보헤미아에서 등장한 다양한 스타일이 모이고 융합되기에 이상적이었다. 게다가 그곳의 부르주아 계급은 자신의 문화적 취미에 뿌리내릴 수 있는 정신적 · 경제적 준비가 되어 있었다.

베토벤은 약 20년간 빈에 체류하면서 귀족들과 긴밀한 관계를 유지했고 그들에게 많은 작품을 헌정했다. 귀족들 중에는 연금을 만들어 베토벤의 생활을 도운 이도 있었고, 집을 제공하여 살게 한 사람도 있었다. 그러나 대부분이 프랑스 혁명으로 몰락해 점차 관계가 끊겼는데, 루돌프 대공만은 베토벤의 유일한 작곡 제자로서 최후까지 우정이 계속되었고, 가장 많은 중요한 작품이 그에게 헌정되었다.

베토벤은 젊었을 때부터 산책을 하면서 작곡을 구상하는 것이 일과였는데, 귓병이 시작되면서부터는 그것이 더 잦아졌고, 빈의 외관에 위치한 작고 아담한 시골 마을 하일리겐슈타트에서도 날씨와 관계없이 빈의 숲속, 시냇물 골짜기, 카렌베르크의 산속을 헤맸다. 이렇게 해서 탄생한 대표적인 작품이 〈전원 교향곡〉이다.

　서양의 고전음악사에서 베토벤은 음악의 흐름을 바꿔 놓은 인물이다. 영화 「아마데우스」에서 보여 준 것처럼 모차르트 시대만 해도 음악이라면 당연히 이탈리아였다. 그런데 베토벤이 이탈리아를 넘어섰다. 이탈리아가 차지하고 있던 자리를 밀어낸 것이 아니라 스스로 새로운 세상을 펼쳐나갔다. 슈베르트, 슈만, 브람스와 바그너를 거쳐 말러와 브루크너, R. 슈트라우스까지 이어지는 그의 후계자들은 독일 아니면 오스트리아 출신이었다. 다시 말해서, 음악의 낭만주의 시대는 독일의 낭만주의 시대였던 것이다.

교향곡 제6번 '전원'

　이 교향곡Symphony no.6 in F major Op.68 'Pastorale'을 듣고 있으면 전원田園이 우리에게 주는 여러 가지 감정을 느낄 수 있다. 5악장 모두를 듣는 동안 숲 속에서 산책할 때의 편안한 기분, 거센 폭풍우에 휩쓸릴 것 같은 두려움, 폭풍이 지나간 뒤의 감사한 느낌이 음악과 함께 흐른다. 이 교향곡은 베토벤이 자연을 얼마나 사랑했는지를 보여 주는 작품이다. 그는 이 곡을 작곡할 때 하일리겐슈타트 숲을 거닐며 악상이 떠오르면 스케치북에 적고 그것을 집에 와서 옮겨 적기를 수없이 반복하여 이 곡을 완성했다고 한다. 따라서 이 곡은 시냇물 흐르는 소리, 천둥치는 소리, 목동의 피리소리 등 온갖 자연의 소리를 목가 풍으로 묘사하고 있다.

베토벤은 또한 각 악장마다 부제를 붙였는데 1악장에 '전원에 도착했을 때의 유쾌한 기분', 2악장에는 '시냇가의 정경'이라는 이름을 붙였다. 그리고 3악장과 4악장, 5악장에는 각각 '농부들의 즐거운 춤'과 '천둥' 그리고 '폭풍이 지난 다음의 전능에 감사'를 붙였는데, 이 세 악장은 죽 이어서 연주된다. 이렇게 악장들을 중단 없이 이어 놓은 것은 시간상으로 연속됨을 강조하기 위한 것이다. 시벨리우스의 〈교향곡 2번〉과 쇼스타코비치의 〈교향곡 7번〉에서도 3·4악장이 중단 없이 연주 되며 슈만의 〈교향곡 4번〉은 네 개 악장 전체가 중단 없이 연주되고 시벨리우스의 〈교향곡 7번〉은 아예 전체를 합친 한 개 악장 교향곡이다.

피아노 소나타
제14번 '월광'

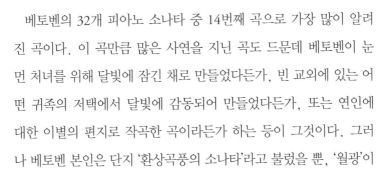

베토벤의 32개 피아노 소나타 중 14번째 곡으로 가장 많이 알려진 곡이다. 이 곡만큼 많은 사연을 지닌 곡도 드문데 베토벤이 눈먼 처녀를 위해 달빛에 잠긴 채로 만들었다든가, 빈 교외에 있는 어떤 귀족의 저택에서 달빛에 감동되어 만들었다든가, 또는 연인에 대한 이별의 편지로 작곡한 곡이라든가 하는 등이 그것이다. 그러나 베토벤 본인은 단지 '환상곡풍의 소나타'라고 불렀을 뿐, '월광'이란 이름은 비평가 루트비히 렐슈타프가 이 작품의 제1악장이 스위스의 루체른 호수에 달빛이 물결에 흔들리는 조가배 같다고 비유한 데서 생긴 것이라고 한다.

이 작품의 특징은 제1악장이 자유로운 환상곡풍이고, 제3악장에서는 소나타 형식이라는 특이한 방식을 썼다는 점이다. 세도막 형식에 2/2박자, 환상적이며 단순한 제1악장은 아름다운 가락이 낭만성과 정열의 빛을 더하고 있다. 고요한 호수 위에 창백한 달빛이 반짝이는 것처럼 말이다. 스케르초 풍의 3/4박자 곡인 제2악장은 전원의 무곡으로서 유머러스하고 경쾌한 맛이 감돈다. 제3악장에서는 무겁게 떠도는 암흑 속에서 섬광을 일으키는 천둥과 번개처럼 격한 분위기가 힘차게 전개되어 당시 베토벤이 지니고 있던 청춘의 괴로움과 정열을 연상하게 한다.

베토벤은 1801년에 완성된 이 곡을 줄리에타 귀차르디라는 아름다운 여성에게 헌정했다. 그녀는 베토벤에게 피아노를 배운 제자였는데, 두 사람 사이에는 여러 가지 염문이 전해진다. 아직까지 여러 사람의 입에 오르내리는 베토벤의 '영원한 여인'의 정체가 이 여성이라는 이야기도 있다. 하지만 줄리에타는 이 곡이 완성될 때쯤 젊은 멋쟁이 백작과 결혼했다. 돈도 없고 신분도 낮고 더욱이 귀까지 나쁜 음악가와는 결국 헤어지고야 만 것이다. 줄리에타가 이런 명곡을 받을 만한 가치가 없는 여성이라는 사실을 깨달은 베토벤은 크게 실망했고 마침내 그 유명한 '하일리겐슈타트 유서'를 쓰게 된다.

바이올린 소나타 제5번
F장조 Op.24 '봄'

　이 곡을 들으면서 기억해야 하는 것은 광기어린 눈빛으로 표상되는 베토벤이 이렇게 따사로운 곡을 썼다는 점이다. 바이올린으로 시작하는 1악장의 첫 번째 주제는 매우 상쾌하다. 이어지는 2악장은 피아노가 먼저 문을 연다. 바이올린이 노래하고 피아노가 반주하기 시작한다. 3악장은 '스케르초'라는 이름에 걸맞게 익살스러운 악장이다. 4악장은 론도악장으로서 주제가 여러 번 반복된다.

　'봄'이라는 이름을 베토벤이 직접 붙인 것은 아니지만, 음악의 분위기에 참으로 잘 들어맞는 별칭이라고 하지 않을 수 없다. 물론 '봄'을 표상하는 음악은 이밖에도 많다. 비발디의 바이올린 협주곡 〈사계〉는 당연히 봄으로 막을 올린다. 슈베르트의 〈피아노 5중주〉 '송어'에도 봄기운이 샘솟고, 멘델스존의 〈무언가〉에도 '봄의 노래'가 들어 있다. 하이든의 〈현악 4중주〉 '종달새'도 봄 냄새가 물씬하다. 또 슈만의 〈교향곡 제1번〉도 '봄'이라는 이름을 갖고 있다. 이 곡을 작곡하는 동안에도 슈만은 조증과 울증을 여러 번 반복했을 테고 그것이 그대로 음악에 투영됐다고 볼 수 있다. 베토벤은 모두 10곡의 바이올린 소나타를 남겼다. 그중에서도 5번은 9번 크로이처와 더불어 가장 사랑받는 곡이다. 따사로운 봄의 정취에 이만큼 잘 어울리는 음악도 찾기 어렵다. 작곡 시기는 1801년으로 알려져 있다.

카를 마리아 폰 베버

Carl
Maria
von Weber

고전주의음악에서 낭만주의음악으로 넘어가던 시대에 활동한 독일의 작곡가였던 카를 마리아 폰 베버Carl Maria von Weber는 1786년 독일 홀슈타인 오이틴에서 연극에 종사하는 가문에서 태어났다. 그의 아버지는 음악가이자 조그만 유랑극단의 경영자이고 어머니는 가수였다. 부모의 형제자매들과 사촌들도 대부분 음악과 연극에 종사했다. 베버는 태어날 때부터 좌골에 이상이 있었고, 이 때문에 평생 다리를 절어야 했다.

그가 음악적 재능을 보이자 아버지는 자신의 극단이 가는 지역마다 그곳에서 그를 가르칠 선생을 소개해 주었으며, 선생들 가운데는 요제프 하이든의 동생인 미하엘 하이든도 있었다. 베버는 당시 유명한 음악 선생 게오르그 요제프 포글러에게서 음악수업을 계속하던 중 1804년에 그의 도움으로 브레슬라우(지금의 폴란드 브로츨라프)의 오페라 극장 감독이 되었다.

하지만 그는 젊은 감독으로서 개혁을 해나가는 데 미숙했을 뿐 아니라 실수로 독극물을 삼키는 바람에 성대를 상하는 사고를 당해 결국 이 자리를 사임해야 했다. 이후 그는 뷔르템부르크의 프리드리히 1세의 궁정에서 비서관으로 일했다. 이곳에서 그는 너무 방탕한 생활을 하고 빚도 많이 지게 되어 한동안 감금 생활을 한 뒤에 추방당했다. 이 시기(1807~1810)에 작곡한 주요 작품으로는 낭만적인 오페라 〈질바나〉, 수 편의 가곡, 피아노 소품 등이 있다. 베버와 그의 아버지는 만하임으로 도망갔고, 베버 자신의 말대로 '제2의 삶'을 살기 시작했다.

그는 한 영향력 있는 예술가 모임에 참여하면서 이곳에서 재능 있는 피아노니스트와 기타 연주자로서뿐 아니라 낭만주의 운동에 대한 이론으로도 두각을 나타냈다. 다름슈타트로 옮겨 간 그는 그곳에서 일자리를 얻지 못해 실의에 빠져 뮌헨으로 여행을 갔는데, 그곳에서 클라리넷의 거장 하인리히 베르만과 사귀어 〈콘체르티노 Op. 26〉 외에 현란하고 창의력 넘치는 클라리넷 협주곡 2곡을 작곡했다. 클라리넷은 호른과 함께 베버가 가장 좋아하는 악기였고, 이것은 새로운 음향과 악기 조합을 추구하던 그의 성향 때문이었다. 결과적으로 그는 음악사에서 위대한 관현악의 대가로 남게 되었다.

그는 이미 이루어 놓은 상당한 명성을 바탕으로 1817년 드레스덴

궁정 오페라단의 감독으로 임명될 수 있었고, 같은 해에 전부터 사귀던 소프라노가수 카롤리네 브란트와 결혼했다. 그렇지만 드레스덴은 당시 독일의 어느 도시보다도 낙후된 도시였으며 그곳에서는 이탈리아 오페라의 인기가 높았기 때문에, 베버가 활동하기에는 어려움이 많았다. 이 빼어난 음악가는 마흔 두 살에 폐병으로 세상을 떠난다.

무도회의 초대
Op.65

1817년 11월 4일, 독일의 어느 도시에서 결혼식이 열리고 있었다. 하객들의 얼굴에는 웃음이 가득했고 신랑 신부에게 미래의 행복을 기원했다. 그리고 이어지는 무도회에서 결혼식에 참석한 많은 선남선녀들이 음악에 맞춰 춤을 추면서 즐거운 시간을 보낸다. 그날의 주인공인 신부는 아름다웠다. 그녀의 이름은 카롤리네 브란트였다. 다리를 저는 신랑은 신부와 함께 춤을 출 수 없는 자신을 대신하여 춤을 음악으로 만들어 사랑하는 아내에게 바쳤던 것이다. 카롤리네는 춤 대신 기쁨의 눈물로 그의 음악을 받았다. 그 신랑이 바로 카를 마리아 폰 베버였다. 그리고 이 곡이 바로 베버의 명작 〈무도회의 초대 Invitation to the dance Op.65〉이다. 제목 그대로 아내를 무도회에 초대한다는 것이다. 원래의 제목은 피아노 독주곡으로 된 '화려한 론도'이지만 베를리오즈가 관현악곡으로 편곡한 곡

이 더 자주 연주되고 있다. 작곡가 자신이 쓴 해설을 보면 다음과
같다.

"어느 무도회에서 한 신사가 젊은 숙녀에게 춤을 한 번 추자고 요
청한다. 그녀는 수줍음이 많아 처음에는 얼굴을 붉히며 거절한다.
그러나 신사가 더욱 공손히 다시 요청하자 드디어 승낙한다. 한동
안 그 자리에서 대화를 나누다가 신사는 그녀를 이끌고 플로어로
나가 음악이 시작되기를 기다린다. 이윽고 화려한 무곡과 함께 춤
을 추기 시작한다. 흥겨운 시간이 흐른 뒤 춤이 끝나자, 신사는 그
녀에게 고마운 뜻을 전하고 두 사람은 무도회장을 떠난다."

오페라를 작곡하지는 못했지만 이 시기에 그는 〈무도회의 초
대〉 외에도 마지막 4개의 피아노 소나타, 가곡, 〈콘체르트슈튀크
Op.79〉등 피아노 독주 소품들을 작곡했다. 〈마탄의 사수〉의 작곡
에 착수한 것도 드레스덴에서였다. 이 오페라는 1821년 베를린에
서 초연되자마자 큰 성공을 거두었다.

여기서 잠시 낭만주의의 뜻을 살펴보자. 낭만주의 음악의 바탕이
된 사조의 하나는 개인주의다. 예술가들은 그들에게 미지의 세계였
던 인간 내면의 경이로움에 매혹되었고 그것의 신비함에 깊은 인상
을 받기 시작했다. 합리적인 것만이 존중되었던 제한된 세계로부터
벗어나 환상적인 상상의 세계로 진입한 것이다. 시대적으로는 프랑
스 혁명으로부터 19세기말 제국주의 경향이 성행했던 시기에 해당
된다. 근대국가의 성립과 민주주의의 발전, 산업혁명 등 사회적·

정치적 · 경제적인 변동기였다.

고전주의 모델과 다른 또 한 가지는 노골적인 감정표현과 형식과 균형을 덜 중요시하는 경향이다. 하이든과 모차르트가 창조하고 다듬은 형식들은 더 이상 낭만주의적 영혼을 표출하는 데 편리한 수단이 될 수 없었다.

고전주의 시대가 도시중심이었던 것과는 달리 낭만주의는 시골과 자연 지향적이다. 예술가들은 작품 속에 자연, 특히 풍경을 낭만적으로 표현했다. 풍경을 표현하되 사실적 · 객관적으로 묘사하기보다는 자신의 감정을 풍경 속에 투영하고자 했다.

낭만주의 음악은 문학적 연계 때문에 이 시기의 많은 음악 작품은 곡의 내용을 설명하거나 암시하는 제목을 내세워 이야기를 전개하거나 특별한 장면을 묘사하는 표제음악이었다. 다시 말해서 순수한 기악곡으로 구체적인 이야기를 꾸려 가는 음악이다.

낭만주의 음악의 시작은 베토벤 후기 작품에서 나타났으나, 이 음악의 첫 대가大家는 베버와 슈베르트라고 할 수 있다. 그 후 19세기 중엽에 멘델스존, 슈만, 쇼팽 등이 등장한다. 파가니니의 관능적인 음악, 베를리오즈 등에 의한 피아노 음악과 관현악이 나왔고 리스트에 의한 교향시가 새로이 등장했다.

08

프란츠 슈베르트

Franz
Schubert

　프란츠 슈베르트Franz Schubert (1797~1828)는 가곡발전에 지대한
영향을 미쳤다. 짧은 생애 동안 600곡이 넘는 가곡을 써낸 엄청난
창작력은 물론, 가곡을 단순히 노래에 가사를 덧붙인 것이 아닌 가
락과 노랫말이 서로 보완하는 음악으로 만든 첫 번째 작곡가였다는
점에서 그렇다. 슈베르트는 가히 '가곡의 왕'이라고 할 만하다. 슈
베르트가 가곡의 왕이 된 것은 무엇보다 그의 천재성 때문이지만,
당시 괴테와 하이네 등 독일 낭만주의 문학의 화려한 전성기를 연
작가들이 활동하던 낭만시의 시대라는 점도 간과할 수 없다. 그가
'예술가곡'이라는 새로운 장르를 열 수 있었던 근거는 무엇보다 시
와 음악을 결합하는 그의 솜씨일 것이다. 그의 주옥같은 가곡들은

성악과 피아노를 위한 5중주로 표현되기도 한다. 첫 걸작 가곡 〈실 잣는 그레트헨〉은 그가 17살 되던 해인 1814년에 괴테의 「파우스트」 에서 영감을 얻어 쓴 것이다. 세 연가곡집 가운데 1823년에 낸 〈아 름다운 물레방앗간의 아가씨〉와 1827년에 낸 〈겨울 나그네〉에 실린 노래들은 그의 가곡 중에서 최고의 역작으로 꼽힌다.

슈베르트는 19세기 초의 위대한 작곡가들 가운데 한 사람이다. 슈베르트는 자신의 뛰어난 시적 상상력으로 이전의 가곡 형식에 새 로운 생명력을 불어넣었다. 그의 음악은 전형적인 고전주의 양식으 로 작곡되었지만 그 안에 담긴 주관적인 상상력, 혁명적인 언어는 낭만주의의 색채를 띠고 있다. 그런 까닭에 슈베르트를 모차르트와 베토벤의 시대에 속하면서 쇼팽과 리스트의 시대에도 속한다고 보 는 것이다.

음악에서도 그렇지만 친지들의 글과 편지의 내용으로 미뤄 볼 때, 슈베르트는 주위의 많은 사람들에게 무척 사랑받았던 것 같다. 추측컨대 슈베르트는 때로 자신의 천재성을 발휘하기는 했지만 적 어도 세속적인 의미에서의 재능은 최대한 발휘하지 못한 사람인 듯 하다. 타고난 온화함이 음악에 반영돼 있기는 하나, 지나친 겸손 때문에 그는 기존의 음악계에 적극적으로 도전하지 못했다. 그래서 자신보다 훨씬 못한 이들이 모든 영예를 거머쥐는 것을 그냥 바라 보고만 있어야 했다.

슈베르트의 외모는 아주 볼품이 없었다. 153㎝의 키에 뚱뚱했기 때문에 친구들은 그를 "땅딸보"라 불렀다. 얼굴은 둥글고 투실투실했으며 목이 짧고 이마는 좁아 따분한 인간형이었다. 군대에도 못 갈 정도로 작은 키, 노인처럼 앞으로 굽은 몸, 심한 근시로 세속적인 매력이라고는 찾아보기 힘들었던 슈베르트를 죽는 순간까지 오선지 앞으로 다가갈 수 있게 한 힘은 친구들의 변함없는 우정이었다. 슈베르트는 비록 요절했지만 행복한 삶이 아니었을까? 모차르트와 베토벤처럼 '빈' 하면 떠오르는 위대한 작곡가들 가운데 실제로 빈에서 태어난 이가 슈베르트밖에 없다는 것은 의외의 일이다.

슈베르트는 1797년 1월 31일 좁은 부엌방에서 태어나 가톨릭 세례를 받았다. 어린 시절에 대해서는 알려진 것이 별로 없다. 20세가 될 때까지 슈베르트는 〈죽음과 소녀〉 같은 극적인 곡뿐만 아니라 우아한 선율과 흐름을 갖춘 〈송어〉, 〈음악에 부쳐〉 같은 매혹적인 곡들을 썼다. 〈교향곡 4번〉도 작곡했다. 슈베르트의 음악은 대담하고 인습에 얽매이지 않아 보였다.

1821년 작곡가로 널리 알려진 슈베르트는 궁정 극장에 취직했다. 그러나 시간을 제대로 지키지 못하고 남과 잘 어울리지 못하던 그는 곧 일자리를 잃고 말았다. 생활은 사교계를 출입하면서 받은 쥐꼬리만 한 수입에 의존했다.

수천 명의 시민들이 애도를 표했던 베토벤의 장례식에서 횃불을 들고 행렬을 선도했던 무리 중에는 백합 한 송이를 가슴에 꽂은 젊은 슈베르트도 끼어 있었다. 베토벤이 청력을 잃고 난 뒤 친구들과 대화를 나누기 위해 사용했던 필담록에도 슈베르트의 이름이 언급되어 있다. 하지만 1823년 하반기부터 슈베르트가 세간의 칭찬에도 불구하고 자꾸만 모습을 감춘다. 수치의 상징인 성병이 자꾸 재발했기 때문이다. 그의 가곡 〈음악에게〉의 노랫말은 친구인 프린츠 폰 쇼버가 썼다. 슈베르트는 부친이 재직한 학교의 조교사로 일하다 그만두고 쇼버의 집에서 신세를 지면서 작곡에만 전념할 수 있게 된다. 하지만 공교롭게도 슈베르트는 '밤의 사나이' 쇼버를 따라다니다 그만 매독에 걸리게 된다. 슈베르트는 처음에는 이를 비밀로 간직했지만 가까운 친구들과 편지를 주고받다 보니 모두 공공연하게 아는 사실이 되었다. 유럽에서 매독이 처음으로 기록된 것은 15세기 말이다. 프랑스 왕 샤를 8세가 나폴리 왕위 계승을 놓고 이탈리아를 침략하자 유럽 전역에서 돈을 벌기 위해 용병들이 몰려왔다. 학살과 강간을 일삼았던 병사들이 매독에 걸리면서 전 유럽으로 병이 퍼졌다. 그로부터 항생제 페니실린이 나온 1943년까지 450년 가까이 유럽에서 매독으로 1,000만 명이 사망한 것으로 추정된다. 유럽 인구의 3분의 1을 죽음으로 몰고 간 페스트 이후 최악의 전염병이었다.

상태가 호전됐을 때 슈베르트는 스코틀랜드의 시인 월터 스콧의 시 「호수가의 여인」에 곡을 붙인 〈아베마리아〉를 포함한 여러 곡을 완성했다. 슈만은 슈베르트가 남긴 이 무렵의 소나타를 듣고 있자면 "나도 모르게 눈물이 솟구친다."고 평했다.

슈베르트는 독일 시詩가 절정에 이르렀던 시기를 살았다. 이전의 작곡가들과 달리 슈베르트에게 시란 많은 의미가 있었다. 그는 시에서 무엇을 찾아내야 하는지 잘 알고 있었다. 그는 당대 최고 시인인 괴테의 시 수십 편에 곡을 붙였다. 〈민들레〉, 〈들장미〉 등이 그의 시를 바탕으로 한 노래다. 하이네의 시는 생의 막바지에 이르러서야 접했다. 슈베르트는 프리드리히 쉴러, 프리드리히 슐레겔, 테오도르 쾨르너 등의 시에서도 소재를 발견했다. 슈베르트의 예술은 항상 세상의 구경거리나 환경의 풍토에 순하게 어우러지는 산책자의 예술이다.

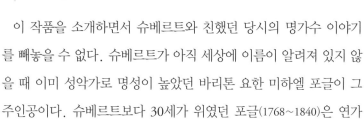

피아노 5중주
A장조 '송어'

이 작품을 소개하면서 슈베르트와 친했던 당시의 명가수 이야기를 빼놓을 수 없다. 슈베르트가 아직 세상에 이름이 알려져 있지 않을 때 이미 성악가로 명성이 높았던 바리톤 요한 미하엘 포글이 그 주인공이다. 슈베르트보다 30세가 위였던 포글(1768~1840)은 연가곡 〈겨울 나그네〉를 비롯해 수많은 슈베르트의 가곡을 소개해 슈베르트의 뛰어난 재능을 널리 알렸던 가수였다. 이들이 친하게 된 것은 '슈베르티아데(슈베르트의 밤이라는 뜻)'라고 하는 슈베르트를 돕기 위한 모임을 통해서였다.

1817년 슈베르트는 가곡 〈송어〉를 작곡했고, 그해 포글이 슈베르티아데에서 초연했다. 이 가곡은 송어가 유쾌하고 명랑하게 뛰노는 광경을 그렸다. 이 〈피아노 5중주 A장조〉에 '송어Die forelle'라는 제목이 붙은 이유는 가곡 〈송어〉의 선율을 주제로 한 변주곡이기 때문이다. 음악 전체를 통해 신선한 느낌을 주며 마치 깊은 산속의 여름을 떠올리게 한다. 1819년 여름, 22세의 슈베르트는 포글과 함께 북부 오스트리아의 린츠 지역으로 여행을 떠났다. 두 사람은 이곳에서 파움가르트너라는 음악애호가를 만난다. 그는 슈베르트에게 자신이 직접 연주에 참여할 수 있도록 작곡을 하나 해달라고 부탁했다. 곡을 의뢰하면서 자신이 좋아했던 가곡 〈송어〉의 주제를 넣어 달라고 부탁했다. 이렇게 해서 〈피아노 5중주 A장조〉가 탄생한 것이다. 편성은 일괄적으로 흔치 않은 피아노, 바이올린, 비올라, 첼로, 더블베이스로 이루어져 있다.

음악학자들 중에는 〈송어〉를 1789년 프랑스 혁명의 여파로 당시 빈에서도 정치적인 소용돌이가 몰아치는 상황에서 나온 정치적 풍자시로 해석하는 이들도 많다. 많은 시 가운데 송어가 시냇물에서 뛰어놀지 못하고 낚시꾼에게 잡히는 운명을 그린 시를 가사로 택했기 때문이다.

아름다운 물레방앗간의 아가씨 중
'물레방앗간과 시냇물'

〈아름다운 물레방앗간의 아가씨〉는 슈만이 지은 〈시인의 사랑〉과 마찬가지로 이야기의 줄거리는 행복하게 시작되어 비극으로 끝맺는다. 물레방앗간의 젊은 일꾼은 연적戀敵인 멋쟁이 사냥꾼에게 자기 애인을 빼앗기고 시냇물에 몸을 던져 자살하고 만다. 이 연가곡집을 잘 연결해 주는 것은 때로 밝고 경쾌하다가도 결국에는 어둡고 우울하게 흘러가는 시냇물이다.

필자가 제일 좋아하는 곡은 열아홉 번째 곡인 '물레방앗간과 시냇물'이다. 아주 슬프지만 아름답고 순수한 곡이다.

〈아름다운 물레방앗간의 아가씨〉와 아래에 소개할 〈겨울 나그네〉의 가사를 쓴 이는 빌헬름 뮐러(1794~1827)라는 독일 시인이다. 독일 문학사에서 널리 알려진 시인은 아니다. 그도 그럴 것이 그의 시풍은 매우 소박하고 민요적이다. 질풍노도[9]처럼 달려 나가던 낭만의 시대에 별로 어울리지 않는 시인이었던 셈이다. 하지만 슈베르트는 그의 시를 무척 좋아했던 것 같다.

겨울 나그네 중 '보리수'

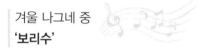

1826년에 슈베르트는 고통과 실의에 빠져 친구들마저 멀리하며 지내다가 뮐러의 병적이리만치 우울한 시 「겨울 나그네」를 발견했다. 모두 24곡으로 이뤄진 이 가곡집의 전편을 관통하는 주제는 '세

---

9) 질풍노도의 시대Sturm und Drang는 18세기 후반에 쓰인 문학작품에 반영된 폭발적이고 혁명적인 정신운동을 말한다. 이 운동은 바로 낭만주의로 연결되어 고전古典의 모방을 거부하고 자유로운 창작을 희구하는 문학의 혁명을 일으켰다. Sturm und Drang의 명칭은 클링거의 동명 희곡의 제목에 따라 후대의 사가들이 명명한 것이다.

상에서 버림받은 나그네의 정처 없는 방황'이라고 할 수 있다. 슈베르트의 가곡을 듣는다는 것은 혼자 떠나는 여행과 비슷하다. 〈겨울 나그네〉의 제목은 'Die winterreise'인데 우리말로 직역하면 '겨울 여행'이다. 물론 그 여행은 허무와 비애, 외로움으로 가득하다. 한국인들이 즐겨 듣는 '보리수Der lindenbaum'는 다섯 번째 곡이다.

이 시에서 주인공은 보리수나무 아래에 누워 꿈꾸었던 사랑을 회상한다. 음악이 시를 해석하거나 시의 진행이 음악적 요소들을 재해석하는 방법을 살펴보면, 슈베르트가 얼마나 음악을 통해 시의 의미를 훌륭하게 전달하는지를 알 수 있다. 이 곡은 가사를 음미하면서 들어야 한다. 슈베르트는 〈아름다운 물레방앗간의 아가씨〉와 함께 〈겨울 나그네〉 연가곡집에서 모두 자연을 통해 사랑의 고통을 시적으로 형상화했다.

〈겨울 나그네〉의 가사를 보면 좀 유치하다. 하지만 사랑은 원래 그런 것 아닌가. 피셔 디스카우의 묵직한 저음과 드라마틱한 피아노 선율에 몸을 맡기면 당신만의 겨울 여행을 떠날 수 있다. 슈베르트가 〈겨울 나그네〉의 작곡을 시작한 지 얼마 되지 않아 베토벤이 사망한다. 진심으로 존경한 베토벤의 죽음에 슈베르트는 큰 충격을 받는다. 슈베르트가 이 곡을 완성한 것은 서른이었고 이듬해 죽었다.

슈베르트가 쓴 〈백조의 노래〉가 있는데, 이 곡은 위에서 소개된 슈베르트의 두 연가곡과는 완전히 성격이 다른 작품이다. 영어로 'song cycle', 독일어로 'liederzyklus'라고 부르는 '연가곡'이란 내용이나 성격 면에서 서로 관련 있는 몇 곡의 가곡이 각각 독립된 완결성을 지니면서 하나로 묶인 작품을 가리킨다. 그런데 연가곡 〈백조의 노래〉에 수록된 가곡들은 내용면에서 서로 연관성이 없다. 〈아름다운 물레방앗간의 아가씨〉처럼 주인공의 사랑과 실연을 보여 주지도 않고, 〈겨울 나그네〉처럼 절망 속에 눈보라를 뚫고 가는 여정을 보여 주지도 않는다. 그런데 왜 연가곡일까? 빈의 악보출판사 슈타이너의 주인 토비아스 하슬링어는 슈베르트가 세상을 떠난 반년 뒤에 렐슈타프, 하이네, 가브리엘 자이들의 시 14편에 곡을 붙여 〈백조의 노래〉라는 제목으로 묶어 출판했다. 이런 제목을 붙이게 된 데는 물론 악보판매 부수를 높이기 위한 상술이 작용한 것이다.

　슈베르트가 활동하던 빈의 연주 환경은 어떠했는가? 시민계급이 음악 활동에 새로운 역할을 수행하게 됨에 따라 작곡가들에게는 좀 더 나은 상황이 펼쳐졌다. 악보 인쇄와 음악과 관련된 출판업은 음악의 대중화에 따라 수지가 맞는 사업이 되었다. 그때까지만 해도 악보를 베끼는 사람들은 악보가 어느 정도 팔릴지 모른 채 일했다. 악보의 필사 이외에도 필요에 따라 찍어낼 수 있는 동판 제조업자들이 나오기 시작했다. 규모가 큰 교향악이나 오페라는 찍어내기가 어려워 피아노 반주용으로, 또는 다른 형태로 편곡되어 인쇄되었다. 이러한 변화에 발맞춰 1770년대 후반, 빈에서 최초의 음악출판사가 등장했다.

　1780년대 초에 음악 그 자체를 즐기고자 공개연주회를 열려는 노력이 있었다. 작곡가나 명연주가들이 자신의 명성을 높이기 위하여 또는 수입을 올리기 위해서 여는 연주회 또는 자선음악회는 오래전부터 있었다. 그러나 음악가가 아닌 사람들이 연주회를 계획하고 프로그램과 연주가를 결정한다는 사실은 전혀 새로운 발상이었다.

이와 같은 연주회는 초기에 대체로 성공을 거두지 못했다. 연주회를 편성하기가 어려웠고 비용이 너무 많이 들었기 때문이다. 당시 빈에는 음악전용 연주장이 없어서 연주를 하려면 다른 목적으로 쓰이는 장소를 빌려야 했다. 1812년에 빈에 악우협회가 세워졌는데, 이를 계기로 음악애호가들을 위한 공개연주회를 열 수 있게 되었다. 슈베르트 시대는 음악 살롱이 절정을 이룬 시대이기도 했다. 음악 살롱이란 어느 저택의 큰 방에서 이루어지는 반공개적인 가정음악회를 말한다. 대략 1790년에서 1830년 사이에 빈에서는 음악 살롱이 중요한 음악연주 및 창작의 수단이 되었다. 전쟁으로 얼룩졌던 1813년까지는 규모가 큰 음악회를 열 만한 조건이 갖추어지지 않았다.

09

펠릭스 멘델스존-바르톨디

마지막 합창이 끝나자 우레와 같은 박수가 터져 나왔다. 청중은 열렬히 환호했다. 합창단도 독창자도 모두 감격했다. 펠릭스 자신도 가슴이 터질 것만 같았다. 예수 역을 맡은 친구 데프리엔트의 눈시울이 붉어졌다. 무대에 올리기를 극구 만류하던 카를 첼터 선생의 입가에도 흐뭇한 미소가 번졌다. 1829년 3월 11일 베를린 징아카데미Sing-Akademie에서 진행된 바흐의 〈마태 수난곡〉 초연은 이렇게 대성공을 거두었다.

J. S. 바흐의 〈마태 수난곡〉이 다시 햇빛을 보게 한 일은 멘델스존이 지휘자로서 이룬 여러 공로 중에서도 으뜸가는 평가를 받고 있다. 바흐의 음악이 그가 죽은 후 곧 잊힌 것은 바흐가 높게 평가

되지 않았기 때문이 아니라 18세기까지 음악은 기본적으로 한번 연주하면 그것으로 끝나는 소모품이었기 때문이다. 따라서 1829년에 멘델스존이 〈마태수난곡〉의 부활연주를 하기 전까지 그의 작품이 일반인들에게는 흘러간 옛 음악 정도의 의미밖에 없었다는 점을 추측할 수 있다.

그의 성품 또한 온화하고 조용하며 침착하여 고전파적 기질이었다고 할 수 있다. 그의 최초의 연주가 있었던 이듬해 멘델스존은 징아카데미에 입학해서 작곡을 배우기 시작했다. 1826년에 펠릭스는 세익스피어 원작을 근거로 이 시기의 가장 중요한 작품이며 출세작인 〈한여름 밤의 꿈 서곡〉을 쓰기 시작했다.

멘델스존은 영국과 친밀한 관계를 맺고 이를 평생 동안 유지했으며 그곳에서 연주회를 열었다. 스코틀랜드 여행 중 〈핑갈의 동굴 Op. 26〉과 〈교향곡 제3번〉 '스코틀랜드'의 악상을 얻었다. 32년간 프랑스, 이탈리아, 영국, 오스트리아, 독일 등지에 걸친 멘델스존의 여행은 그의 음악에 폭넓은 교양과 영감을 주었다.

여행 기간 동안 리스트, 베를리오즈, 필드 등 각지의 음악가와 친교도 맺었다. 이 기간에 작곡한 〈교향곡 제4번〉 '이탈리아', 〈교향곡 제5번〉 '종교개혁' 및 독특한 피아노 작품인 〈무언가〉 제1집 등은 작곡가로서의 방향을 확정한 중요한 작품들이다. '무언가無言歌'란 가사 없는 노래라는 뜻으로, 어떤 사물이나 기분을 음악으로 표현한 기악곡이다. 소품들로 이루어져 있지만 시정이 풍부하고 낭만적인 멜로디의 흐름이 넘치는 매력적인 작품이다. 멘델스존의 무언가는 모두 8집으로 되어 있으며 제1~6집까지는 그의 생전에 출판되고 제7~8집은 죽은 후에 나왔다.

멘델스존은 1835년 라이프치히의 게반트하우스 관현악단의 지휘자가 되었는데, 훗날 이 관현악단은 유럽에서 손꼽히는 악단으로 성장하게 된다. 1844년에는 미완성이었던 유명한 〈바이올린 협주곡 f단조 Op.64〉를 완성했다.

짧은 생애 동안 남긴 작품은 대부분 고전적 전통에 뿌리를 두고 있으며 단정하고 명쾌한 모양새를 갖추고 있다. 멘델스존은 모차르트를 제외하고 견줄 만한 음악가가 없을 정도로 음악에 천부적인 재질을 보였고, 음악뿐 아니라 어학, 문학, 철학적 재능과 그림솜씨까지 갖춘 만능에 가까운 재능을 보였다.

'Felix'는 '행운'이라는 뜻을 지녔다고 한다. 그의 생애는 이름인 펠릭스에 걸맞게 행복으로 가득했다. 그는 북부 독일에 있는 함부르크의 유대계 집안에서 태어났다. 할아버지 모제스는 괴테와 친한 친구였고 당대에 이름을 날린 철학자였다. 아버지 아브라함은 유능한 은행가였다. 어머니는 영문학, 불문학, 이탈리아 문학을 연구하던 여성이었다. 그 당시만 해도 펠릭스처럼 상류사회 출신의 음악가는 없었다.

멘델스존의 위상에 큰 해를 끼친 것은 바그너가 휘두른 부삽이다. 그는 그 삽질로 멘델스존에 대한 평가를 덮어 버리려 했고, 그 뒤로 한 세기가 넘도록 독일 음악학자들이 이러한 시각을 강화했다. 바그너는 멘델스존이 죽은 세 해 뒤 비열한 논문 「음악에서의 유대주의」라는 연장을 휘둘렀다. 바그너는 이 논문의 목적이 독일 문화에서 본질적이라 생각하는 깃과 관계없는 요소들을 제거하는 데 있다고 주장했다.

원래 멘델스존은 유대인 혈통이었으나 아버지 아브라함이 신교로 개종하면서 멘델스존이라는 성에 바르톨디Bartholdy를 붙여 다른 멘델스존 가家와는 구별되게 했다. 바르톨디는 원래 삼촌이 소유하던 땅의 이름이었는데 가족의 이름에 포함해서 부르게 되었다. 그러나 혈통이 유대인인 탓에 독일에서는 백안시당하는 일이 자주 있었다. 특히 나치 시대에는 리이프치히에 있던 그의 동상이 철거되고 유명한 '결혼 행진곡' 연주까지 금지당하는 수모를 겪었다.

나치는 또한 멘델스존의 〈바이올린 협주곡〉을 연주하지 못하게 하고 게르만 혈통의 적자인 슈만의 곡을 대대적으로 홍보했다. 생전에 절친했던 두 사람은 백 년 뒤 나치 당원에 의해 적이 되고 말았다.

멘델스존이 짧은 생애 동안 해낸 그 많은 일을 생각해 보면 그 와중에 음악 한 곡이라도 더 작곡할 시간과 에너지를 찾아낸 것이 놀라울 정도다. 그의 생애는 안락과 안일이 넘치기는커녕 그가 가진 엄청난 힘의 한계에 도달하는, 그래서 궁극적으로는 그것을 넘어서는 활동으로 가득 차 있었다. 역사의 굴곡 때문인지 멘델스존이 작곡한 전체 750여 곡 가운데 270여 곡이 출판되지 않거나 연주되지 않은 상태로 남아 있다.

멘델스존은 본질적으로 구습을 타파하고 혁명적인 큰일을 이룰 인물은 아니었던 듯하다. 1847년 누나의 사망소식에 큰 충격을 받아 시름시름 앓던 그도 결국 세상을 떠나고 말았다.

현악 8중주

고전적 형식에 시적인 정신을 기반으로 자유롭고 환상적인 음악을 작곡하였으므로 멘델스존의 작품은 대부분 품위가 있고 명쾌한 것으로 유명하며 특히 〈현악 8중주String octet in E flat major〉는 그의 실내악곡 중에서 가장 잘 알려진 작품이다. 우아하고 화려한 이 곡은 구성이 뛰어나고 실내악의 효과를 극대화 한 교향악적 울림을 가지고 있을 뿐만 아니라 음악적으로 성숙된 멘델스존의 모습이 엿보인다. 그런 소년 멘델스존의 천재성을 대변하는 작품이 둘 있는데, 하나는 1826년의 〈한여름 밤의 꿈 서곡〉이고, 다른 하나는 그보다 한 해 앞서 탄생한 〈현악 8중주〉이다. 이 가운데 후자는 소나타 악장 형식을 기반으로 한 고전적인 실내악 양식을 온전히 체득한 16세 소년 작곡가의 조숙한 재능을 가장 선명하게 드러냈을 뿐 아니라 실내악 역사상 굴지의 명작 가운데 하나로 손꼽히는 눈부신 작품이다.

현악 8중주곡에 속하는 작품은 그리 많지 않다. 그 가운데서도 멘델스존의 작품이 비교적 널리 알려져 있고, 다리우스 미요(1892~1974), 닐스 빌헬름 가데(1817~1890), 요제프 요하임 라프

(1822~1882)의 작품이 있을 정도다. 현악 8중주곡은 현악 4중주를 2배로 편성한 것을 원칙으로 삼는다. 이런 관례는 루드비히 슈포어Ludwig Spohr (1784~1859)의 영향이라고 볼 수 있다.

제1악장에서 제1바이올린이 기세 좋게 제1주제의 연주로 시작한다. 다른 악기들은 트레몰로로 움직이고 비올라는 당김 음으로 들어온다. 제 2악장은 비올라의 제1주제로 시작되는 악장으로, 멘델스존의 작품에서는 보기 드문 명상적인 아름다움이 깃들어 있는 작품이다.

제3악장은 이 작품 가운데 가장 유명한 악장이다. 그래서 이 악장만 떼어서 연주하는 경우도 많다. 젊은 시절 그에게 큰 영향을 끼쳤던 괴테의 〈파우스트〉에서 악마들의 연회가 열리는 〈발푸르기스의 밤〉[10]대목에서 영감을 받아 작곡했다는 바로 그 악장이다. 슈만과 마찬가지로 음악적 영감을 낭만주의의 문학에서 찾아내기를 즐겼던 멘델스존의 모습을 즐겁게 만나게 해 주는 악장이다. 제4악장에서는 모두 4개의 주제가 등장한다. 전체적으로 활기찬 느낌이고, 특히 헨델의 할렐루야 코러스 선율이 연상되는 두 번째 주제가 인상적이다.

---

10) 발푸르기스의 밤은 중부 유럽과 북유럽에서 4월 30일이나 5월 1일에 널리 행하는 봄의 축제이다. 이날을 기념하는 행사로 춤과 함께 모닥불을 걸들인다. 이 축제의 명칭은 성 발부르가Saint Walburga (710 ~ 777)에서 유래하였다. 발푸르기스의 밤은 괴테의 『파우스트』에 묘사되면서 더욱 유명해졌다.

핑갈의
동굴 서곡

  낭만주의 시대에 유럽인들은 스코틀랜드에 매료되었다. 19세기 초, 이 멀고 신기한 곳으로의 여행을 부추긴 것은 월터 스콧 경의 소설이었다. 1805년 「마지막 음유시인의 노래」가 출판되자 스콧은 영국의 문학가가 되었고, 그의 작품은 번역되어 대륙으로 확산되면서 많은 해외독자를 확보했다. 멘델스존의 어머니도 열광적인 독자들 중 한 사람이었다.

  스콧은 많은 작곡가의 상상력을 흔들어 놓았다. 슈베르트는 월터 스콧 경의 「호수의 여성」의 시구를 바탕으로 〈아베마리아 D.839〉를 작곡했고, 베를리오즈는 스콧의 소설 「웨이벌리」로 〈웨이벌리 서곡 Op.1〉을 썼다. 스콧에 대한 스코틀랜드인들의 자부심은 대단하다. 스코틀랜드의 수도인 에든버러의 기차역 이름은 웨이벌리 Waverley인데 이는 소설 「웨이벌리」의 이름을 본 딴 것이다. 1819년 발표된 스콧의 소설 「람메르무어의 신부」를 바탕으로 한 가장 유명한 오페라는 도니제띠의 〈람메르무어의 루치아〉다. 이 오페라는 첫날밤에 남편을 살해한 신부가 정신착란의 상황에 빠져 부르는 '광란의 아리아'로 유명하다.

  영국을 특별히 좋아했던 펠릭스는 일생 동안 열 번 넘게 영국을 방문했다. 1829년 여름 스코틀랜드 서북방에 있는 헤브리디스 제도의 여러 섬을 여행하면서 핑갈의 동굴을 보게 되었다. 이 지역은 대서양의 파도가 밀려와 바위에 부딪쳐 하얗게 포말을 지으며 부서져 내리는 속으로 기암절벽이 드러나 절경을 이루는 곳이다.

이곳은 커다란 암굴인네, 전설에 의해 국왕 핑갈의 이름이 붙어 있다. 펠릭스가 〈헤브리디스(핑갈의 동굴) 서곡 Hebrides overture Op.26〉을 쓴 것은 1832년 그의 나이 23세 때로, 5월 14일 런던에서 자신의 지휘로 초연했다. 펠릭스는 후에 이 작품을 수정하여 프로이센 황태자에게 헌정했다.

이 곡은 파도의 물결을 연상케 하는 현의 선율과 바람과 바위를 나타내는 목관악기의 선율이 소나타 형식을 따르면서도 자유분방한 구성과 조화를 이뤄 펠릭스의 고전적이면서도 로맨틱한 성격이 가장 이상적으로 드러나는 작품으로 평가받고 있다. 바그너는 이 곡을 듣고 펠릭스를 '일류 풍경화가'라고 말했다고 한다.

이 곡의 제1주제는 갈매기 떼가 날아다니는 섬에 외로이 솟아 있는 언덕과 푸른 바다를 향해 입을 벌리고 있는 동굴의 모습을 스케치했다. 이어서 아름다운 칸타빌레의 제2주제가 첼로와 파곳의 연주로 제시되고 제3주제는 밝은 햇빛을 연상하게 한다. 이러한 여러 주제가 변화무쌍하게 발전, 재현되다가 종결부를 맞이한다.

여기서 잠시 서곡의 의미를 짚어 보자. '서곡overture'은 '개시'를 뜻하는 프랑스어 우베르튀르ouverture에서 유래된 말이다. 17세기에 서곡은 단순히 오페라, 또는 발레와 오라토리오의 시작을 알리는 작품이었다. 세월이 흐르면서 서곡은 곧 시작될 오페라의 공연 분위기를 조성하는 역할만 맡게 된다. 작곡가들 중 일부는 오페라에 나오는 몇몇 주제를 서곡으로 구성하기도 했다. 그러자 서곡이 오페라의 도입음악에 불과함에도 많은 서곡들이 오페라보다 좋은 음악성을 지녀서 오페라가 이미 잊힌 뒤에도 음악회에서 계속 연주될 수 있었다. 용어 자체도 토카타toccata, 신포니아sinfonia, 서주introduzione, 오바추어overture등으로 불리다가 오늘날 'overture'란 말로 정착된 것이다.

19세기에 서곡은 연주용으로 계속 작곡되었는데, 이를 '무대용서곡'이라 불렀다. 그 예로는 앞에서 소개한 멘델스존의 곡 외에도 베를리오즈의 〈로마의 사육제〉 그리고 브람스의 〈대학축전서곡〉을 들 수 있다.

서곡과 전주곡prelude은 겉보기에 별 차이가 없어 보인다. 본격적인 음악이 시작되기 전 '도입'역할을 한다는 점에서 둘이 비슷하다. 그러나 둘 사이엔 차이가 있다. 전주곡은 오페라 전체의 서두뿐만 아니라 각 막의 서두를 장식하는 음악이기도 하고, 곡의 길이는 서곡보다 짧고 간단한 편이다. 전주곡은 극에 더 충실한 진정한 의미의 도입음악이며 또한 극의 일부이기도 하다. 전주곡은 서곡처럼 시대에 따라 그 의미가 변하고 기능도 달랐다. 바그너의 〈트리스탄과 이졸데〉 전주곡과 드뷔시의 〈목신의 오후 전주곡〉의 경우 두곡 모두 전주곡이라 불리기는 해도 바그너의 작품이 전개되기 전에 연주되는 반면 드뷔시의 작품은 독립적인 관현악곡이다.

명곡들 중에는 여행을 통해 영감을 받은 작품들이 꽤 있다. 도시나 국가의 이름이 부제로 붙은 작품들은 대부분 작곡가의 여행과 관련된 경우가 많은데 〈교향곡 제4번 Op. 90〉 '이탈리아'도 멘델스존의 이탈리아 여행에서 시작된 작품이다. 멘델스존은 여행을 좋아했다. 집안 환경도 부유해서 마음껏 여행을 다닐 수 있어서 그는 세계 각지의 많은 곳에 가 볼 수 있었다. 멘델스존이 특히 좋아했던 곳은 이탈리아 로마였다고 한다.

이탈리아 여행에 깊은 감명을 받은 작곡가는 비단 멘델스존뿐만이 아니었다. 이탈리아를 주제로 한 유명한 작품들로는 차이콥스키의 〈이탈리아 카프리치오〉와 〈피렌체의 추억〉, 베를리오즈의 〈이탈리아 해롤드〉, 볼프의 〈이탈리아 세레나데〉, R. 슈트라우스의 〈이탈리아에서〉를 들 수 있다. 이탈리아에 처음 가 본 차이콥스키는 이 아름다운 나라에 반해서 평생 이탈리아를 사랑하게 되었다고 하는데, 아마도 이탈리아의 찬란한 날씨가 그에게 더욱 특별한 영감을 주었으리라.

10

프레데릭 쇼팽

Frederic
Chopin

최고의 피아노 음악 작곡가라고 알려진 쇼팽은 폴란드의 바르샤바 근교에서 프랑스인 아버지와 폴란드인 어머니 사이에서 태어났다. 음악역사에서 쇼팽만큼 피아노의 기능을 최대로 살려 작품을 쓴 작곡가는 드물 것이다. 진정 그는 피아노를 통해 노래하고 피아노로 시를 읊은 사람이다.

프레데릭 쇼팽Frederic Chopin (1810~1849)은 바르샤바 고등 음악학교에서 작곡과 음악 이론을 배우기 시작했다. 이후 바르샤바 음악원에서 공부를 마친 쇼팽은 유럽 음악을 접하고 명성을 얻기 위해 외국에 가기로 결정한다. 그때까지 그는 프러시아에 두 번 잠깐 머물렀을 뿐 폴란드를 떠나 본 적이 없었다. 폴란드는 주변 국가들이 탐을 냈고 결국 오랜 수탈의 역사를 안고 있다. 폴란드는 1795년부터 러시아, 프로이센과 오스트리아의 지배를 받은 이후 오랜 세월 여러 조각으로 찢기는 비운을 겪었다.

쇼팽은 결국 빈을 택한다. 1830년 11월 2일 그는 친구 티투스 보이체호프스키와 함께 오스트리아로 떠난다. 쇼팽은 스무 살에 자신의 매력과 무기를 온전히 다 갖추고서 친숙한 고향땅을 영원히 떠난 것이다. 빈에 도착한 지 며칠이 지났을 때, 왕 위에 군림하는 러시아 차르에 반대하여 바르샤바에서 봉기가 일어난 것을 알게 된다. 이것은 몇 달 간이나 지속된 러시아-폴란드 전쟁의 시발점이었다. 보이체호프스키는 군대에 참여하기 위해 바르샤바로 돌아갔지만 쇼팽은 친구들의 설득을 이기지 못하고 빈에 머무른다. 그는 조국과 가족의 운명에 대한 걱정으로 연주회 계획도 그만둔다. 1831년 6월 11일 카트너터 극장에서 연 연주회가 마지막이었다.

쇼팽은 파리로 가기로 결심한다. 가는 도중에 그는 8월 28일 음악회 연주 때문에 뮌헨에 잠시 머물었고, 그 후 슈투트가르트에 도착한다. 그곳에서 그는 11월 혁명이 붕괴되었고, 바르샤바는 러시아에 의해 점령되었다는 소식을 듣는다.

1831년 가을, 파리에 도착한 쇼팽은 그곳으로 망명해 온 많은 동포들을 만난다. 쇼팽은 음악을 통해 조국의 위대함을 알린다는 사명을 지닌 난민難民 신세가 된 것이다. 그는 파리에서 리스트, 멘델스존, 페르디난트 힐러, 베를리오즈, 아우구스트 프랑솜과 친구가 되었다. 그 후 1835년 라이프치히에서 그는 슈만을 만났는데,

슈만은 쇼팽의 작품을 높이 평가했으며 쇼팽에 대해 열렬한 기사를 썼다. 파리는 환대를 구하는 예술가들에게 항상 그랬듯이 쇼팽에게도 공감, 열광, 자유가 어린 분위기를 제공했다.

쇼팽이 바르샤바로부터 도착했다는 얘기를 듣자, 당시 피아노의 제왕이라고 불렸던 피아니스트 프리드리히 칼크브레너는 쇼팽을 위해 1832년 2월 26일 살레 플레옐에서 음악회를 열어 주었다. 대단한 성공이 뒤따랐고, 그는 곧 파리 전역에서 명성 있는 음악가가 되었다. 이러한 명성은 출판업자들을 자극했으며, 1832년 여름 쇼팽은 파리 최고의 출판사인 쉴레싱어와 계약에 합의했다. 그와 동시에 그의 작품들은 라이프치히의 프롭스트사, 브라이트코프사, 이어서 런던의 웨셀사에서도 출판되었다.

하지만 파리에서 쇼팽은 그의 수입을 주로 레슨에 의존했다. 그는 폴란드와 프랑스 귀족들 사이에서 유명한 선생이 되었으며 파리의 살롱은 쇼팽에겐 최고의 연주 장소였다. 피아니스트로서 쇼팽은 칼크브레너, 리스트, 탈베르크, 헤르츠와 함께 그 시대 최고의 음악가로 인정받았다. 하지만 쇼팽은 대중들에 알려지는 것이 싫어서 거의 모습을 드러내지 않았다.

얼마 후 그는 리스트의 소개로 당시 프랑스의 유명한 작가 조루즈 상드(1804~1876)를 만난다. 귀족 가문에서 태어난 상드는 18살 때 뒤드반 남작과 결혼했으나 얼마 안 돼 이혼하고 「엥디아나」라는 작품으로 문단에 데뷔하여 이름을 날리고 있었다. 그뿐만 아니라 그녀는 시인 뮈세를 비롯한 여러 남성들과의 애정행각으로 염문을 뿌렸으며, 그러한 그녀의 행동은 파리에서는 모르는 사람이 없을 정도였다.

여자로 생활하는 데 불이익이 많다고 생각해 남장을 한 소설가이자 6살 위이고, 두 자녀가 있는데다 이혼 경험이 있는 상드는 외로운 예술가 쇼팽을 모성애적 사랑으로 돌보았다. 상드와 쇼팽의 관계는 청춘남녀의 꿈같은 연애나 영혼을 불사르는 정열적인 사랑과는 거리가 멀었다. 좀 더 현실적이고 인간적인 애정관계로 맺어진 것이다. 쇼팽의 건강이 더 악화되자 그 둘은 1838년 10월 스페인의 마요르카 섬으로 요양을 하러 간다. 하지만 그곳의 나쁜 날씨 탓에 쇼팽의 건강은 심각할 정도로 악화되었다. 수 주 동안 그는 밖에 나가지 못할 정도로 건강이 좋지 않았으나, 그럼에도 불구하고 집중적으로 수많은 걸작들을 썼다. 24곡의 전주곡, 〈폴로네이즈 c단조〉, 〈발라드 F장조〉, 〈스케르초 3번 c샵단조〉는 모두 이때 완성되었다.

1839년 봄 마요르카를 떠난 후 마르세유에서 어느 정도 건강을 회복했지만, 여전히 허약한 쇼팽은 프랑스 중부 노앙에 있는 조루즈 상드의 저택으로 이사한다. 이곳에서 그는 1846년까지 머물면서 겨울 동안에만 파리로 돌아갔다. 상드는 친구에게 보낸 편지에서 쇼팽의 건강 때문에 둘은 성관계를 중단했다고 고백했다. 이때는 쇼팽이 집을 떠난 후 그의 삶에서 가장 즐겁고 창작 활동이 왕성한 시기였다. 그의 가장 걸출하고 심오한 작품들의 대부분은 노앙에서 작곡되었다.

수 년 동안 이어온 둘의 사랑은 쇼팽이 죽기 2년 전에 끝난다. 상드는 쇼팽이 자신의 딸을 사랑한다고 의심했다. 게다가 상드 모녀는 재산을 두고 서로 싸우고 있었는데 쇼팽이 딸 편을 들어 상드의 심기를 건드렸다. 건강과 창조력에 중요하게 작용했던 노앙을 떠난 후 쇼팽은 정신적·신체적으로 황폐해져 갔다. 그는 거의 작곡을 하지 않았으며 그때부터 사망할 때까지 몇 개의 소품을 썼을 뿐이다.

쇼팽은 일생을 거의 피아노곡 작곡에 전념했다. 예외로 6개의 관현악곡, 3개의 소나타 역시 대단한 빛을 발하고 있기도 하지만, 녹턴을 비롯하여 즉흥곡, 마주르카, 왈츠, 폴로네이즈 등은 쇼팽이 새롭게 개척한 피아노곡 형식이다. 새로움이 가득한 그의 곡들은 후대의 음악가들에게 많은 영향을 주었다. 정교함과 치밀한 악상을 독창적으로 사용하면서도 무엇보다도 낭만적인 아름다움을 피아노 예술로 창조해 낸 쇼팽은 그의 시대에서 이미 서양음악사의 위대한 대선배들의 그늘에서 벗어나 완전히 독자적인 새 지평을 열면서 음악의 세계에 군림하기 시작한 인물이라고 볼 수 있다. 그는 형식미를 중시하는 고전적 스타일과 감정표현을 중시하는 낭만적 스타일, 두 극단을 모두 표현하면서도 품위와 고결함을 잃지 않았다. 새로운 트렌드를 선도할 수 있는 과감성을 갖추고 자신만의 세계를 창조해 나간 것이다.

베를리오즈는 쇼팽의 음악이 지나치게 부드러워서 "공기의 요정이나 물의 요정의 합주를 듣는 것처럼, 악기에 다가가서 귀를 대 보고 싶은 충동을 느낀다."고 했다. 그러나 쇼팽은 격렬성의 부족을 시적인 미묘함으로 채웠다.

피아노 협주곡
제1번

피아노 협주곡에서 쇼팽은 다시 한 번 조국 폴란드에 대한 사랑을 표출하고 있다. 쇼팽은 폴란드 땅에서 울려 나오는 다양한 소리를 통합하여 자신의 독창적이고 우아한 연주로 승화시켰다.

'피아노'는 낭만주의 음악가들이 가장 선호했던 악기로서 작곡가들의 내면세계에 깊숙이 자리한 감정을 생생하면서도 실감나게 표현할 수 있었다. 수없이 많은 종류의 피아노 음악이 낭만주의 시대에 작곡되었다. 음악사에서 독보적인 위치에 군림하고 있는 쇼팽의 피아노 음악은 낭만주의 정신을 가장 이상적으로 표현할 수 있는 독창적인 스타일을 보여 주었다.

쇼팽은 〈피아노 협주곡 No.1 e단조〉를 1830년에 작곡했고, 당시 파리 음악원 교수이며 피아노 비르투오소로서 명성을 날리던 칼크브레너에게 헌정했으며, 그해 10월 조국 폴란드를 떠나면서 가졌던 고별연주회에서 쇼팽 자신이 초연했다. 이 연주회에서 그가 사랑한 음악원 동급생 소프라노 콘스탄치아도 참석해 노래를 불렀지만 쇼팽의 타는 마음은 알지 못했다. 쇼팽은 이 협주곡의 2악장에 자신의 애틋한 감정을 담았다.

피아노 협주곡 1번과 2번의 작곡 시기와 작품 번호에 관해 다소의 논란이 있곤 한데, 원래는 협주곡 제2번이 먼저 작곡되었지만 오케스트레이션에 다소 문제점이 있는 관계로 이 곡의 출판이 1836년으로 연기되었고, 피아노 협주곡 1번이 2번보다 먼저 1833년 파리에서 출판되었다.

이 곡은 강렬하지 않다. 약간의 우울함, 추억의 장소에 대한 회상, 달빛이 고즈넉한 아름다운 봄밤의 정취, 말하자면 고향을 떠나 더 넓은 세계로 나가기로 마음먹은 쇼팽의 심정을 담아낸 곡이다. 이 곡을 작곡할 때 쇼팽은 갓 스무 살 청년이었다. 그리고 작년 가을, 조성진이 쇼팽 콩쿠르에서 낭보를 보낼 때 연주한 곡도 이 작품이다.

녹턴
Op.9-2

쇼팽은 야상곡nocturne이라는 피아노곡을 모두 21곡 작곡했는데, 야상곡집에 수록된 것은 19곡뿐이다. 아릴랜드의 피아니스트이자 작곡가인 존 필드가 성당에서 행하는 밤의 기도에서 착상하여 야상곡을 처음으로 작곡한 것으로 알려져 있다. 녹턴은 고요한 밤의 정취를 노래한 서정적인 곡이지만, 때로는 여성적인 섬세하고 부드러운 것과는 달리 웅장하고 극적인 작품도 있다. 그렇지만 대부분은 감상적이고 무한한 우수가 잠재해 있다.

〈녹턴 Op.9〉는 3개의 녹턴으로 이루어져 있는데, 바르샤바 시대 말부터 1830년 파리에 온 사이에 작곡된 것으로 여겨진다. 쇼팽의 녹턴으로는 맨 처음 출판된 작품이다. 이들 중 〈녹턴 Op.9-2〉가 그의 가장 유명한 녹턴이라고 할 수 있다. 쇼팽의 모든 걸작 중에서도 높은 위치를 차지한다. 사람들은 이 곡이 연주되던 파리지앵들의 화려한 살롱의 분위기에 걸맞은 감성을 아직도 느낄 수 있을 것이다. 이 음악은 현재 모든 장르의 뮤지션이 어떠한 악기로도 편곡하여 연주하기를 좋아하는 최고의 레퍼토리가 되어 있다.

연습곡 Op.10-3 E장조
'이별의 곡'

쇼팽의 '이별의 곡'은 드라마나 영화에서 이별 장면에 특히 많이 사용이 되어서 아주 익숙한 곡이기도 하다. 이 곡을 들으면 어떤 드라마에서 나왔던 슬픈 장면이 오버랩 되면서 가슴을 먹먹하게 하기도 하고 눈물샘을 자극하기도 한다. 사실 쇼팽의 '이별의 곡'은 쇼팽의 연습곡etude 10번[11]이라고만 되어 있고, 별다른 제목이 붙어 있지 않았다고 한다. 1934년 독일에서 「이별의 왈츠」라는 쇼팽에 관한 영화가 만들어졌는데, 영화 속에서 쇼팽이 글라드코프스카에게 이 곡을 들려준다. 이 영화가 일본에서 개봉되면서 '이별의 곡'이라는 이름이 붙은 것이다. 이 곡은 프랑스에서는 '눈물'이라고 불린다.

이 곡은 또한 쇼팽이 러시아의 침공으로 조국인 폴란드를 떠난 후

---

11) 프랑스어로 '공부 또는 연습'을 의미하는 말에서 온 '에튀드'는 보통 연주기법의 특정 측면에 초점을 맞추어 지어진 기악 독주곡을 일컫는다. 그런데 에튀드는 단순히 연습용 목적에만 머물지 않고 쇼팽, 슈만 등에 의해 연주회장에서 연주될 수 있을 정도의 완성도와 예술성을 갖게 되었다.

에 조국을 그리워하면서 쓴 쇼팽의 연습곡 27개 중 느린 멜로디를 가진 몇 안 돼는 곡 중의 하나다. 몇 안 되는 느린 곡인만큼 깃들어 있는 감정이 매우 풍부하다. 이 곡을 쇼팽이 작곡하면서 자신 스스로가 "그토록 감미로운 멜로디는 내 생애 처음이다."라는 말을 남겼다고 한다. 이 곡은 1832년에 작곡되었는데 이듬해인 1833년 프랑스, 독일과 영국 등지에서 출판되었다. 화성과 레가토 기법이 두드러지게 사용되었으며 다른 연습곡처럼 A-B-A 형식으로 되어있다. 쇼팽은 기교 연습을 위한 단순한 곡 형식으로 취급받던 연습곡을 풍부한 감정을 담아낸 예술로 끌어올렸다.

연습곡 Op.25-11 '겨울바람'

쇼팽의 연습곡 가운데 난이도가 최상인 곡이라고 한다. 쇼팽은 1837년 27살 때 폐결핵을 앓게 되었는데, 그 때문에 약혼한 연인 보진스카와도 파경을 맞게 된다. 그런 절망적인 상황에서 작곡한 곡이 바로 이 곡이다. 오른손의 빠른 움직임이 매서운 바람소리를 연상시키는데, 쇼팽의 당시 슬픔과 고통이 그대로 반영된 곡인 것 같다. 처음의 느린 네 마디는 이 곡이 출판되기 전 친구의 조언으로 추가된 것이라고 한다.

이 곡은 1837년에 프랑스, 독일과 영국 등지에서 출판되었다. 11번은 손의 유연성, 지구력, 그리고 피아노 학습에 있어서 필수적인 요소들을 다룬다. 특히 오른손은 민첩성, 왼손은 유연성을 향상시키는 연습이 되며 주 멜로디는 왼손으로 연주되고 오른손은 장대한 음역을 넘나드는 아르페지오[12]와 16분음표로 이루어져 있다. 쇼팽은 음악에 제목 붙이기를 별로 좋아하지 않은 걸로 알려져 있고, 실제로 그의 음악에 붙은 제목들은 당대 혹은 후대의 사람들이 붙인 게 대부분이다.

전주곡 제15번 Op.28
'빗방울'

24곡으로 구성된 전주곡 중 15번째 곡이다. 쇼팽의 전주곡은 24개의 개별적인 짧은 소품들이 모인 곡으로, 각기 다른 조성으로 쓰였다. 변주곡과 달리 모든 곡이 독립적인 얼굴을 갖고 있다. 24개의 전주곡은 각각의 특성을 섬세하게 담아내고 있으며 곡이 바뀔 때마다 바로 다른 분위기로 넘어간다.

폐결핵에 걸려 파혼의 아픔을 겪었던 쇼팽에게 상드는 구원의 여신처럼 다가왔다. 상드는 여리고 섬세한 쇼팽을 어머니처럼 따뜻하게 감쌌다. 그러나 유약한 천재 음악가와 나이 많은 여인의 열애를 바라보는 파리 사교계의 시선은 곱지 않았다. 그래서 사람들의 눈

---

12) 화성구성음이 동시에 울리는 것이 아니라 차례로 울리는 음, 즉 '펼침 화음'이라고도 한다.

을 피하고 요양도 할 겸 복잡한 파리를 떠나 스페인의 섬 마요르카로 향했다.

영어로 '조지George'라고 하는 '조르주'는 남자 이름이다. 당시 여성 작가들이 종종 사용했던 방식이기도 하고, 남성과 여성의 삶이 모든 부분에서 평등해야 한다는 소신을 상징하는 행동이기도 했다. 앙드레 모로아, 도스토옙스키, 샤토브리앙, 스탕달, 에밀 졸라 등 당대의 수많은 지성들이 그런 조르주 상드를 찬미하고 사랑했다.

쇼팽은 피아노로 시詩를 쓰고, 섬세하고 상처받기 쉬운 남자였다. 상드의 열정적이면서도 모성애적인 사랑과 보살핌을 듬뿍 받으며 모처럼 깊이 음악에 빠져들 수 있었던 쇼팽은 이 시기에 많은 작품을 탄생시켰다. 피아니스트이자 작곡가로서 가장 생산적인 시기로 평가될 정도였다. 시를 음악으로 풀어내는 작곡가답게 아름답고 영롱한, 그러면서도 강한 정열과 사랑이 담긴 곡들이 이어졌다.

하지만 두 사람의 평안함은 그리 오래가지 않았다. 생각보다 마요르카 섬의 날씨는 좋지 않았다. 정식으로 결혼한 관계가 아닌 두 사람에 대한 섬사람들의 태도 또한 부드럽지 않았다. 상드의 두 아이도 쇼팽에게 호의적이지 않았다. 게다가 쇼팽의 건강은 날이 갈수록 나빠져 각혈을 했다. 의사는 그의 시간이 얼마 남지 않았다고 선언했다.

그런 어느 날, 상드는 두 아이들과 외출에 나선다. 마침 비가 왔고, 홀로 집에 남아 있던 쇼팽은 똑똑 떨어지는 빗소리를 오선지에 옮겼다. 피아노의 선율이 마치 빗방울을 연상시킨다고 해서 후세 사람들이 붙인 부제 '빗방울 전주곡'이 탄생하던 순간이었다.

뚝뚝 떨어지는 빗방울의 단조로움으로 시작해서, 어둡고 묵직한 감정의 터널 속에서 이따금씩 세차게 퍼붓는 빗소리가 나타났다 사라짐을 반복하는 아름다운 곡이다. 상드는 그녀의 '회상록'에서 빗방울이 단조롭게 내리던 마요르카 섬의 깊은 밤, 쇼팽이 연주하고 있던 이 전주곡을 추억했다. 낙숫물을 묘사한 우울한 표현이 쇼팽의 초조와 권태를 반영하고 있어 이와 같은 이름이 붙은 것이다.

로베르트 슈만

Robert
Schumann

독일 낭만주의 음악을 대표하는 로베르트 슈만Robert Schumann
은 1810년 6월 8일 작센의 소도시 츠비카우에서 태어났다. 소년 로
베르트는 음악뿐만 아니라 문학, 특히 시詩에 관심이 많았다. 음악
으로 방향이 정해진 것은 20대에 들어서부터다. 대작곡가들 가운데
서는 아주 늦은 경우라 하겠다.

젊은 슈만에게 문학과 음악은 불가분의 영역이어서 이것이 강점
이기도 하고 괴로움이기도 했다. 로베르트의 이러한 자질은 양친
에게서 이어받은 것이었다. 아버지는 츠비카우에서 서점 겸 출판
업을 하면서 외국문학을 소개하고 바이런의 작품을 번역하는 유명
인이었다.

슈만은 20세가 되자, 피아노 선생인 프리드리히 비크의 개인적인 제자가 되어 그의 집에서 기숙하게 되었다. 그때 비크의 딸인 클라라는 아직 11살의 소녀에 불과했다. 그러나 클라라의 피아노 실력은 대단했다. 슈만은 하루 빨리 훌륭한 파이니스트가 되어 공개 연주를 하고 싶다는 강한 욕망으로 가득 차 있었다. 하지만 그에게는 처음부터 작곡가의 길이 예정돼 있었던 것일까. 손가락의 유연성을 높이려고 기계장치를 사용하다가 네 번째 손가락이 심하게 손상되어 슈만은 한 달 동안 만취상태로 지낸 적이 있으며 이때 정신착란, 야간 환청과 환시를 겪었다. 그는 이런 증세로 동물의 내장에 손을 집어넣기까지 하는 섬뜩한 치료를 받았는데, 그 결과 심한 정신적 고통과 함께 손에도 상해를 입었다.

　　피아니스트가 되기 위한 꿈이 좌절된 뒤, 그에게는 처음으로 심한 우울증이 발생했다. 자살의 충동을 스스로 두려워한 슈만은 5층에 있던 하숙을 2층으로 옮겼다. 이러한 내면적 위기가 있었지만 새 음악잡지를 창간하려는 움직임이 이즈음에 시작된다. 1834년에는 결국 「음악신보」의 창간호를 4월 3일에 내놓게 된다.

　　우여곡절 끝에 이룬 결혼의 실현이라는 인생의 큰 변화와 함께 창작에도 변화가 일어났다. 결혼한 해인 1840년은 슈만의 '노래의 해'로서 알려진다. 그는 그해 2월초 첫 가곡 〈광대의 노래 Op.127-5〉를 펴낸 후 그달 중순에 〈미르테의 꽃 Op.25〉에 수록된 많은 가곡과 발라드를 쓴다. 5월과 6월에 걸쳐 두 걸작 가곡집 〈리더스크라이스 Op.39〉와 〈시인의 사랑 Op.48〉을 펴낸다. 7월에는 또 하나의 걸작 가곡집 〈여자의 사랑과 생애 Op.42〉도 완성한다.

　슈만의 제2의 전성기는 1844년 12월, 드레스덴으로 거처를 옮긴 이후 병을 극복하고 멋진 재기와 함께 본격적으로 시작된다. 1849년 5월에는 1848년 3월의 혁명의 여파로 드레스덴에 동란이 일어나 슈만은 교외의 휴양지 크라이샤로 몸을 피하여 오로지 작곡에만 전념한다. 〈파우스트〉의 작곡은 서서히 진척되었고 〈미뇽의 가곡집〉, 〈미뇽의 레퀴엠〉 등이 이 시기에 나왔다.

　페르디난트 힐러가 슈만에게 자신의 후임으로 뒤셀도르프 시市 오케스트라의 음악 감독이 되어 줄 것을 요청했다. 일찍이 멘델스존도 맡았던 적이 있는 이 지위를 슈만은 수락한다. 1850년 9월 드레스덴을 떠난 슈만 부부는 뒤셀도르프로 이주한다.

　1853년 20세의 브람스가 친구인 바이올린 주자 요제프 요하임의 소개장을 갖고 그를 찾아온다. 이 풋내기 청년에게서 슈만은 장래의 대가를 간파한다. 슈만은 오랫동안 붓을 대지 않았던 「음악신보」에 '새로운 길'이라는 제목의 글을 보내 브람스의 재능과 빛나는 장래를 예언했다.

　"1831년 매독진단을 받아 비소치료를 받아야 했다." 이것은 슈만이 남긴 글귀 중 하나다. 이처럼 정확한 시기와 치료제를 기억하고 있는 것으로 보아 슈만은 자신의 병명을 알고 있었던 것 같다. 그러나 그도 다른 사람들과 마찬가지로 이를 20년 이상 비밀로 간직했을 가능성이 높다. 매독은 살아 있는 인간의 붕괴를 유발하는 끔찍한 질병이며 인격과 외모 등 모든 측면에서 인간을 추하게 만드는 병이었다. 항생제가 발명되기 전까지 매독은 치명적인 병이었다.

슈만이 15세가 되던 해인 1825년, 14살 연상의 누이가 점점 심해지는 정신이상증세를 견디다 못해 창문에서 몸을 던져 자살했다. 그녀는 만성피부병을 앓고 있었는데 성기에까지 병이 번지고 우울증이 악화되고 광기의 흔적이 후유증으로 남았다는 기록을 볼 때, 그녀 역시 매독을 앓고 있었다는 심증을 굳히지 않을 수 없다.

오랜 방황 끝에 슈만은 클라라에게 다음과 같은 편지를 썼다. "때때로 손가락이 아플 때마다 기분이 좋지 않아요. 당신에게만 비밀을 털어놓자면, 사실 증세가 더 악화되고 있소 … 이제 당신이 나의 오른손이 되어 주길 바라오."

1854년이 되면서 슈만은 끔찍하게 앓다가도 어느 순간 왕성한 창작욕에 불타는 극단적인 상태에 빠졌는데, 일기를 보면 "저녁부터 아프기 시작해 밤잠을 이룰 수 없었다.", "통증으로 인해 비몽사몽 헤매고 있다."는 말이 수없이 등장한다. 그해 2월 27일에는 악령의 소리가 들리기 시작했고, 그는 라인 강에 몸을 던졌다. 그는 어부에게 구조되어 본 교외의 엔데니히 정신병원에 수용된다. 그리고 그는 다시는 세상에 모습을 드러내지 못했다.

남편을 저세상으로 보내고 집으로 돌아온 클라라는 다음과 같은 일기를 남겼다. "진심을 다해 사랑했던 남편의 시신이 지금 말없이 누워 있다. 마침내 그를 자유롭게 놓아 주신 하나님께 감사의 인사를 드린다. 아! 나를 함께 데려가 준다면."

슈만이 세상을 뜬 다음에도 클라라는 항상 검은 옷을 입고 연주했으며 피아니스트 클라라보다는 슈만의 미망인으로 불리길 원했다. 그리고 어디서나 남편의 음악을 알리기 위해 애를 썼다. 남편의 음악 다음으로 그녀가 애착을 보였던 음악이 바로 브람스의 음악이었다. 이들 부부에게 환희는 짧았고 그늘은 길었다.

시인의 사랑 Op.48 제1곡
'아름다운 5월에'

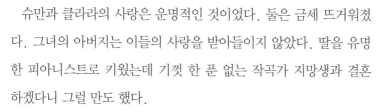

슈만과 클라라의 사랑은 운명적인 것이었다. 둘은 금세 뜨거워졌다. 그녀의 아버지는 이들의 사랑을 받아들이지 않았다. 딸을 유명한 피아니스트로 키웠는데 기껏 한 푼 없는 작곡가 지망생과 결혼하겠다니 그럴 만도 했다.

스승과 제자 사이에 싸움이 길고 지루하게 이어졌다. 싸움은 법정이 판단하게 되었다. 1840년이 되어서야 두 사람은 겨우 결혼 승낙을 얻게 된다. 바로 그해에 클라라에게 바치는 사랑의 노래가 홍수처럼 쏟아져 나왔다. 〈시인의 사랑 Dichterliebe Op.48〉, 〈여인의 사랑과 생애〉라는 그의 대표적인 연가곡집 등, 한평생 작곡한 2백 50여 가곡 중 절반이 그해에 나왔다.

〈시인의 사랑〉은 독일 낭만파 시인 하인리히 하이네(1797~1856)의 시집 「서정 간주곡」에 수록되어 있는 66편의 시 가운데 16편을 골라 곡을 붙인 것이다. 이 시집에 실린 시들은 하이네가 1821년부터 그다음 해 봄에 걸쳐 쓴 작품이다. 하이네는 삼촌의 딸(사촌 여동생)을 깊이 사랑했지만 결국 비참하게 실패한 쓰라린 경험을 바탕으로 쓴 작품이다. 하이네는 읽기 쉽고 어렵지 않은 시어詩語로 노래했다. 사랑의 감정을 짧은 단어 속에 농축하고 있다.

〈시인의 사랑〉은 제1곡부터 제6곡까지에서 사랑의 기쁨을 노래하고 있으며 제7곡부터 제14곡까지는 실연의 아픔을, 마지막 제15·16곡에서는 지나간 청춘의 향수와 실패한 사랑에 대한 쓰라린 심정을 노래한다. 이 중 그 첫 곡 '아름다운 5월에'는 짤막하고 아름다운 서주로 시작되며 5월을 예찬하고 있다. 사랑스럽고 서정적인 선율과 반주로 슈만의 뛰어난 음악성을 엿볼 수 있는 노래이다.

하이네보다 열세 살 어린 슈만이 그의 시에서 맛보는 사랑에 대한 공감은 아주 각별한 것이었을 것이다. 슈만은 클라라와의 5년에 걸친 긴 사랑의 체험을 통해 결혼이라는 선물로 연결된 것에 대한 감사의 마음으로 이 작품에 매달렸고, 결과적으로 음악사에 길이 남는 명작을 쓰게 되었던 것이다.

아름다운 5월에

                    – 하이네

아름다운 5월에

꽃봉오리들이 모두 피어났을 때

나의 마음속에도

사랑의 꽃이 피어났네

아름다운 5월에

새들이 모두 노래할 때

나도 그 사람에게 고백했네

초조한 마음과 소원을

미르테의 꽃 중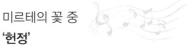
'헌정'

클라라는 날이 갈수록 여성으로서의 성숙미를 더해 갔다. 두 사람은 점차 서로의 사랑을 이해하게 되고 그들의 애정은 더욱 깊어져 갔다. 그러나 이 두 사람의 사이를 눈치 챈 비크는 두 사람 사이를 떼어 놓으려고 애를 썼다. 당시 클라라는 베를린, 빈, 파리 등 유럽 전역을 돌면서 왕성한 연주 활동을 하고 있었다. 클라라는 가는 곳마다 슈만의 작품을 연주해서 소개했다. 두 사람이 사랑의 결실을 맺기까지는 험난한 산을 넘어야 했다. 슈만은 용기를 내어 스승인 비크를 찾아가 클라라와의 결혼을 승낙해 줄 것을 간청했다. 마침 그날은 19살 된 클라라의 생일이었다. 그러나 비크는 일언지하에 이를 거절했다. 비크를 설득할 수 없다고 생각한 슈만은 라이프치히 법원에 결혼허가를 청구하는 소송을 제출했다. 클라라와 슈만은 법원으로부터 결혼을 허가하는 판결을 받게 된다.

1840년 9월 11일, 결혼식 전날 밤 슈만은 클라라에게 가장 아름다운 음악을 작곡하여 선물로 보냈다. 그것이 바로 클라라를 향한

사랑을 담은 가곡집 〈미르테의 꽃myrthen Op.25〉이다. Myrthen
이란 우리말로 금잔화라고 부르는데, 미혼 여성의 순결을 나타내는
꽃으로 당시 유럽에서 결혼식에 신부의 머리장식에 쓰였다. 가곡집
은 괴테, 바이런, 하이네 등의 시에 곡을 붙인 26곡으로 되어 있다.
〈미르테의 꽃〉 중 첫 번째 곡인 '헌정widmung'의 가사를 소개한다.

당신은 나의 영혼, 나의 심장
당신은 나의 기쁨, 나의 고통,
당신은 나의 세계, 그 안에서 나는 산다네
나의 하늘인 당신, 그 속으로 나는 날아가리
오 당신은 나의 무덤, 그 안에
영원히 나의 근심을 묻어다오!
당신은 나의 안식, 마음의 평화
당신은 내게 주어진 하늘
당신이 나를 사랑함은 나를 가치 있게 만들고
당신의 시선은 나를 환히 비춰 주며
너무도 사랑스럽게 나를 이끌어 준다오
나의 선한 영혼을, 보다 나은 나를!

이 가곡집에는 꽃을 주제로 한 노래가 많다. 제7곡 '연꽃'과 제 24
곡 '그대는 한 송이 꽃과 같이', 제25곡 '동쪽나라의 장미' 등 슈만은
결혼에 대한 기쁨을 온 세상의 꽃으로 축하하고 싶었던 것은 아닐까.

사랑에 빠진 음악가들은 아름다운 꽃을 바라보며 자신의 연인을 표현했다. 알렉산드르 스카를라티의 사랑스럽고 청순한 〈제비꽃〉, 영원히 잊지 못할 장미가시의 고통으로 표현한 슈베르트의 〈들장미〉, 차이콥스키가 상상한 〈호두까기 인형〉 중 '꽃의 왈츠,' 레오 들리브의 〈라크메〉에서 사랑의 비극을 담은 꽃을 표현한 '꽃의 이중창' 등이 그것이다.

　슈만을 얘기할 때 빼놓을 수 없는 것은 음악에 대한 비평이다. 작곡가이며 비평가, 그리고 지성인이었던 슈만은 격정적이며 창조적인 삶을 살았다. 슈만은 19세기 낭만주의 음악운동을 진전시킨 원동력이었다. 독일의 유명한 음악잡지인 「음악신보」를 창간하여 편집인으로 활동한 슈만은 쇼팽이나 브람스와 같은 젊은 낭만주의 작가의 음악이 빛을 보는 데 결정적인 영향력을 행사했다. 그는 자신의 음악을 통해 만난 청중보다 더 많은 독자를 「음악신보」에 기고한 글을 통해 만났다.

　19세기 초반 중산층의 음악수요가 폭발적으로 늘어남에 따라 음악을 올바로 평가하고 널리 보급해야 하는 비평가의 역할이 더 큰 비중을 차지하게 되었다. 방송이나 녹음시설이 없는 당시에 음악잡지는 나날이 새로워지는 음악계의 발전을 파악할 수 있는 도구였다. 중산층 음악애호가들은 음악잡지를 정독했는데, 이는 당시의 중산층에게 여가시간이 많아짐에 따라 새롭게 생겨난 분야이기도 하다.

프란츠 리스트

Franz
Liszt

    아버지는 아들의 교육을 위해 에스테르하지 궁정에 휴직 계를 내고 오스트리아 빈으로 이주했다. 이러한 아버지의 노력으로 프란츠 리스트Franz Liszt (1811~1886)는 베토벤의 제자이자 당시 최고의 피아노 선생인 카를 체르니를 만났고, 그의 연주를 들은 체르니는 그를 제자로 받아들였다. 이어서 살리에리에게 화성과 작곡을 배웠다. 1822년 빈 무대에 데뷔한 리스트는 훗날 그의 음악 활동에 큰 영향을 미칠 베토벤을 만난다.

    리스트의 아버지는 파리로 가면 연주회를 열어 돈을 더 벌 수 있다고 생각했다. 파리에 도착하자마자 아버지는 아들을 파리음악원에 입학시키려 했지만, 프랑스 학생만 입학할 수 있다는 규정 때문에 입학허가를 받을 수 없었다.

 '피아노의 신동'이라는 찬사를 들으며 파리, 런던과 유럽 각지를 돌며 성공적인 음악회를 통해 명성을 쌓아 갔지만 리스트는 계속되는 강행군으로 심신이 쇠약해져 갔고, 1830년 매니저 역할까지 도맡아 하던 아버지가 갑자기 세상을 떠나자 우울증에 시달리기까지 한다. 피아노 교사로서 파리에 정착하는가 싶더니 제자와의 사랑에 실패하자 다시 심신의 고통에 시달리며 번민 중에 종교에 귀의하려 했지만 어머니의 반대로 무위로 돌아갔다.

 이즈음 파가니니가 자신만의 독창적인 연주 기법을 총 망라하여 작곡한 곡 24개의 카프리스 연주를 보고 난 후 피아노계의 파가니니가 되기로 마음먹은 리스트는 하루의 대부분을 피아노를 연습하며 보냈다.

 1830년 파리는 혁명의 소용돌이에 휩싸였다. 1830년 7월 28일 프랑스에서 부르봉 왕조의 마지막 왕인 샤를 10세가 입헌군주제를 타파하고 절대군주제를 다시 세우려 하자, 학생들과 노동자들이 자유, 평등, 박애를 기치로 삼아 무기를 들고 일어났다. 7월 혁명의 발발이다. 샤를 10세는 국외로 쫓겨났다. 혁명으로 인해 파리인들의 문화생활은 크게 위축되었다. 새로운 정권에 반대하는 사회지도층과 귀족들이 대부분 도시를 빠져나갔기 때문에 음악회를 후원할 사람이 없었다. 그해 말, 리스트는 파리를 떠나 스위스로 갔다. 그곳에서 2년 동안 음악 활동을 중단하고 있던 중 우연히 멘델스존, 쇼팽과 교류하게 된다. 리스트가 파리로 돌아왔을 때, 도시는 안정을 되찾은 상태였다.

서른 살의 마리 다구 백작 부인은 당시 파리 사교계에서 쇼팽의 연인 조르주 상드와 더불어 늘 화제의 중심이었던 여인이었다. 마리는 남편과 아이들을 버리고 스위스에 있는 스물네 살의 프란츠 리스트에게 갔다. 두 사람은 4년 동안 스위스와 이탈리아를 함께 여행했고 자녀 셋을 낳았다. 첫째 딸 블란딘은 훗날 프랑스 수상인 에밀 올리비에와 결혼했다. 둘째 딸 코지마는 한스 폰 뷜로, 리하르트 바그너와 연달아 결혼했다. 셋째 딸은 스무 살에 세상을 떴다. 마리는 리스트를 위해 가정을 포기한 채 그에게 헌신했고, 그의 재능에 대해서는 흔들림 없는 확신을 보여 줬다. 그녀 덕분에 리스트는 독서의 폭이 넓어졌고 그랬기에 음악적으로도 훌륭한 결실을 맺을 수 있었던 것이다.

이처럼 상식을 벗어난 예술가들의 열애는 당시 유럽 사회의 풍속도의 일면처럼 보인다. 사회적으로 근대와 계몽이 주류를 이루고 있었지만 그 이면에는 자유를 향한 희구와 낭만적 방랑, 욕망의 표출 같은 것들이 꿈틀거렸다.

1847년에 다뉴브 강을 따라 주요 도시를 순회하며 연주회를 열었는데, 그 일정 기간 중 마지막 공연지가 러시아의 키예프였다. 리스트는 그해 2월 14일 키예프 연주회에서 카롤리네 비트겐슈타인 후작부인을 처음 만났다. 리스트의 일생을 둘로 나눈다면 이때를 기점으로 새로운 인생이 시작되었다고 할 수 있다. 1839년부터 1947년까지는 리스트가 비르투오소virtuoso[13]로서 연주자 생활을 했다는 이유로 '브르투오소'시대로 불린다. 그런 뒤 1848년부터는 떠돌이 연주 생활을 청산하고 바이마르 악장 직을 맡아 지휘를 하면서 작곡에 전념하는 생활을 시작했다.

카롤리네는 리스트와 사랑에 빠진 후 이혼 수속절차를 밟았다. 로마 가톨릭한테서 이혼 허가를 받아야 했다. 1848년부터 시작된 결혼허가 소송은 이리저리 바뀌기를 거듭하다가 12년 만에 리스트와 카롤리네의 승리로 거의 끝이 나게 되었다. 두 사람은 1861년 10월 22일 로마에 있는 산 카를로 알 코르소 성당에서 결혼식을 올리기로 했다. 그런데 마지막 순간 그들의 결혼에 이의를 제기한 이가 있었는데, 바로 카롤리네의 딸 마리였다. 결국 카롤리네는 모든 소송을 포기하고 만다. 남편과의 혼인무효가 딸의 재산권까지 무효화할 위험이 있다는 주장에 카롤리네는 마리를 위해 마음을 접고 결혼을 포기한 것이다.[14]

카롤리네는 예술가로서 리스트의 재능을 높게 평가했지만 인간으로서 리스트의 장점과 단점도 두루 살필 줄 알았다. 카롤리네와 함께 바이마르에 정착한 리스트는 작곡가로서 최고의 절정기를 맞이했다. 이 시기에 리스트의 주요작품들이 탄생했다. 〈헝가리 랩소

---

13) 예술이나 도덕에 대하여 특별한 지식을 갖고 있는 사람 또는 예술의 기계적 기교가 뛰어난 사람을 가리켰는데, 오늘날에는 주로 후자의 뜻으로 음악에서만 사용되고 있다.
14) 이혼 소송에 관한 좀 더 자세한 내용은 조병선 지음, 『클래식 법정』, 서울: 뮤진트리, 2015에서 참고 바람.

디〉, 〈피아노 협주곡〉, 〈파우스트 교향곡〉, 〈죽음의 무도〉 등이 그
것이다. 하지만 외아들의 죽음과 동료 음악인의 노골적인 비난 등
어려움을 겪다가 1861년 바이마르 공직에서 물러나 성직자가 되어
로마에 머물면서 종교 작품을 쓰며 명상의 시기를 보냈다.

리스트는 피아노의 테크닉에 관한 한 타의 추종을 불허했다.
하지만 리스트가 지금까지 많은 이의 사랑을 받는 것은 현란한
기교 때문만은 아니다. 그는 사위이자 친구 바그너를 끝까지 후
원해 19세기 낭만주의 음악을 발전시켰으며 단 하나의 악장으로 이
루어진 교향시[15]등 실험적인 시도를 주저하지 않았다.

그는 키가 크고 마르고 창백했다. 비록 가난한 집 태생이지만
부유하고 매력적인 귀족 여인들이 그에게 목을 맸기 때문에 리스
트는 자신감이 넘쳤다. 덴마크인 작가 한스 크리스티안 안데르센
은 "리스트가 살롱에 들어서면 전기 충격이 훑고 지나가는 듯했
다. 대부분의 귀부인들이 자리에서 일어났고 한 줄기 햇살이 모
든 이의 얼굴을 스쳤다."라고 말했다. 한 연주회장에서는 여성 팬
들이 그에게 보석을 던지고, 그가 장갑 한 켤레를 떨어뜨리자 여
성들이 그것을 움켜쥐려고 몰려드는 바람에 폭동에 가까운 소란이

---

15) 교향시란 관현악에 의한 표제음악의 일종으로, 말 그대로 '교향곡symphony'과
'시poem'라는 두 개념이 만나 낭만주의 시대에 새롭게 등장한 장르이다. 간략히
말해서 '시적인' 내용을 '교향곡적인' 형식 속에 담아낸 음악인데, 다만 교향곡과는
달리 단악장 구성을 취한 형태가 일반적이다. 이 장르를 창시한 장본인이 바로
바이마르 시절의 리스트였다. 그는 〈타소〉, 〈오르페우스〉, 〈마제파〉 등 모두 13편의
교향시를 남겼다.

일어났다.

1842년에는 '리스트 열풍'이라는 말이 유행처럼 번지기도 했다. 당시로선 불가능에 가까웠던 청중 3,000명을 모은 기록도 있다. 사교성도 뛰어나며, 쇼맨십도 상당했던 성격 역시 그 인기에 한몫했다. 리스트의 공연에서 피아노의 위치는 달랐다. 리스트가 관객에게 피아노 치는 모습을 보여 주기 위해 청중석을 향하여 피아노를 놓기 시작했다. 무대에서 어찌나 강하게 건반을 눌렀던지 나무로 된 프레임이 부서져 피아노 제작자들은 철제프레임으로 바꾸었다고 한다. "베토벤에 대한 일반적인 이미지가 하늘을 향해 주먹질하는 인간이라면 리스트의 이미지는 지구로 강림한 그리스 신이다."라고 슈트어트 아이자코프가 일갈한다.

오늘날 독주회를 뜻하는 리사이틀recital이란 용어는 리스트 때문에 생겨났다. 1840년 6월 리스트의 런던 연주회에서 악보 출판가인 프레더릭 빌이라는 사람이 처음으로 "리스트의 연주회를 리사이틀로 부르자."고 리스트에게 제안하면서부터 쓰이기 시작했다. 더불어 리스트는 피아노 연주만으로도 충분히 음악회를 엮을 수 있다는 것을 보여 준 사람이었다. 이전에는 피아노 단독 연주회는 없었고 언제나 실내악이나 노래가 포함된 연주회였다.

사실 리사이틀의 어원은 불어인 'reciter(암송하다)'에서 나온 것으로 '외운다'는 의미가 들어 있으므로 리스트가 이 문자 본래의 뜻을 충실히 이행했다고 봐야 할 것이다. 악보를 외워서 연주하는 암보 暗譜는 연주자들에게는 또 다른 고통이다. 짧으면 2~3분, 길면 40

분도 넘는 곡을 머릿속에 집어넣어야 한다. 피아노는 바이올린 같은 선율악기에 비해 외울 게 훨씬 많다. 피아니스트 겸 자곡가 리스트는 클라라 슈만과 함께 암보로 피아노를 친 첫 번째 연주자다. 암보가 미덕이라는 관념이 이때부터 전통으로 자리 잡았다.

종교와 음악의 길을 놓고 심각하게 고민할 만큼 독실했지만, 불과 20대에 유부녀인 백작부인을 유혹해 함께 스위스로 도망갈 만큼 대담했던 인물. 후배 음악가들을 위해서 배려를 아끼지 않아 널리 존경받았지만, 결국 음악가들 사이에 반 리스트 파가 생길 정도로 반감을 많이 받았던 인물. 흔히 예술가를 모순적이고 이해하기 힘든 사람으로 묘사하지만, 심리적 측면을 놓고 볼 때 리스트는 독특한 예술가였음에 틀림없다.

리스트는 1860년에 바이마르에서 유언장을 작성했지만 어디에 묻히고 싶은지는 명시하지 않았다. 이 사실이 알려지자 갑론을박이 벌어지기 시작했다. 헝가리에서는 수도 부다페스트가 리스트 최후의 안식처가 되는 게 당연하다고 주장했다. 상황은 바이마르에서도 마찬가지였다. 그의 지위에 걸맞는 묘를 짓겠다고 공언했지만 묘지에 묻을 시신이 오지 않는 바람에 수포로 돌아갔다. 코지마는 아버지의 무덤이 바이로이트에 계속 있어야 한다고 주장했다. 그녀는 당시 요지부동이었고 오늘날까지도 리스트는 바이로이트에 묻혀 있다.

녹턴 제3번
'사랑의 꿈'

1847년, 리스트는 두 번째 운명의 여인을 만난다. 그녀는 우크라이나 키예프의 귀족이었던 카롤리네 자인 비트겐슈타인 공작부인이었다. 그녀는 키예프를 찾아온 리스트의 연주를 듣고 한눈에 반했다. 남편과 별거 중이던 그녀는 리스트가 있는 독일 바이마르까지, 그 머나먼 길을 딸까지 데리고 달려온다. 카롤리네는 '파리 사교계의 꽃'이었던 마리 다구 백작부인과는 완전히 다른 분위기의 여인이었다. 백작부인은 장미처럼 화려했지만, 비트겐슈타인 공작부인은 지성과 교양이 넘치는 차분한 여인이었다고 한다.

그렇게 새로운 사랑을 만났던 바로 그 무렵에 리스트는 3곡의 가곡을 쓴다. 〈테너 또는 소프라노를 위한 3개의 노래〉라는 제목으로 1곡 '고귀한 사랑', 2곡 '가장 행복한 죽음', 3곡 '사랑할 수 있는 한 사랑하라'를 작곡한 것이다. 시인 페르디난트 프라일리그라트의 시에 곡을 붙인 가곡이다. 그리고 리스트는 3년 뒤인 1850년에 이 세 가곡을 피아노 독주용으로 편곡해 〈3개의 녹턴〉이란 제목으로 출판했다.

특히 그중에서 3번째 곡인 〈녹턴 제3번 A플랫장조 '사랑의 꿈'Nocturne no.3 A flat major 'Liebestraum'〉이 가장 널리 알려져 있다. 아마도 리스트의 작품 가운데 〈헝가리안 랩소디 2번〉과 더불어 가장 유명한 곡일 것이다. 흔히 '사랑의 꿈'이라고 불린다. 하지만 원래의 제목은 '사랑할 수 있는 한 사랑하라'이다.

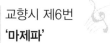

마제파Mazeppa는 빅토르 위고의 「동방東方의 시詩」에 나오는 카자흐 기병대의 대장 이름이다. 스테파노비치 마제파(1644~1709)는 실제로 있었던 인물이다.

리스트는 '마제파'란 이름으로 15세 때에 연습곡을 작곡하였고, 이것을 다시 19세 때 좀 더 예술적인 것으로 만든 것이 〈연습곡 4번 d단조〉이다. 그리고 다시 39세 때에 이 곡을 관현악으로 개작했는데, 이것이 바로 〈교향시 6번〉 '마제파'이다.

위고가 쓴 시의 내용은 우크라이나의 국민적인 영웅인 마제파의 일생을 다룬 것으로 그가 젊은 시절에 폴란드 국왕 요한 카지밀의 궁정에 하인으로 있었던 때부터 시작된다. 그러다 어느 백작부인을 사랑하게 된 그는 그만 그녀의 남편에게 발각된다. 백작의 미움을 산 그는 말 잔등에 묶이어 황야로 추방되고, 우크라이나의 산과 들을 3일 동안 헤매다 빈사 상태로 죽기 직전에까지 이른다. 그러던 중에 마제파는 카자흐 대원들에게 구조되고 이를 계기로 병사로 입대하게 된다. 결국 그는 영웅적인 성격을 발휘해서 출세하고 많은 사람들의 존경을 받으며 생애를 행복하게 보냈다고 한다.

리스트는 젊은 시절부터 이 마제파의 행동과 영웅적인 성격에 흥미를 느껴서 마제파와 관련된 곡들을 썼고, 그 곡들을 더욱 발전시켜 이 교향시를 작곡하였다. 그리고 리스트의 교향시에서 보이는 보편적인 성격인 '암흑에서 광명' 또는 '고난에서 승리'가 이 곡에서도 뚜렷하게 나타나 있다.

1854년에 작곡된 이 곡은 리스트의 악마적인 성격이 그대로 나타난 곡이라는 이야기가 있다. 곡의 첫머리는 말에 묶여 황야로 내동댕이쳐진 마제파를 그린 부분인데, 이곳에서는 쉼 없이 연주되는 셋 잇단 음이 말발굽 소리를 묘사하고 황야에 떼 지어 나는 새들의 울음소리가 관악기로 처량하게 묘사된다. 이런 처절한 상황을 너무 상세히 묘사하는 바람에 사람들은 리스트가 이런 분위기를 즐기는 악마적인 작곡가라고 생각했나 보다. 낮고 짧은 탄식의 간주가 이 첫머리 뒤에 이어지고 이윽고 기력을 되찾은 마제파의 테마가 떠오른다.

이러한 교향시는 리스트가 파리에 있을 당시 친했던 베를리오즈에게서 이어받은 음악 정신에서 비롯된 것이다. '교향악적인 관현악곡'이라고 한마디로 정의 내릴 수 있는 교향시를 13곡이나 쓴 리스트는 이 곡들 중 대부분의 소재를 문학 작품에서 찾았다.

리스트의 교향시는 19세기 후반에 이르러 유럽에 많은 영향을 주었다. 더구나 국민악파의 작곡가들은 자기 나라의 자연과 전설, 그리고 풍경과 생활 등을 소재로 교향시를 썼다. 교향시 분야의 뛰어난 작곡가와 그 작품들을 들어 보면 리스트 외에 R. 슈트라우스의 〈죽음과 변용〉〈영웅의 생애〉, 스메타나의 〈나의 조국〉, 보로딘의 〈중앙아시아의 초원에서〉, 시벨리우스의 〈핀란디아〉, 드뷔시의 〈목신牧神의 오후 전주곡〉과 〈바다〉, 무소륵스키의 〈민둥산의 하룻밤〉, 레스피기의 〈로마의 분수〉와 〈로마의 소나무〉, 림스키-코르사코프의 〈세헤라자데〉 등이 널리 알려졌다.

라 캄파넬라

　파가니니의 〈바이올린 협주곡 2번〉은 1번 협주곡만큼 자주 연주되는 곡은 아니지만 교회당의 종소리를 소재로 해서 만든 즐겁고 유쾌한 곡이다. 리스트는 이 곡의 3악장 론도를 주제로 사용하여 연습곡 〈라 캄파넬라La campanella〉를 만들었다.

　'La campanella'는 '작은 종鐘'으로 번역되며 리스트가 붙인 이름이다. 피아니스트들이 절정의 기교를 자랑하기 위해 연주하는 곡으로, 파가니니의 바이올린 연주곡보다 먼저 유명해지기도 했다. 리스트는 소리와 분위기를 피아노의 화려한 기교를 통해 탁월하게 묘사했다. 클라이맥스의 웅장한 피아노 음향과 과감한 공격성, 고음부의 섬세하면서고 가냘픈 종소리 묘사가 서로 효과적으로 어우러지며 매력적인 감흥을 만들어 낸다.

　오늘날 우리가 사는 공간이 온갖 소리와 전파가 퍼져 있듯이 옛날 유럽사회의 공간에도 온갖 정보가 퍼질 수 있었다. 교회의 종소리는 그 역할을 담당한 중요한 매체였다. 여운을 남기는 종소리, 기쁜 소식이나 급한 상황을 알리는 종소리는 시골 공동체의 상징이었다. 이러한 종을 소재로 한 음악으로는 리스트의 곡 외에도 라흐마니노프의 〈합창 교향곡 '종' Op.35〉를 들 수 있다. 라흐마니노프는 러시아 상징주의 시인 콘스탄틴 발몬트(1867~1942)가 러시아어로 번역한 에드가 엘런 포우 Edgar Allan Poe(1809~1849)의 시에서 영감을 받아 합창과 관현악을 결합시켜 이 곡을 썼다. 베를리오즈의 〈환상 교향곡〉 5악장에서 주인공의 장례식에 모여든 마녀들이 춤을 펼치는 가운데 장례식의 종소리가 울린다.

말러의 〈교향곡 제6번〉 4악장에서도 작은 종소리를 들을 수 있다. 베르디의 마지막 희극 오페라 〈팔스타프〉에서는 밤 12시에 종이 열두 번 울리는 장면이 나온다. 푸치니의 오페라 〈토스카〉에서 토스카를 수중에 넣으려는 스카르피아는 모노로그를 계속한다. 이때 성당의 종소리에 군중의 합창이 펼쳐지는데, 스카르피아도 이에 가담한다. 푸치니의 또 다른 오페라 〈에드가Edgar〉 1막에 멀리서 종소리가 들려오는 장면이 들어 있다.

바로크 시대에는 이름을 밝히지 않은 채 다른 작곡가의 작품을 편곡하는 것이 흔한 일이었다. 작곡가가 하나의 곡을 여러 악기—예를 들어 호른과 첼로—를 위한 작품으로 다시 쓰는 것 역시 편곡이라고 할 수 있다.

편곡에는 다양한 범주와 단계가 존재한다. 가장 단순한 형태는 장식하거나 채워 넣는 것으로, 바로크 음악이나 모차르트에게서 그 예를 볼 수 있다. 그다음으로는 한 악기의 곡을 다른 악기로 옮기는 형태이다. 베를리오즈의 〈환상 교향곡〉, 베토벤의 교향곡들, 베버의 서곡들을 편곡한 리스트의 피아노곡들이 여기에 해당된다. 그리고 오페라를 편곡한 리스트의 피아노곡에서처럼 작품의 일부 내지는 일정한 요소만을 사용하는 방식도 있다.

리스트가 활동하던 19세기에 교향곡, 협주곡, 오페라 등의 대규모 곡들은 특정 지역의 일부 계층만이 즐기는 경우가 많았는데, 리스트는 이러한 곡들을 널리 알리기 위해 연주하기 쉬운 피아노곡으로 편곡하였다. 이 편곡은 오늘날의 음반과 거의 동일한 역할을 하여 쉽게 들을 수 없는 작품들을 많은 사람들에게 알리는 기회가 되었다. 그 예로 당시 베토벤은 파리사회 전반에 널리 알려져 있지 못한 상황이었으나 리스트가 베토벤의 교향곡들을 피아노곡으로 편곡하여 결국 베토벤을 널리 알리는 역할을 한 것이다.

리하르트 바그너

Richard
Wagner

리하르트 바그너Richard Wagner는 1813년 5월 22일 독일의 라이프치히에서 태어났다. 바그너가 생후 5개월 때 아버지를 잃어 의부 가이어를 따라 드레스덴으로 이주한다. 가이어는 예술적 소양이 많은 바그너의 성장과정에 큰 영향을 미쳤다.

베버의 독일 오페라에서 독일인의 정서를 배우고, 당시에는 이해하기 어려운 작품으로 여겨지던 베토벤의 〈9번 교향곡〉을 끊임없이 듣고 지휘하면서 음악적 영향을 받았다.

1839년 파리에 체류하게 되지만 좌절을 맛보게 된다. 당시에도 문화의 중심지였던 파리는 베를리오즈의 〈환상 교향곡〉으로 대표되는 악기 개량의 열풍, 도니제티의 〈연대의 딸〉과 같은 벨칸토 오페라, 마이어베어의 그랜드오페라가 대세를 이루던 시대였다. 베를리오즈의 악기 편성이나 그랜드오페라에서 드라마틱한 테너의 등장은 바그너에게 큰 영향을 끼쳤다고 한다. 한편 바그너가 미친 영향은 문학 철학, 시각예술에까지 확대되었다. 칸딘스키, 반 고흐 그리고 고갱과 같은 화가, D. H. 로렌스, 토마스 만, 클로드 레비-슈트라우스와 같은 작가와 사상가들도 바그너의 영향을 빼고 얘기하기 어렵다. 그 예로 칸딘스키는 바그너의 〈로엔그린〉을 보고 깊은 감명을 받아 음악을 들으면서 색을 보는 감각을 경험하게 된다. 그 후 칸딘스키는 음악이 그림이 될 수 있고 또 그림이 음악이 될 수 있다고 믿게 되어 그의 그림은 대상에 연연하지 않는 추상화로 바뀌게 된다. 토마스 만이 음악 형시과 기법을 그의 문학 창작에 적용하는 가정에서 결정적 역할을 한 것은 바그너의 음악이었다.

1842년 드레스덴으로 귀향하여 오페라 〈리엔치〉가 드레스덴의 궁정 극장에서 상연되어 성공을 거두게 되고 〈방황하는 네덜란드인〉도 성공하여 작센 궁정극장의 악장자리를 얻게 된다. 그 무렵, 〈탄호이저〉와 〈로엔그린〉이 완성되어 그의 지위는 확립된 것처럼 보였으나, 이윽고 일어난 1849년 혁명운동에 참가하였다는 혐의로 체포령이 내렸다.

드레스덴의 중심부에는 아직도 전쟁의 상흔이 남아 있는 성 십자가 교회의 검은색 탑이 우뚝 솟아 있다. 지금까지도 복구되지 않은 주위의 건물과 함께 이 탑은 1945년 2월 제2차 세계대전 당시 연합

군의 대공습을 무언으로 증명해 주고 있다. 하지만 이 교회나 도시 전체가 전화戰火로 휩싸인 것은 그때가 처음이 아니었다. 약 1세기 전에도 비슷한 사건이 벌어졌던 것이다. 1849년 5월 초, 독일 작센 왕국의 수도인 드레스덴에서 뾰족한 투구를 쓴 청색 군복의 프로이센군과 시민혁명군 사이에 나흘 동안이나 전투가 벌어졌다. 이 때 바그너가 혁명군에 참가한 까닭은 정부가 임명한 경영진의 극장 운영에 강한 반감을 가졌고, 따라서 그의 신작 〈로엔그린〉의 공연이 거부당한 것이 결정적인 원인이었다. 바그너는 혁명군의 지도자로부터 교회의 탑으로 올라가서 망을 보라는 임무를 부여받았다. 바그너는 탑 위에서 사람들과 폭넓은 화제를 놓고 토론을 벌이면서 임무를 완수했다.

혁명이 실패로 끝나자, 바그너는 부득이 망명의 길을 택한다. 당시 바이마르의 궁정악장인 절친한 프란츠 리스트의 집에서 잠시 신세를 지다가 1849년 스위스 취리히로 갔다. 바그너의 인생 2기가 시작된 것이다.

스위스 망명 중에 〈니벨룽의 반지〉의 초안을 구상하여 대본을 썼다. 이때 부유한 직물 상인 오토 베젠동크Otto Wesendonck를 만나 그의 후원을 받게 된다. 뉴욕의 견직물상과 동업을 해서 재산을 모은 독일 라인란트 태생의 갑부 베젠동크는 1851년 36세 때 22세의 부인 마틸데와 함께 취리히로 건너왔다. 그로부터 2년 후, 부부는 교외의 엔게 지구에 있는 언덕에 자택을 짓기로 결정했다. 당시의 취리히는 1848년부터 1849년에 걸쳐 일어난 독일 혁명 운동의 망명자들로 북적거리고 있었다. 침착하지 못하고 외골수이며 눈빛이 날카로운 작곡가 리하르트 바그너도 그중 한 사람이었다.

1857년 2월, 베젠동크의 저택이 거의 완공됨에 따라 바그너와 마틸데의 사랑도 깊어지고 바그너의 상상력 속에서 〈트리스탄과 이졸데〉의 구상도 더욱 진전되었다. 마틸데의 설득으로 베젠동크는 자신의 저택 옆의 작은 집을 구입하여 명목상의 집세만 받고 바그너에게 제공했다.

바그너는 그녀와의 이루어질 수 없었던 사랑을 〈베젠동크 가곡집〉과 〈트리스탄과 이졸데〉에 담아 승화시켰다. 바그너의 부인 민나와 후원자 베젠통크가 마틸데와의 불륜을 알게 되면서 바그너 부부의 관계는 끝나고 이로 인해 1862년 이혼하게 된다. 베젠동크의 집은 이후로도 오랫동안 취리히 문화 예술인들의 살롱으로 쓰였고, 현재는 동양미술품을 소장한 리르베르크 미술관이 되었다.

바그너는 제자이자 베를린 필 초대 지휘자인 한스 폰 뷜로의 부인인 코지마와 불륜의 사랑을 하게 된다. 코지마는 리스트의 딸이다. 바그너와 리스트는 한때 예술적 동지였으나 후에는 장인과 사위가 된다. 그 이듬해에 뮌헨에서 뷜로의 지휘로 〈트리스탄과 이졸데〉가 상연되어 바그너의 명성은 더욱 높아졌다. 또 1868년에도 역시 뷜로의 지휘로 〈뉘른베르크의 마이스터징어〉가 초연되었다. 바그너의 조강지처 민나가 죽자 두 사람은 비로소 정식 부부가 되었는데, 이때 바그너의 나이가 53세였다. 이때 그에게는 이미 코지마와의 사이에 3명의 자녀가 있었으며, 그중에서도 특히 1869년에 출생한 지크프리트는 훗날 지휘자 겸 작곡가가 되었다. 1870년 바그너는 아들의 생일을 축하하여 〈지크프리트의 목가〉를 작곡하였다. 바그너답지 않은 로맨틱한 면모를 보이는 곡이다.

바그너는 평생 동안 여러 차례 반유대적인 견해를 표명했지만, 그 자체는 사실 당대 사회풍토에서 크게 두드러지는 수준은 아니었다. 높은 교육수준과 부를 바탕으로 대거 진출해 있던 유대인들에 대한 반감이 점차 고조되어 갔는데, 바그너는 이를 교묘하게 활용하게 된다. 그렇다고 바그너의 반유대주의적 언행을 나치와 직접적으로 연관시키는 것은 무리일 것이다. 바그너의 작품들은 이러한 시대적 배경의 산물이다.

1864년부터 1874년, 그가 바이로이트에 거주하게 된 기간을 운명 전환의 시대라고 부를 수 있다. 1864년 여름, 바그너는 바이에른 국왕 루트비히 2세의 도움으로 구걸 생활을 끝낼 수 있었다. 바그너는 1870년부터 자기 자신의 극장을 세울 계획을 갖고 있었다. 그가 눈여겨본 곳은 바이에른 북부에 있는 바이로이트였다. 바이로이트를 축제 극장 터로 고른 것은 루트비히 국왕의 지원을 얻을 수 있을 것 같았기 때문이다. 이윽고 그의 69세 생일이던 1872년 5월 22일에 바그너는 극장의 머릿돌을 앉혔다. 이 극장의 주공연장은 바그너가 직접 설계했다. 좌석 수는 1,925석이다. 관객의 시야를 더 많이 확보할 수 있도록 고대원형극장을 모델로 삼아 좌석이 계단식으로 고르게 줄지어 배치되어 있다. 음향효과를 높이기 위해 나무 덮개로 가린 피트에 오케스트라가 자리한다. 덮개가 나무로 되어 있어 따뜻하고 부드러운 음향을 만들어 낸다. 이 덮개는 청중이 한순간이라도 무대에서 펼쳐지는 장면에서 눈길을 돌리는 일이 없도록 바그너가 특별히 고안해 낸 것이란다. 딱딱한 나무의자를 견뎌 낼 수 있다면, 다른 오페라 극장보다 더 또렷한 가수들의 목소리를 즐길 수 있을 것이다.

공연은 바그너가 남긴 10편의 오페라를 중심으로 이루어지되 베토벤 〈9번 교향곡〉은 예외로 이 극장에서 상연된다. 1일 1회 오후 4시 또는 6시에 한 작품씩 상연되는데, 〈니벨룽의 반지〉는 전체 4부를 하루에 1부씩 순차적으로 무대에 올린다. 매년 7월 하순에서 8월 하순까지 한여름에 공연이 열리지만 냉방 시설이 없기 때문에 막이 끝날 때마다 사람들은 밖으로 나가 땀을 식힌다.

방황하는
네덜란드인 서곡

바그너는 1839년 7월부터 리가에서 파리로 가는 도중 쾨니히스베르크를 돌아서 비르라우로에서 선편으로 런던에 들렀다. 그런데 그는 이 항해에서 큰 폭풍우를 만나 천신만고 끝에 노르웨이를 거쳐 3주일 만에 겨우 런던에 도착한 것이다. 그리하여 그때의 체험에서 영감을 얻어 이 작품을 구상했다.

바그너는 이 오페라의 소재를 하인리히 하이네Heinrich Heine(1797~1856)가 쓴 「폰 슈나벨레브프스키의 회상」 중 유령선의 얘기를 소설화 한 것에서 얻었다. 한편 그의 「노르다나의 여행기」에서도 이 이야기를 기록하고 있다. 바그너는 하이네의 소설에서 암시를 받아 오페라를 만들기로 작정하고 주로 하이네의 소설과, 그밖에 하우프의 「유령선 이야기」 등을 참조하여 대본을 만들었다. 오페라의 줄거리는 하이네에게서 얻었지만, 그 밖의 것은 전부 바그너의 창작이다.

그는 파리 생활에서 경제적으로 큰 곤란을 받았지만, 예술적인 비상한 정열로써 노력하여 얻은 소산물이 바로 이 작품이다. 이 작품의 줄거리의 핵심은 네덜란드인보다는 여주인공 젠타에게서 볼 수 있는 여성의 성실한 사랑에 의한 구원이다. 이 같은 그의 사상은 그의 오페라 〈탄호이저〉에서도 나타나 있다. 그리고 여기서 등장하는 사냥꾼 에리크는 극적인 효과를 높이기 위해 바그너가 생각해 낸 인물이다.

이 오페라의 서곡은 내용을 암시하는 강렬하고 극적인 음악으로 구성된 소나타 형식이다. 이 서곡에는 망망한 해상에서 일어나는 무서운 폭풍우가 묘사되었고, 파도치는 소리를 나타내는 현악기의 트레몰로가 더해진다. 또한 영원한 벌을 상징하는 저주의 동기가 들린다. 젠타가 부르는 속죄의 소리가 나타나고 거기에 고별을 뜻하는 멜로디가 서로 어긋나는 음으로 나오는데, 이 수법은 환상적인 극을 낭만적으로 묘사한 것이다.

지크프리트
목가

1870년 크리스마스 날 이른 아침, 지휘자 한스 리히터와 취리히의 오케스트라에서 선발된 열다섯 명의 연주자들이 루체른 호숫가의 트립셴에 있는 바그너의 저택으로 모여들었다. 그들은 바그너의 지시에 따라 부엌에서 조율을 맞춘 다음, 보면대가 놓인 계단으로 조용히 늘어섰다. 그리고 저택의 안주인이 일어날 즈음인 7시 30분이 되자 바그너가 새로 작곡한 유려하고 다사로운 관현악곡을 연주하기 시작했다.

그의 아내인 코지마는 어디선가 들려오는 꿈결 같은 음악소리에 눈을 떴다. 한동안 그녀의 감각과 의식을 무아지경으로 빠트린 그 음률이 잦아들자 바그너가 침실로 들어왔다. 그리고 그녀에게 한 다발의 악보를 건넸다. 그제야 상황을 알아차린 그녀는 감동의 눈물을 흘릴 수밖에 없었다. 그 모든 것은 남편 바그너가 전날 서른세 번째 생일을 맞은 아내 코지마를 위해서 준비한 '깜짝 선물'이었다. 이 특별한 관현악곡은 〈지크프리트 목가〉[16]로 불리지만, 원래는 '트립셴 목가'였다(지크프리트는 바그너가 평소 좋아한 신화 속의 영웅

16) 목가牧歌 pastorale, idyll의 사전적 의미는 시대에 따라 조금씩 달라지기는 했지만 문학과 미술에서 전원생활에 대한 동경과 목동을 주제로 삼은 작품의 경우 '목가'라는 이름을 붙였다고 한다. 음악에서도 비슷한 경우가 많다. 르네상스 시대 이후에 등장한 여러 작품, 특히 헨델의 작품에서 '파스토랄'이라는 제목을 붙인 작품이 있고, 이후 고전파와 낭만파의 작품에서도 목가라는 제목의 작품이 많이 발견된다. 이 작품 역시 그런 의미에서 크게 벗어나는 것은 아니다.

이며 그래서 아들 이름으로 택한 것이다). 트립셴은 스위스의 루체른에 속한 지역으로, 바그너와 코지마가 그곳의 호숫가 언덕에 있는 저택에서 살았다. 현재 그 저택은 바그너 박물관으로 운영되고 있다.

처음에는 4/4 박자에서 '사랑의 평화' 동기로 조용하게 시작되고 이후 '잠의 동기'가 플루트, 오보에, 클라리넷으로 이어진다. 중간부에서는 독일 민요의 자장가 선율이 오보에로 연주되기도 하며 마지막에는 다시 사랑의 평화 동기로 돌아와 조용히 마무리된다.

바그너와 코지마의 아이들은 이 곡을 '계단 음악'이라고 불렀는데, 이 곡이 처음 연주된 장소에서 유래된 것이리라. 이 곡은 바그너가 남긴 관현악곡들 가운데 가장 사랑스럽고 누구나 친숙해지기 쉬운 작품이다. 제목에서 느낄 수 있는 것처럼 목가적인 평화로운 분위기와 아내를 향한 따스하고 부드러운 기운이 흘러넘치는 곡이다.

14

쥬세페 베르디

Giuseppe
Verdi

　쥬세페 베르디Giuseppe Verdi는 1813년 북이탈리아 부세토 근처의 조용한 마을 레 론콜레에서 태어났다. 아버지는 행상인 상대로 조그마한 여인숙 겸 잡화상을 경영하였다. 소년 시절의 베르디에게 있어서 이른바 천재 소년다운 에피소드는 아무것도 전해진 것이 없다. 시골에서는 다소 그의 음악적 재능이 눈에 띌 정도였다. 1832년 5월 18세 때 고향을 떠나 밀라노로 가서 밀라노 음악원의 입학시험을 보았으나 실패했다. 음악원의 판정은 음악원의 입학 자격 연령을 네 살이나 초과했으며, 그런데도 불구하고 베르디의 음악은 서투르다는 것이었다. 결국 베르디는 밀라노에서 개인 레슨으로 작곡공부를 시작했다.

그리고 이듬해, 베르디에게 기회가 왔다. 밀라노 악우협회樂友協會가 하이든의 오라토리오 〈천지창조〉를 연주했을 때 베르디는 대리로 지휘를 했는데, 이때의 역량이 인정되어 악우협회로부터 오페라 작곡을 의뢰받은 것이다. 우여곡절 끝에 최초의 오페라 〈산 보니파치오의 백작 오베르토〉가 밀라노 스칼라 극장에서 초연되어 다소의 성공을 거뒀다. 1839년, 그의 나이 26세의 일이었다. 유명한 악보 출판업자인 조반니 리코르디가 이 오페라의 출판을 신청해 왔고, 스칼라 극장에서도 베르디에게 3편의 오페라의 작곡을 의뢰해 왔다.

전도가 양양하였으나 1839년엔 아들이, 그 이듬해에는 아내가 세상을 떠났다. 이들의 사망원인이 가난과 추위였기 때문에 베르디의 죄책감과 상실감은 극에 달했으며, 인생의 비극 속에서 희극오페라를 써야 하는 처지는 참담하기만 했다. 약속을 지키기 위해 어렵사리 작곡한 〈하루만의 임금님〉도 청중에게 외면당한 채 초라하게 막을 내렸다.

라 스칼라 극장의 주인 메렐리는 재능 있는 작곡가의 좌절을 그대로 놔둘 수가 없었다. 실의에 빠진 그에게 작곡 의욕이 솟을 만한 대본을 구했다. 메렐리는 '나부코'의 대본을 마련하여 베르디의 책상 위에 슬그머니 놓고 왔다. 어느 날 베르디는 낯선 대본을 펼쳐보다가 눈에 번쩍 띄는 구절을 발견했다. 전체 내용은 구약성경 열왕기 하편에 나오는 것으로 바벨론의 느부갓네살 왕에게 잡혀간 유대인들이 핍박 속에서도 좌절하지 않고 꿋꿋이 살아가는 이야기였다. 그 속에서 조국을 그리며 자유를 구가하는 가사에 빠져들어 자신도 모르는 사이에 멜로디를 붙여 나가게 되었던 것이다.

1842년 3월, 〈나부코〉는 스칼라 극장에서 관객들의 열띤 환호를 받으며 성공리에 초연되었다. 오페라에 나오는 유대인들의 합창 '꿈이여, 금빛 날개를 타고 가라'는 대중적인 노래가 되었고 베르디는 국민영웅으로 추앙받았다. 독립과 통일을 바란 국민들은 베르디를 애국적인 우상으로 삼고, 작품이 연주될 때마다 열광을 아끼지 않았다. 당시 북부 이탈리아는 오스트리아의 지배 아래 있었다. 그래서 국민들은 포로 유대인들과 자신들을 같은 처지로 여기고 노예들의 합창을 국가國歌처럼 불렀다고 한다.

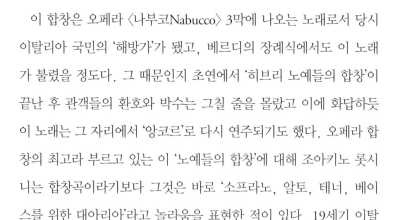

나부코,
'히브리 노예들의 합창'

이 합창은 오페라 〈나부코Nabucco〉 3막에 나오는 노래로서 당시 이탈리아 국민의 '해방가'가 됐고, 베르디의 장례식에서도 이 노래가 불렸을 정도다. 그 때문인지 초연에서 '히브리 노예들의 합창'이 끝난 후 관객들의 환호와 박수는 그칠 줄을 몰랐고 이에 화답하듯이 노래는 그 자리에서 '앙코르'로 다시 연주되기도 했다. 오페라 합창의 최고라 부르고 있는 이 '노예들의 합창'에 대해 조아키노 롯시니는 합창곡이라기보다 그것은 바로 '소프라노, 알토, 테너, 베이스를 위한 대아리아'라고 놀라움을 표현한 적이 있다. 19세기 이탈리아 오페라에서 그때까지 합창이 극적으로 이것만치 중요한 역할을 한 적은 없었다. 사실 그때까지 합창은 장면을 바꾸거나 무대를 장식하는 동안 불리는 역할에 그쳤기 때문이다.

이탈리아 오페라의 전환기를 연 동시에 낭만파 오페라의 정점을 확립한 이탈리아의 희망이자 명예였던 베르디는 탄식과 단념의 목소리인 빈센초 벨리니의 노래에 익숙해진 당시 이탈리아인들에게 새로운 희망을 주었다. 베르디의 세 번째 오페라이자 첫 성공작인 〈나부코〉는 이탈리아 국민에게 다른 어떤 오페라보다도 각별한 의미를 지닌 작품이다.

라 트라비아타, '프로벤자 내 고향으로'

'길을 잘못 든 여인'이란 뜻을 지닌 〈라 트라비아타La traviata〉는 1850년대 파리의 시대적 비극을 한 여인의 운명적 삶을 통해 보여주는 작품이다. 이 작품의 원작은 19세기 프랑스 소설가 알렉산더 뒤마Alexandre Dumas(1824~1895)의 「동백꽃 여인」으로, 한동안 우리나라에서는 「춘희椿姬」[17]라는 제목으로 더 잘 알려져 있었다. 이 작품은 사생아인 알렉산더 뒤마가 너무나 사랑했던 한 여인과의 이야

---

17) 椿姬는 일본에서 번역한 것을 그대로 옮겨와 잘못 쓰인 것이다. 일본어에서 椿자는 '동백꽃이나 동백나무'를 의미하지만 한국에서는 '참죽나무'를 의미한다.

기를 바탕으로 쓴 것인데, 뒤마는 이 소설로 프랑스 문단에 데뷔하여 큰 명성을 얻게 된다. 그의 아버지는 「삼총사」, 「몽테크리스토 백작」, 「마고여왕」 같은 소설로 유명한 알렉산더 뒤마(1802~1870)다.

소설 「동백꽃 여인 La dame aux camelias」의 실제 모델은 1850년대 파리 사교계의 꽃이었던 마리 뒤플레시이다. 마리는 가난한 시골 홀아비의 딸로 열두 살에 파리에 와 곧 파리 화류계의 고급마담이 된다. 마리는 한 달에 25일은 흰 동백꽃을, 5일간은 붉은 동백꽃을 꽂고 나와 자신이 사랑을 나눌 수 있는 날을 알려 주는 대담한 여인이었다. 이 소설의 제목은 여기에 기인한 것이다.

아들 뒤마는 키가 훤칠한 미남에다 유행에 따라 옷을 잘 입는 매너 좋은 20세의 청년이었다. 1844년 9월 어느 날 밤, 그는 친구와 바리에테 극장에 갔다. 두 사람의 시선은 무대가 아니라 호화로운 드레스를 입고 보석으로 치장한 일등석의 젊은 여성들에게로 가 있었다. 정면의 일등석 한쪽에 아들 뒤마와 동갑이면서 미모에 취미가 다양하고 당시에 이미 낭비벽으로 이름난 한 여성이 앉아 있었다. 이 여인은 마리로, 당시 마리는 파리에서 가장 우아한 여성이라는 평을 받고 있었다. 그것은 미모에 값비싼 보석과 화려한 의상으로 치장해서만이 아니라 그녀가 지닌 교양과 고상한 취미 때문이었다. 하지만 마리는 결핵이 악화되어 몸이 매우 쇠약한 상태였다. 뒤마의 정성어린 보살핌은 이 젊은 여성의 마음을 감동시켰다.

당시 젊은 뒤마는 경제적인 여유가 없어서 아버지에게 얹혀살고 있었다. 따라서 뒤마는 이곳저곳에서 돈을 빌렸지만 그것으로는 사치스러운 마리를 만족시킬 수 없었다. 1845년 8월 30일 밤에 그는 이별의 편지를 썼다. 이러한 현실은 연극에서 반영되지만 오페라에서는 중반부터 다르게 전개된다.

오페라에서는 존경스러운 프로방스의 신사인 아버지 조르지오 제르몽이 비올레타를 찾아온다. 제르몽은 비올레타에게 결혼을 앞두고 있는 딸을 위해 알프레도와의 생활을 청산해 달라고 부탁한다. 자신에게도 이 사랑이 마지막 희망임을 주장하며 반발하던 비올레타는 결국 간절한 제르몽의 마음을 받아들여 떠나고, 비올레타의 떠남을 오해한 알프레도는 엄청난 충격에 고통스러워한다. 그런 아들을 제르몽은 다 잊고 고향으로 돌아가자며 간곡히 타이르고 위로한다. 고향 프로방스의 바다와 육지를 상기시키며 늙은 아비의 고통과 간절함을 호소하는 장면은 눈물겹다. 바로 '프로벤자(프로방스의 이탈리아식 표기) 내 고향으로 Di Provenza il mar, il suol'라고 알려진 정감이 넘치는 바리톤 아리아다.

이 오페라가 무대에 오르기까지 우여곡절을 겪었다. 베네치아 당국은 '현재'로 되어 있는 오페라 배경을 150년 뒤로 돌려 만일에 있을지 모를 충격을 줄이도록 했고, 이 오페라가 런던에서 공연되었을 때 빅토리아 여왕이 참석하면 혹시나 오페라의 부도덕함을 인정하는 것처럼 보일지 모르니 공연에 참석하지 말라는 권고를 받았다고 한다.

베드르지흐 스메타나

다리도, 건물도, 빨간 지붕도, 보이는 모든 것에 중세의 것이 깃들어 있는 도시, 전 유럽을 초토화시켰던 세계전쟁을 프라하도 겪었을 텐데, 격동의 역사 속에서도 어떻게 이토록 옛 모습을 그대로 지켜 낼 수 있었을까. 그리 멀지 않은 곳에 위치한 바르샤바가 전쟁통에 도시 전체를 잃었던 것을 떠올리면, 이는 참 기적이라고 해야겠다.

체코를 동서로 나누어 동부를 모라비아라 부르고, 서부를 체히 Cechy라 부르는데, 이 체히를 라틴어로 보헤미아라 부른다. 보헤미아는 기원전 이 지방에서 산 켈트인 부족 보이Boii에서 유래된 역사적인 명칭이다. 보헤미아는 사방이 산맥으로 둘러싸인 커다란 분지로 엘베강과 그 지류인 블타바(몰다우)강의 유역에 펼쳐진 지역이다.

베드르지흐 스메타나Bedrich Smetana는 1824년 보헤미아의 리토미슐에서 태어났다. 음악 소양이 풍부한 아버지는 아들이 음악가가 되기를 원했다. 그래서 베드르지흐가 4살이 되자 자신이 직접 음악을 가르쳤다.

피아노 연주자가 될 것을 꿈꾸었으나 당시 오스트리아 지배하에 있는 체코슬로바키에서는 민중 사이에 저항운동이 확산되었으며 1848년 오스트리아의 2월 혁명의 여파로 프라하에도 6월에 혁명운동이 일어나 민족의식에 눈뜬 그는 국민의용군에 가담하여 국민의용군 행진곡 등을 작곡하였으며, 민족운동에서 작곡가의 역할을 새삼 자각하게 되었다. 그러나 혁명이 실패한 이후 자유로운 음악 활동이 억압되었기 때문에 친구의 권유로 1856년 스웨덴으로 건너가 5년간 지휘자, 작곡가, 피아니스트로 활동하였다.

1860년대 오스트리아 정부의 탄압이 느슨해지면서 체코슬로바키아 민족운동이 되살아나자, 그는 귀국하여 음악가로서 활동하기 시작했다. 1862년 체코슬로바키아 국민극장이 프라하에 건립되자 이 극장을 위해 작곡한 오페라 〈팔려간 신부〉를 무대에 올려 큰 성공을 거두고, 그해 가을에는 이 극장의 지휘자가 되었다.

1874년, 50세의 나이에 매독으로 인한 환청이 악화되어 귀가 전혀 들리지 않게 되었지만 그는 조국에 대한 깊은 사랑을 나타낸 교향시 〈나의 조국 Ma vlast〉을 작곡했다. 그 후 그는 모든 공적 활동을 중지하고 프라하 교외에서 기거했다. 1883년 말부터 정신착란 증까지 나타났으며, 결국 ㄱ 이듬해 정신병원에서 사망했다.

대도시를 끼고 흐르는 강들은 그 나름의 독특한 개성을 지니고 전설이나 노래로 칭송되는 것이 보통이다. 테임스 강이나 다뉴브 강, 볼가 강, 미시시피 강이 모두 그러하다. 그러나 보헤미아로 더 잘 알려진 체코의 얼을 담고 프라하를 관통하여 흐르는 블타바 강처럼 수많은 신화와 전설과 역사가 넘실대는 강은 아마 없을 것이다.

예로부터 프라하는 독일과 오스트리아의 영향을 많이 받아서 지금도 간단한 독일어가 통하는 곳이고 독일 음식과 비슷한 요리들도 많이 남아 있다. 오랫동안 합스부르크 제국의 식민지여서 건물 생김새는 오스트리아와 상당히 비슷하다. 생전에 프라하를 좋아한 모차르트의 흔적도 많이 남아 있다. 빈에서는 성공과 실패를 번갈아 겪으며 부침이 심했던 모차르트가 프라하에서는 늘 최고의 찬사를 받았다. 그래서 모차르트는 이 도시를 다섯 번이나 방문했다. 그의 〈교향곡 38번〉의 부제가 '프라하'이며, 모차르트의 최고 걸작 오페라인 〈돈 조반니〉의 초연도 프라하 에스테이트 극장에서 이뤄졌다. 에스테이트 극장은 아직도 남아 있는데, 지금은 프라하 국립오페라극장 등의 위세에 밀려 관광객용 공연을 올리는 곳으로 변모했다.

프라하는 19세기가 되어서야 제대로 된 보헤미아의 음악과 만나게 된다. 이 시기부터 보헤미아에는 민족의식이 싹트기 시작했고, 체코의 독립 염원을 담은 국민악파 음악가들이 하나둘씩 등장하기 시작했다. 그중에서도 대표적인 작곡가가 바로 베드르지흐 스메타나다. 프라하에서 음악 공부를 하던 그는 1848년 6월 프라하에서 일어난 혁명운동에 큰 영향을 받는다. 비록 오스트리아 제국의 탄압으로 인해 독립을 이뤄 내진 못했지만, 이 사건 이후 스메타나는 음악으로써 체코 민족운동에 투신하기로 결심하고 평생 체코 민족의 정서를 담은 음악을 작곡하는 데 온 힘을 쏟는다.

나의 조국 중 '블타바'

이 작품은 스메타나가 1874년(50세)에 착수하여 6년에 걸쳐 완성한 전6곡의 교향시 연작으로, 조국의 자연이나 풍물, 전설을 소재로 하여 애국정신을 고취시킨 작품이다. 지금도 매년 5월에 열리는 프라하 봄 페스티벌의 개막 공연에서는 반드시 〈나의 조국〉을 연주하도록 되어 있다. 이 음악에 대한 체코 국민의 사랑이 얼마나 대단한지를 엿볼 수 있는 대목이다. 우리는 〈나의 조국〉 중에서도 유독 한 음악을 사랑한다. 바로 두 번째 곡 '블타바Vltava'다. 블타바는 프라하 시내를 관통해 흐르는 강의 이름이다. 그런데 이 음악은 오랫동안 우리에게 '몰다우'라는 제목으로 더 널리 알려졌다. 그러나 '몰다우'는 독일식 명칭이니, 오스트리아의 지배를 겪은 체코인들에게는 불쾌할 것이다.

이 곡에서 스메타나는 작은 두 샘에서 발원하여 차가운 강과 따뜻한 강의 두 줄기가 하나로 모여 숲과 관목을 지나 농부의 결혼식,

밤에 달빛을 받으며 추는 인어들의 원무, 성과 궁전과 폐허를 지나가는 블티바 강의 흐름을 묘사했다.

한없이 펼쳐진 지평선으로 이어지는 보헤미아의 들녘에서 시인은 조국의 아름다움에 넋을 잃는다. 속삭이는 듯한 미풍이 숲 속을 스쳐 지나가고, 멀리서 마을 사람들의 음악 소리가 들려온다. 기쁨에 넘친 그들의 춤과 노래는 보헤미아 구석구석으로 퍼져 나간다. 이러한 설명을 하고 있는 것이 제4곡 '보헤미아의 숲과 초원에서'이다. 호른, 트럼펫, 트롬본 같은 금관악기가 웅대한 화성적인 주제를 세차게 연주하고, 현과 목관악기가 하모니를 전개하며 마치 한여름의 뜨거운 햇빛이 광대한 들녘에 찬란하게 내리쪼이는 정경을 연상하게 한다. 그런 다음 감사와 환희, 찬가와도 같은 들녘과 숲이 차분하게 묘사된다. 이 부분에서의 관현악의 용법은 스메타나의 탁월한 능력을 유감없이 증명해 주고도 남는다. 그러고 나서 흥분과 기쁨에 넘친 마을 사람들의 축제가 클라이맥스를 이루고 곡 전체가 끝난다.

그러면 국민주의에 대해서 간단히 언급해 보자. 낭만주의자들은 자연과 시골에 대한 이상화된 시각을 갖고 있었고 신화에 열중했다. 이러한 경향은 음악에서 서사적 전설에 바탕을 둔 오페라와 표제음악에 표출되었다. 그런데 바그너가 독일 오페라를 쥐고 흔들 때 다른 지역의 작곡가들은 자신들의 정체성에 대한 의식을 일깨우는 노력을 시작했고, 영감을 얻기 위해 그들의 유산을 탐구하기 시작했다. 이전 세기의 오스트리아인과 독일인의 독점 지배에 대한 반발로 또는 국민주의의 등장에 따라 음악은 지역적 색채를 띠기 시작했다.

국민주의가 확실한 모습을 드러낸 곳은 러시아였다. 여러 러시아 작곡가들이 그들의 민속음악을 토대로 민족적인 색채를 담은 음악을 창출해 냈다. 특히 '러시아 5인조'라고 불리는 작곡가들이 큰 활약을 했다. 그리고 스메타나의 보헤미아적인 것, 그리그의 스칸디나비아적인 것에서도 국민주의 스타일을 찾을 수 있다.

요한 슈트라우스 2세

Johann
Strauss Jr.

19세기 중반의 빈은 이미 오랫동안 유럽음악의 수도로 알려져 왔으며, 슈트라우스 가문은 이 빈의 연주회장을 지배해 왔다. 아버지의 반대에도 불구하고 요한 슈트라우스 2세Johann Strauss Jr. (1825~1899)는 가업을 이어받았다. 그의 재능은 금세 아버지를 능가했다. 슈트라우스의 무기는 왈츠였다. 뛰어난 멜로디로 가득 찬 그의 작품은 관현악곡으로 편곡되어 무대에 올려졌다. 슈트라우스의 음악에 맞춰 춤을 추던 전 유럽의 상류사회는 마이얼링의 비극[18]이 벌어지자 잠시 동안 춤을 멈췄다.

슈트라우스가家의 세 아들인 요한2세, 요제프, 에두아르트는 모두 일찍부터 음악의 재능을 보이기 시작했지만, 아버지는 이들이 음악가가 되는 것을 원하지 않았다. 당시 음악가는 매우 고달픈 직업이었기 때문에 그는 아마도 아들들이 일반적인 직업을 갖길 원했을 것이다. 그러나 어머니는 아이들의 야망에 용기를 주며 적극적으로 뒷바라지해 주었다. 요한2세는 어머니의 도움으로 히칭 교외에 있는 카지노인 도마이어에서 연주회를 열 수 있었다. 빈 음악계에 데뷔했지만, 요한2세는 빈에서 활동하는 것만으로는 가족을 부양하기가 어려워 악단과 함께 합스부르크가의 국경지방까지 순회공연을 했다.

　요한2세는 1862년 8월 빈에서 '예티'로 더 잘 알려진 유명한 전직 가수 헨리에테 칼루페츠키와 전격적으로 결혼해 주위를 놀라게 했다. 예티는 슈트라우스보다 여러 살 위였으며 이미 아이도 여러 명 있었고 지난 19년간 돈 많은 한 은행가의 정부였다. 그러나 결혼 후 그녀는 헌신적인 아내이자 비서, 매니저, 조언자 역할을 했다. 그

---

18) 요한 슈트라우스의 음악은 화려한 빈의 이미지를 떠올리게 하지만 1889년 빈 사교계는 황실의 사냥별장인 마이얼링에서 루돌프 황태자가 그의 정부情婦와 동반 자살한 사건으로 충격에 휩싸였다. 이 비극은 그의 불행했던 결혼과 아버지와의 정치적 대립에서 시작된 것이다. 이 비극으로 합스부르크가의 미래는 더욱 어두워졌다. 1889년 1월 29일 밤, 오스트리아-헝가리의 합스부르크가家 후계자인 30세의 루돌프 황태자가 빈 교외의 마이얼링 숲 속에 자리 잡은 작은 사냥별장의 침실에서 아직 10대였던 애인 마리 베체라를 총으로 쏜 뒤 자신도 자살했다. 황실의 요청으로 경찰과 궁정의사가 즉시 행동을 시작했다. 그들의 임무는 사실을 은폐하는 것이었다. 황태자는 갑작스레 사망한 것으로 처리하고 베체라와 함께 있었다는 사실을 감추어야 했다. 하지만 일주일도 지나지 않아 그녀가 이 사건에 관련되어 있다는 사실이 퍼지기 시작했다. 루돌프와 마리는 서로 깊이 사랑했지만 루돌프는 이미 황태자비 스테파니와 결혼한 상태였다.

녀의 도움 덕분에 방탕했던 슈트라우스는 안정을 되찾아 좀 더 많은 시간을 작곡에 할애할 수 있었다. 1860년대 슈트라우스는 〈아침신문〉, 〈예술가의 생애〉, 〈빈 숲 속의 이야기〉와 같은 왈츠를 작곡하였다.

슈트라우스는 1867년 파리 만국박람회, 그해 가을에 열린 런던 프롬나드 콘서트 그리고 1872년 미국 보스턴에서 세계평화 기념제를 위한 음악회에서 지휘했다. 요한 슈트라우스는 200곡이 넘는 왈츠를 작곡했고, 이러한 요한 슈트라우스의 왈츠는 지금도 매년 빈에서 열리는 신년음악회의 단골 레퍼토리로 전 세계에 방영되고 있다.

아름답고 푸른
도나우

요한 슈트라우스 2세는 왈츠 〈아름답고 푸른 도나우Beautiful blue Danube〉를 1867년에 작곡하여 그 해 빈에서 초연했다. 이 곡은 서주 부분이 다소 장중하고 무거운 느낌을 주지만, 이어 나타나는 경쾌한 왈츠 리듬에서는 불을 연상시키는 생기를 준다. 이어지는 멜로디는 낙천적이고 온화하여 어떤 어려움 속에서도 행복을 잊지 않으려는 오스트리아 사람들의 기질을 도나우 강의 아름다움을 통해 표현하는 듯하다. 하지만 이 곡이 처음부터 사랑을 받은 것은 아니다.

이 곡이 발표되기 전 해인 1866년, 오스트리아는 프로이센과의 전쟁에서 패배했고 이로 인한 후유증이 심각했다. 오스트리아 제국의 영광이 퇴색하기 시작한 시기이다. 아름답고 흥겨운 왈츠가 그런 분위기를 조금은 밝게 해 주었겠지만 근본적인 불안은 가시지 않았다. 경찰간부였던 아마추어 시인이 〈아름답고 푸른 도나우〉의 노랫말을 썼으며 초연에서 남성합창단이 불렀다. 빈 시민들은 이 곡을 통해 전혀 용기를 얻지 못했으며 즐거워하지도 않았다. 몇 개월 후, 파리에서 열린 오스트리아 대사관 무도회에서 슈트라우스는 이 곡을 관현악곡으로 편곡하여 이 새 왈츠를 초연했다. 반응은 대단했다. 그때부터 무도회에서 이 곡이 연주되지 않으면 뭔가 빠진 것 같다고 느낄 정도였다. 다른 나라에서도 이 곡은 대단한 환영을 받았다. 슈트라우스의 인기가 점차 높아짐에 따라 한때 빈 시민들에게 무시되었던 이 왈츠는 그들의 비공식적인 국가가 되었다. 당시 빈의 보수적 지배 세력은 혁명 열기를 가라앉힐 속셈으로 사람들에게 왈츠를 적극적으로 권장했다. 무도회장을 뜨겁게 달군 왈츠의 왕이 정작 왈츠를 추지 못했다는 사실도 놀라운 일화로 남아 있다.

아버지 슈트라우스(1804~1849)는 '슈트라우스 왕조'를 세운 사람으로서 많은 왈츠 작품을 남겼지만, 그의 가장 유명한 곡은 〈라데츠키 행진곡〉이다. 1848년, 지나친 언론 검열로 '경찰국가'라는 오명을 쓰며 오스트리아 합스부르크 제국의 공포정치를 주도한 메테르니히가 드디어 실각했다. 이를 계기로 압제에 시달리던 이탈리아 북부에서는 롬바르디아 지방을 중심으로 독립운동이 불길처럼 타올랐다. 베르디의 오페라 〈나부코〉에 나오는 '히브리 노예들의 합창'은 해방을 부르짖는 국민들에게 절대적인 지지를 받았다. 베르디 또한 파리에서 밀라노로 급히 귀국했다.

하지만 대가는 참혹했다. 요제프 라데츠키가 이끄는 오스트리아 제국군은 잔인한 보복을 자행하며 롬바르디아 평원을 피로 물들였다. 1848년 8월 31일 라데츠키와 휘하 병사들은 빈으로 개선했다. 이때를 놓치지 않고 요한 슈트라우스 1세는 현재 시립공원으로 변한 빈 성벽 앞에서 거창하게 열린 환영행사를 위해 〈라데츠키 행진곡〉을 작곡해 바쳤고, 그 결과는 대성공이었다. 그러나 슈트라우스는 자국 평론가로부터도 정치적인 음악가라는 비난을 들으며 피신하는 모욕을 당했다.

잠시 왈츠에 관한 얘기 좀 하고 넘어가자. 춤과 음악은 늘 함께 있었다. 장 폴리히터가 말했듯이 "음악은 보이지 않는 춤이요, 춤은 소리 없는 음악"이기 때문이다.

왈츠는 농민의 춤에서 유래되었다고 한다. 춤의 역사가 다 그렇듯이 왈츠가 처음 소개되었을 때 사회 일부에서는 이 춤을 추는 남녀가 신체적으로 가까이 접촉한다고 해서 비난의 소리가 높았다. 당시 이 춤은 비도덕적이라고 비난받았고 알자스 지방에선 1785년까지 법적으로 금지 대상이었다. 시인 바이런은 왈츠를 "현기증 그 자체"라고 평했다.

그래서 모차르트는 빈 궁정에서 일할 때 왈츠를 한 곡도 쓰지 않앉다. 그러다 프랑스 대혁명 이후 대중화되어, 19세기에는 유럽의 유부녀가 너도나도 왈츠에 빠져들어 '왈츠 고아(왈츠 때문에 집에 홀로 버려진 아이들)'라는 말까지 생겨날 정도였다.

슈트라우스가 1850년에 왈츠를 파리에 소개했지만 그곳에는 이미 자크 오펜바흐(1819~1880)가 활약하고 있었다. 그의 여러 오페레타에 아름다운 균형을 지닌 왈츠 곡들이 등장한다. 빅토리아 여왕 시대의 영국도 결국 왈츠의 매력에 굴복하고 말았지만, 이러한 지위를 누릴 만한 왈츠작곡가는 없었다.

브람스는 피아노 왈츠 곡들과 성악곡으로 이루어진 왈츠 곡집 〈사랑노래〉를 내놓았다. 리하르트 슈트라우스의 오페라 〈장미의 기사〉와 라벨의 피아노곡 〈우아하고 감상적인 왈츠〉에서 아주 화려한 왈츠 곡들을 들을 수 있다.

루마니아왕국 초대 군악대 총감독을 지낸 이바노비치가 1880년 군악대를 위해 〈다뉴브의 잔물결〉을 작곡했다. 전주곡과 4개의 소小왈츠 및 종결부로 되어 있다. 애수를 띤 특유의 선율은 동유럽적인 분위기를 지니고 있다. 요시프 이바노비치는 이 작품 하나로 음악사에 남게 되었고, 이 작품은 전 세계에서 부르는 유명한 곡이 되었다. 미국에서 활동했던 가수 알 졸슨이 자신의 전기영화에 이 곡을 차용하면서 미국에서는 〈애니버서리 송〉이란 이름으로 부르고 있으며, 윤심덕의 〈사死의 찬미〉도 이 곡을 편곡한 노래로 우리들에게 친근한 곡이다.

17

요하네스 브람스

1850년 이후 서구 음악계의 음악 청중은 다양한 모습으로 분화되어 갔다. 19세기 후반을 다양한 시대로 만든 데에는 여러 요소들이 작용했다. 19세기 이전에는 연주되던 음악의 대부분이 교회성가, 찬송가를 제외하고는 동시대 작품이었다. 그런데 1850년경 관현악, 실내악, 합창 등의 음악회가 점점 늘어나면서 고전 레퍼토리에 집중하게 되었고, 옛 작품의 비율이 점차 늘어 갔다.

이전 시대에 작곡된 익숙한 음악을 듣는 데 길들여진 청중에게 어떻게 새로운 작품으로 주목을 끌 수 있을 것인가? 이에 작곡가들은 다양한 방식의 해결책을 모색했다. 요하네스 브람스Johannes Brahms (1833~1897) 같은 경우는 고전 대가들의 토대 위에서 교향곡과 실내악곡을 썼다. 옛 형식에 새로운 관념들을 담아낸 것이다. 반면 바그너와 리스트의 경우는 음악드라마나 교향시 같은 새로운 장르에서 자신들의 길을 찾았다.

브람스는 오페라를 제외한 모든 분야에서 당대 최고의 독일 작곡 가였고 20세기 음악에도 큰 영향을 미쳤다. 그는 함부르크의 그다지 부유하지 않은 가정에서 태어났다. 아버지가 댄스홀과 지역 앙상블의 호른 및 더블베이스 연주자여서 어려서부터 피아노, 첼로, 호른을 배웠고 피아노와 음악이론 수업을 받으며 바흐, 하이든, 모차르트, 베토벤 음악에 대한 애정을 키워 갔다. 그는 음악 학교 출신이 아니었다.

1877년 6월부터 9월에 이르는 약 4개월 동안 오스트리아 남부 휴양도시 페르차하에서 받은 인상과 정취를 담은 그의 두 번째 교향곡을 완성했다. 첫 번째 교향곡을 20여 년 걸려 완성한 것과 군이 비교하지 않아도, 완벽을 추구하는 그의 성향이 다작多作을 허용하지 않는 점을 생각할 때 이는 매우 이례적인 일이다.

베토벤과 브람스는 평생 홀로 산 독신주의에 인류애뿐 아니라 자연을 향한 사랑까지 닮아 있다. 그들은 모두 외로웠고, 남이 따라갈 수 없는 기준을 가지고 있었으며 피곤하던 인생여정 중 아름다운 자연에서 안식을 찾았다. 한 가지 더 흥미로운 공통점은 그들이 심각하고 거창한 대규모 교향곡을 작곡하면서 동시에 혹은 직후에 소박하고 부드러운 느낌의 자연을 예찬한 교향곡을 작곡했다는 것이다.

브람스의 음악이 지나치게 지적이고 지루하고 복잡하다는 비난을 받았는데, 이 비난은 문화전쟁의 맥락에서 나왔다. 바그너 지지 진영은 엘리트주의에, 그리고 우연찮게도 유대주의에 치우친 것으로 보이는 진영과 대치하고 있었다. 한 비평가는 브람스가 유대교당풍의 셋잇단음표를 사용한다고 불평했다. 또 다른 비평가는 브람스를 다른 유대인 음악애호가, 작곡가 무리와 싸잡아 에두아르트 한슬리크 부류로 간주했다. 유대인도 아닌 브람스는 이런 흐름을 받아들이기 힘들어 했다. 한편 한슬리크는 브람스가 자신에게 네 손을 위한 피아노 곡 〈왈츠 Op.39〉를 헌정하자 이렇게 말하기도 했다. "착실하고 과묵한 브람스, 순수한 슈만의 제자, 북독일풍의 음악을 작곡하는 사람, 프로테스탄트, 슈만처럼 비세속적인 사나이."

약혼 경험도 있고 몇 차례 연애사건도 있었고 무엇보다 슈만의 아내 클라라에게서 더 가까워짐도 더 멀어짐도 없이 몇 십 년간 그녀를 좋아했다. 음악역사 학자들이 설명하는 브람스의 성격으로 '지나치게 긴밀한 관계에 대한 두려움'이 있었다. 자기에게 꼬치꼬치 파고 들어오는 친한 친구관계에 공포를 느끼고 소름끼쳐 했다는 브람스였다.

브람스는 그의 나이 54세에 〈바이올린과 첼로를 위한 이중 협주곡〉을 썼다. 흔히 '이중 협주곡'으로 불리는 이 작품은 브람스의 마지막 협주곡이자 마지막 관현악곡이다. 이 작품은 여러 모로 '마지막'이라는 의미에 걸맞은 내용을 보여 주고 있다. 즉, 브람스가 일관되게 추구했던 '교향악적 협주곡' 양식의 근원을 가리키고 있는 동시에 치밀한 구성과 중후한 울림, 폭발적 열정과 냉철한 지성을 비추고 있다.

한편 이 작품과 관련해서 빼놓을 수 없는 이야기로 오랜 친구이자 19세기 후반 독일을 대표하는 명 바이올리니스트 요제프 요아힘(1831~1907)과의 일화다. 1880년 가을에 브람스는 친구 요아힘의 부부싸움에 말려드는데, 그 무렵 요아힘은 매력적인 가수인 아내 아말리 바이스를 의심한 나머지 간통죄로 법정에 고소하기에 이른다. 그러나 친구의 질투심 많은 성격을 익히 알고 있었던 브람스는 그 고소 내용이 사실무근이라고 믿었다. 그래서 그는 아말리에게 장문의 편지를 보내서 그녀를 위로했는데, 공교롭게도 아말리가 그 편지를 법정에 증거물로 제출했던 것이다. 당연히 요아힘은 큰 상처를 받았고, 브람스에게 절교를 선언했다.

브람스는 안타까웠다. 아말리에게 편지를 보낸 것은 그것이 바로 요아힘과의 참다운 우정을 위한 일이라고 믿었기 때문이었다. 그는 친구가 아내를 얼마나 사랑하는지 너무도 잘 알고 있었던 것이다. 시간이 흐르고 흥분이 가라앉자 요아힘도 브람스를 이해하게 되었지만, 한 번 틀어진 사이는 좀처럼 회복되지 않았다. 1883년 브람스는 세 번째 교향곡을 요아힘에게 보내며 동봉한 편지에서 친구의 옛 애칭(유스프)을 사용했다. 요아힘은 그것을 반가이 맞아들였다. 그러나 서먹했던 감정이 완전히 풀리기엔 조금 부족했다. 1887년 브람스가 〈이중협주곡〉을 작곡하면서 요아힘에게 도움의 손길을 청했고, 둘의 관계는 그제야 비로소 회복되었다. 두 사람이 클라라 슈만의 집에 모여 신작을 시연해 보던 날, 클라라는 일기에 다음과 같이 적었다. "이 협주곡은 일정 부분 화해의 의미를 지닌 작품이고, 요아힘과 브람스는 몇 년 만에 처음으로 대화를 나누었다."

헝가리 무곡
1번과 5번

무곡은 원래 무도와 깊은 관계에 있었기 때문에 일반적으로 명확한 박절과 규칙적인 악절구조를 특징으로 하며, 모든 무곡은 저마다 개인적인 리듬과 템포를 지닌다. 음악과 무용과의 관계는 음악의 역사에 못지않게 오래되었으나 유럽의 경우 그리스도교회가 절대적인 권력을 가지고 있던 중세에는 무도가 이교도적이며 음란한 것이라 하여 배척되어 왔기 때문에 떳떳이 표면화되지 못했다. 교회의 권력이 쇠퇴하고 중세 봉건제도가 무너지기 시작한 14세기경부터 비로소 세속적이며 민속적인 무도가 활기를 띠기 시작했고, 궁전을 중심으로 무곡이 그 형태를 갖추기 시작했다.

브람스의 〈헝가리 무곡 Hungarian dances〉이 탄생한 것은 19세기 후반이다. 브람스가 헝가리 집시음악에 대해서 관심을 갖게 된 것은 헝가리 출신의 바이올리니스트 에두아르드 레메니(1828~1898)를 알고 나서부터다. 따라서 〈헝가리 무곡집〉이라는 피아노곡이 태어난 것도 레메니와의 관계를 떠나서는 생각할 수 없다. 레메니는 브람스보다 5살이 연상이다. 그는 정치적 망명자의 신분이었다. 레메니는 20대 초에 이미 유럽 각국을 순회할 정도로 뛰어난 바이올리니스트가 되어 있었는데, 그가 브람스의 고향인 함부르크에서 독주회를 가진 것은 1852년, 브람스의 나이 19세 때의 일이었다. 헝가리 집시풍의 감미로운 서정이 잔뜩 깃들어 있는 레메니의 바이올린 연주는 감수성 강한 청년 브람스를 단번에 사로잡고 말았다. 이 무렵의 브람스는 작곡가로서보다는 피아니스트로서 두각을 나타내며 함부르크에서 피아노 연주로 생계를 꾸려 가고 있었다.

그리고 브람스는 다음 해 그와 함께 유럽 여러 나라로 연주여행을 떠났다. 이러한 일련의 연주여행을 통해 레메니는 브람스에게 집시음악의 선율을 가르쳐 주었고, 브람스가 집시음악을 받아들이면서 가장 주의 깊게 연구한 것은 그 독특한 리듬이었다. 그리고 브람스는 그것들을 하나하나 마음속에 새겨 두면서 나름대로의 악상으로 다시 정리하여 피아노 연탄용 무곡으로 써내기 시작한 것이다. 오늘날엔 피아노 연탄곡聯彈曲[19]보다 관현악 편곡이 더 인기가 높다.

브람스는 1869년 그동안 수집한 헝가리 무곡을 정리해 헝가리 무곡 1번부터 10번까지 정리한 〈헝가리 무곡집〉 1권과 2권을 출간했다. 11년 뒤인 1880년엔 헝가리 무곡 11번부터 21번까지를 정리한 3권과 4권을 발간했다.

〈헝가리 무곡집〉은 큰 성공을 거두었다. 서른여섯 살에 발표한 이 무곡의 성공은 작곡가로서 브람스의 입지를 강화해 주었고, 사

---

19) 피아노 한 대를 두 연주자가 연주하는 곡.

람들은 집시풍의 음악에 지속적인 찬사를 보냈다. 이렇게 성공하자, 브람스와 함께 연주여행을 다녀온 레메니를 비롯한 헝가리 음악가들이 저작권을 침해받았다며 소송을 제기하기도 했다. 헝가리 무곡이 브람스의 창작이 아닌 수집한 음악이란 것이다. 하지만 브람스는 책을 발간하며 '작곡'이 아닌 '편곡'으로 기입해 승소할 수 있었다고 한다. 특히 5번은 켈러 벨라가 작곡한 '바르트파의 추억'이라는 제목의 차르다시[20] 선율을 차용한 것으로서 브람스는 이를 토속민요로 알고 가져다 썼다가 저작권 소송에 휘말린 것이다. 후반 제11곡, 제14곡, 제16곡은 브람스의 온전한 창작물이다. 그가 바탕으로 삼은 것은 차르다시로, 마자르족의 음악이 아니라 헝가리로 이주해 온 집시의 음악이었다.

집시에게 음악은 직업의 하나이자 삶의 원천이었다. 그들은 음악적 영감을 태어난 곳에서 물려받기도 하고 때로는 정착지에서 이끌어 내기도 했다. 특히 헝가리에서 그들의 음악이 많은 영향을 미친 이유는 집시음악의 특징인 자유로운 구성, 즉흥성, 급격하게 대비되는 강약, 격렬한 리듬 등이 헝가리 농민의 음악과 큰 차이가 없었기 때문이다. 1번과 5번이 많은 이가 좋아하는 곡이다.

리스트의 〈헝가리 광시곡〉이나 사라사테의 〈치고이네르바이젠〉 같은 음악들이 나올 수 있었던 배경은 바로 집시음악에 대한 대중

---

20) 19세기 초에 생긴 헝가리 민속무곡으로 원래는 집시의 음악과 무용이었다. 느리게 시작하다가 점점 정열과 야성미를 드러내며 속도가 빨라진다. 남녀가 파트너를 이뤄 춤을 추는 곡이다.

적 열광이 있었기 때문에 가능했다. 물론 그 시대 사람들은 헝가리 음악을 집시 음악과 동일시했다는 점을 감안해야 한다. 헝가리는 집시에게 국경을 개방한 몇 안 되는 나라여서 그 지역에 집시들이 많이 있었고, 또 그들이 연주하는 음악이 헝가리 사람들에게 영향을 미쳐서 집시 음악의 형식이 눈에 띄게 늘어났다.

카미유 생상스

Camille
Saint-Saens

카미유 생상스Camille Saint-Saens (1835~1921)는 작곡가이자 오르간 연주자, 피아니스트, 지휘자였다. 다섯 살 때 첫 공개 콘서트에 참가했고, 일곱 살 때 라틴어를 수준급으로 구사했다고 한다. 어렸을 때부터 지리학, 고고학, 식물학, 인류학 등을 공부했고, 수학에 뛰어났다. 따라서 음악뿐만 아니라 다른 분야의 유명 인사들과 토론을 할 수 있을 정도였다고 한다. 그는 철학 논문도 썼고, 시도 썼으며, 연극도 썼다. 게다가 프랑스 천문학 협회의 멤버이기도 했다. 특이하게도 일식에 맞춰서 콘서트를 열 정도로 조예가 깊었다고 한다. 그래서 베를리오즈는 약간 비꼬는 투로 "생상스는 모든 분야에 뛰어나지만 경험하지 않은 분야에 대해서만은 부족하다."라고 말하기도 했다. 그는 죽기 바로 전날까지도 작곡을 했듯이 그의 왕성한 탐구심과 근면함은 여러 장르에 걸쳐 많은 걸작을 만들어 낼 수 있었던 원동력이 된 것도 사실이다.

파리코뮌[21]과 프랑스와 프로이센의 전쟁으로 상처 입은 프랑스 국민들의 자존심을 되찾기 위해 젊은 음악가들이 주축이 되어 1871년 국민 음악협회를 만들었다. 당시 생상은 30대 중반으로서 이 단체를 창시하는 데 앞장섰다. 협회의 목적 중 하나는 젊은 작곡가들의 작품을 널리 알리는 것이었는데, 생상의 1872년도 첼로 협주곡 1번도 이 협회를 통해 그다음 해 첼리스트 오귀스트 톨베크가 초연했다.

생상은 감정적인 것을 무척 혐오했는데, 그의 시대는 감정의 폭풍이 이는 질풍노도의 시대로 일컬어졌던 만큼 격렬한 감정과 폭발적인 열정의 소유자인 독일의 바그너가 그 위세를 떨치고 있었다. 그러한 독일의 낭만주의는 프랑스에까지 많은 영향을 미쳤는데, 생상은 감정과잉과 극도의 사실성에 빠진 당시의 독일 낭만주의에 대

---

21) 프랑스-프로이센 전쟁에서 프랑스가 패배하여 1871년 2월 프로이센과의 평화조약을 위해 소집된 국민의회에 왕당파가 다수를 차지하자, 파리 시민은 왕정의 부활을 염려하여 코뮌 정부를 수립했다. 파리 코뮌은 프랑스 파리에서 프랑스 민중들이 처음으로 세운 사회주의 자치 정부이다. 세계 처음으로 노동자 계급의 자치에 의한 민주주의 정부라고 평가되고 있는 파리 코뮌은 세계사에서 처음으로 사회주의 정책을 실행에 옮겼으며, 단기간에 불과하였지만 사회주의와 공산주의 운동에 큰 영향을 주었다. 같은 해 3월 3일부터 마르세이유, 리옹, 생테티엔, 툴루즈, 나르본, 리모주 등의 지방 도시에서도 같은 코뮌이 결성되었지만 모두 단기간에 진압되었다.

항해서 본래의 특질을 갖춘 밝고 맑은 음악을 표방하면서 세자르 프랑크, 가브리엘 포레 등과 함께 참나운 프랑스 음악을 소개하고 발전시키려 노력했다.

19세기 음악계는 비르투오소 바이올리니스트들의 전성기였다고 할 수 있다. 바이올린의 귀신 파가니니(1782~1840)가 전 유럽을 충격으로 몰아넣은 이후, 파가니니의 테크닉을 고스란히 모방한 비르투오소들이 유럽 각지에서 출현하기 시작했다. 그리고 스페인에서는 파브로 데 사라사테(1844~1908)라는 걸출한 연주자가 나타났다. 당대 최고의 바이올리니스트였던 이들은 현대의 대스타 못지않은 인기를 누렸고, 막대한 명예도 누릴 수 있었다.

특히 스페인의 슈퍼스타 사라사테는 파가니니에 비견되는 불세출의 연주자로 세상을 떠들썩하게 했다. 그런 사라사테의 연주에 감동한 작곡가들은 앞다투어 그에게 곡을 헌정하였는데, 랄로는 〈스페인 교향곡〉을, 브루흐는 〈바이올린 협주곡〉을, 그리고 생상스 역시 바이올린 협주곡인 〈서주와 론도 카프리치오소〉를 자기보다 9살이나 어린 그에게 헌정했다.

170여 곡의 많은 작품을 작곡한 생상스는 그의 음악적인 공적으로 프랑스의 레종도뇌르 훈장 중에서도 가장 영예로운 '그랑 클로아'를 받았고, 케임브리지 대학으로부터 박사학위까지 받았으나 개인적으로는 별로 행복한 생활을 하지 못했다. 40세에 결혼한 19세의 신부와의 사이에 두 아들을 뒀다. 그런데 결혼 3년만인 1878년 돌연 두 아들을 잃는 비극을 겪었다. 그는 결혼 6주년을 기념하여 부인과 휴가를 즐기던 중 스스로 사라져 버린다. 휴가를 떠나기 전부터 그는 아들을 잃은 충격으로 심한 우울증에 시달리고 있었다. 1884년부터 오스트리아의 한 시골 마을에 칩거하면서 〈동물의 사육제 Op.168〉, 〈교향곡 제 3번〉 같은 위대한 작품을 완성했다. 그 후 오랫동안 객지를 방황하다가 결국 알제리의 어느 호텔에서 쓸쓸한 죽음을 맞이했는데, 그의 시종侍從만이 그의 곁에 남아 그의 죽음을 지켜보았다고 한다.

서주와 론도 카프리치오소

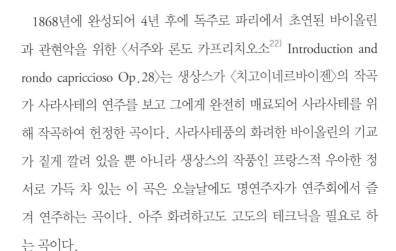

1868년에 완성되어 4년 후에 독주로 파리에서 초연된 바이올린과 관현악을 위한 〈서주와 론도 카프리치오소[22] Introduction and rondo capriccioso Op.28〉는 생상스가 〈치고이네르바이젠〉의 작곡가 사라사테의 연주를 보고 그에게 완전히 매료되어 사라사테를 위해 작곡하여 헌정한 곡이다. 사라사테풍의 화려한 바이올린의 기교가 짙게 깔려 있을 뿐 아니라 생상스의 작품인 프랑스적 우아한 정서로 가득 차 있는 이 곡은 오늘날에도 명연주자가 연주회에서 즐겨 연주하는 곡이다. 아주 화려하고도 고도의 테크닉을 필요로 하는 곡이다.

---

22) 19세기의 많은 작곡가들이 유쾌하고 변덕스런 작은 기악곡에 붙인 명칭.

우리에게 〈치고이네르바이젠〉으로 이름 높은 작곡가이자 바이올리니스트인 사라사테의 매력은 무엇일까? 음악평론가이자 작가인 버나드 쇼가 이런 말을 했다. "그에 대한 평론은 음악보다 한참 뒤쳐져서 헐떡거리게 만든다."

생상스가 24살일 때 사라사테가 처음으로 그의 앞에 나타났다. 이 소년의 나이는 15살, 두 사람 모두 음악적 긴 항해를 시작할 즈음이었고 생상스는 당시를 이렇게 회상한다. "봄날처럼 신선하고 앳된 모습이었지. 세상에서 제일 쉬운 일을 말하듯 이러더군, 내게 협주곡을 좀 써 주시지 않겠어요?"

19세기 낭만주의 시대의 바이올리니스트로서 사라사테는 정말 매력적이었나 보다. 그의 스타일은 파가니니와 같은 비르투오소와는 또 다른 영역에서 빛을 발했다는 것이다. 그 자신이 바이올린 명인이었던 벨기에의 위젠느 이자이 말이 이렇다. "사라사테는 우리에게 바르게 연주하는 것을 가르쳐 주었다." 조악한 상태였으나 레코딩 기술이 등장하여 음을 남길 수 있었던 바이올리니스트의 첫 세대가 또한 사라사테였다.

〈서주와 론도 카프리치오소〉 하면 제일 먼저 떠오르는 사람이 바로 야샤 하이페츠(1901~1987)이다. 이 곡의 우수성을 만천하에 공개한 장본인이다. 생상스에게 이 곡을 헌정 받은 사람이 사라사테였지만, 이 곡을 진짜 유명하게 만든 이는 야샤였다.

이 곡은 형식적인 면에서 아주 독창적인데, 제목에서 알 수 있듯이 '론도'이긴 하나 규칙은 작곡가 마음대로 변형된다. 처음의 서주는 멜랑콜리가 가미된 안단테로 스페인의 향취가 물씬 나고 론도는 지극히 리드미컬하지만 순간적인 우수가 섞이면서 듣는 이의 마음을 저리게 하며, 후반의 카덴차는 더없이 화려하다. 오케스트라의 강렬한 화음, 힘찬 행진곡풍, 율동적이면서 호쾌한 선율 등은 많은 바이올린 독주곡 중에서 이 곡이 가장 널리 연주되는 곡 중의 하나로 꼽히는 이유이다.

동물의 사육제 중 '백조'

〈동물의 사육제 The carnival of the animals〉는 생상스의 작품 중 가장 인기 있는 곡이다. 이 곡에는 '두 대의 피아노, 두 대의 바이올린, 비올라, 첼로, 더블베이스, 플루트, 클라리넷, 하모니움, 실로폰, 첼레스타를 위한 동물학적 환상곡'이라는 부제가 붙어 있다. 여기서 '동물학적'이라는 단어는 물론 각 곡이 특정 동물을 묘사한 것임을 암시하지만, 굳이 이런 표현을 쓴 것 자체가 일종의 익살이라고 할 수 있다. 그리고 여기서 슬쩍 암시된 기지와 해학은 작곡가가 각 곡에서 악기나 악상을 취급하는 방식에서 분명하게 드러난다.

이 작품집을 구성하는 열네 곡 가운데 작곡가가 생전에 출판을 허락한 것은 열세 번째 곡인 '백조' 단 하나뿐이다. 그가 왜 이 작품집에 이렇듯 냉담한 반응을 보였는가에 대해서는 몇 가지 요인이 복합적으로 작용했다고 보는 게 옳을 것이다. 우선 생상스는 자신이

'진지한' 작곡가로 여겨지길 바랐고, 이 작품집에서 보여 준 것처럼 소달하고 격의 없는 모습을 대중 앞에 드리내고 싶어 하지 않았다. 더구나 그는 이 곡의 풍자적인 성격이 논란거리가 되는 것을 꺼렸다. 결국 이 곡은 유언에 따라 작곡가가 죽은 후인 1922년에야 전곡이 출판되었다.

생상스는 〈동물의 사육제〉 중에서 백조의 우아함을 첼로로 표현했다. 이 곡에는 풍자적인 느낌이 전혀 없고 고전적인 우아함이 넘친다. 앞서 밝혔듯이 전곡 가운데 생상스가 생전에 출판을 허락한 유일한 곡이기도 하다. 빼어난 선율미 때문에 다른 편성으로 편곡해 연주되는 경우도 많다.

여기서 사육제carnival란 본래 가톨릭 문화권에서 그리스도를 추앙하기 위하여 술과 고기를 먹지 못하는 사순절전의 일주일간 축제에서 비롯된 종교의식이었으나 점차 세속적인 축제를 지칭하는 것으로 바뀌어 지금은 대중적 축제를 가리킨다. 시기와 지역에 따라 행사의 내용에는 조금씩 차이가 있으나, 기본적으로 일상에서는 결코 용납되지 않는 자유분방함과 탈선이 상당한 수준까지 허용된다는 점은 같다. 즉, 사육제를 지배하는 정신은 '일체의 구속에서 벗어난 자유'라 할 수 있다. 아마 생상스가 이 제목에서, 그리고 이 곡 자체에서 드러내고자 한 것 또한 엄격한 구성이나 형식미와는 무관하게 그저 웃고 즐길 수 있는 소탈한 자유분방함이었을 것이다.

레오 들리브

Leo
Delibes

19세기부터 20세기에 걸쳐 프랑스의 오페라와 발레 음악에서 인기를 모은 들리브는 오늘날에도 그 인기를 유지하고 있다. 레오 들리브Leo Delibes (1836~1891)는 프랑스의 상 젤르망 뒤바르에서 태어나 12세 때 파리 음악원에 입학했다. 졸업 후 교회당에서 오르간을 연주하기도 했지만, 19세 때부터 오페라 작곡을 시작하여 29세가 될 때까지 20곡을 만들었다. 〈나일라〉, 발레곡 〈코펠리아〉, 〈실비아〉 등을 발표하여 일약 유명해졌으며, 1884년에는 마스네의 뒤를 이어 아카데미 회원으로 추천되었다.

인도인과 영국인의 엇갈린 만남을 소재로 삼은 오페라 〈라크메 Lakme〉는 1883년 파리에서 초연되었을 당시 그 독특한 소재와 아름다운 멜로디로 대단한 성공을 거뒀다. 1882년 피에르 로티가 소설 『로티의 결혼』을 펴냈는데, 이 소설에는 영국식민지 시대의 인도를 배경으로 영국 장교와 인도 처녀의 사랑을 그린 내용이 들어 있다. 이 이야기에 매료된 들리브는 이를 소재로 오페라를 만들기로 작정한다. 에드몬트 콘디네와 필립 질이 이 소설을 바탕으로 대본을 만들었다.

이 오페라의 내용을 보면, 브라만교의 사제인 니라칸타에게는 아름다운 딸 라크메가 있다. 호기심으로 니라칸타의 사원에 침입한 영국군 장교 제럴드는 라크메와 서로 사랑하게 된다. 영국에 큰 원한을 갖고 있던 니라칸타는 라크메를 미끼로 제럴드를 살해하려 하지만, 상처를 입히는 데에서 그친다. 라크메는 제럴드를 간호하면서 꿈과 같은 시간을 보내지만, 제럴드가 부대로 복귀하게 되면서 그 사랑은 끝을 맺게 된다. 결국 라크메는 몰래 독초를 씹어 스스로 목숨을 끊는다. 그리고 제럴드에게는 성수聖水를 마시게 해 자기 아버지의 손에서 그를 구한다.

들리브는 심혈을 기울여 이 오페라 〈라크메〉를 제작하였으나, 후대로부터 비제의 〈진주조개 잡이〉를 흉내 냈다는 비판을 받았다. 마치 영국 작곡가 아서 설리번이 오페라 〈미카도〉를 쓴 후 푸치니의 〈나비부인〉과 닮았다는 논란이 일었던 것과 같은 맥락이다. 또한 이 오페라는 로마 총독 폴리오네를 사랑한 나머지 그를 살리고 죽음을 택하는 여사제의 헌신적 사랑을 그린 벨리니의 〈노르마〉의 구성을 일부 차용하고 있다. 이렇듯 당시의 여러 오페라 작품에서 보이는 유사한 줄거리는 대체로 19세기경 유럽에서 동양(인도나 일본 등)의 이국적 소재를 오페라에 즐겨 사용했기 때문에 발생한 것이라 생각된다. 당시 유럽의 사교계는 '동양'이라는 이색적 취향을 즐겼다. 이 오페라는 동양의 문화에 매혹되어 있는 서구인을 그리지만, 동양의 문화와 정신에 대하여 깊이 이해하고 있는 것 같아 보이지는 않는다. 하지만 음악적 견지에서 볼 때에는 다양하고 이색적인 음악 양식과 정서를 제공한다고 볼 수 있다.

라크메, '꽃의 이중창'

실론 섬을 배경으로 한 1막에서 브라만 계급의 승려의 딸인 라크메가 하인 말리카와 연蓮을 캐러 배를 타고 가면서 자신들을 둘러싸고 있는 무성한 잎과 반짝이는 수면과 아름다운 꽃과 새들을 함께 노래한다. 소프라노 두 명이 서로 화음을 맞추어 가면서 부르는 이 장대한 '꽃의 이중창'은 호수 위로 미끄러지는 배처럼 자연스럽게 흘러가면서 신비롭고 오묘한 선율을 만들어 낸다. 때는 상쾌하고 고요한 아침나절, 온 천지에 백화가 만발하고 세상은 평화롭기만 한데, 시바여신을 모시는 여사제와 시녀는 청초한 입과 손으로 대자연을 찬양하며 꽃노래를 부른다. 이 화사하고 윤택한 가창의 깊고 유려한 맛은 듣는 이의 마음에 자리하는 여러 집착과 번뇌를 잊도록 하기에 충분하다. 이 노래의 가사를 살펴보자.

두툼하고 둥근 지붕 아래

아침이면 자스민과 징미들의

웃음꽃이 만발한 꽃 기슭으로

가자, 우리 함께 가 보자꾸나

부드럽게, 반짝이는 물길을 따라

매혹적인 개울녘을 미끄러지듯

우리 함께 가 보자꾸나

가자. 아직도 봄잠을 자고 있는 곳

새들이 노래하는 강기슭을

부드러운 손길로 헤쳐 나가 보자꾸나

그런데 갑자기 엄습해 오는

이 공포를 나는 알 수가 없네

내 아버지 혼자 저주의 마을로 가실 때면

왠지 나는 떨리네

불안감으로 몹시 떨리네!

하지만 가네샤신이 보호하실 거야!

조르주 비제

Georges
Bizet

조르주의 아버지는 성악 선생이었고, 어머니는 재능 있는 아마추어 피아니스트였다. 이들은 아들의 재능을 어려서부터 정확하게 파악하여 10세가 되기도 전에 파리 음악원에 입학시켰다. 조르주는 뛰어난 작곡가였던 샤를 구노와 프로망탈 알레비(1792~1862) 등에게 배웠고, 어려서부터 상을 타기 시작하여 1857년 마침내 칸타타 〈클로비스와 클로틸드〉로 로마 대상을 받았다. 부상副賞으로 프랑스 정부로부터 5년간 장학금을 받았고, 프랑스 아카데미가 보내 주는 2년간의 이탈리아 유학길에 오를 수 있게 되었다.

그는 젊은 나이에 이미 자신의 재능뿐 아니라 자칫 놓치기 쉬운 허점까지도 잘 인식하고 있었다. 그는 로마에서 "나는 세련된 것을 원하지 않는다. 나는 어떤 곡을 쓰기 전에 아이디어를 갖고 싶지만 파리에서 쓴 작품들은 그렇지가 못했다."라고 회상했다. 로마에서 그는 로베르트 슈만, 카를 마리아 폰 베버, 펠릭스 멘델스존, 샤를 구노 등에게 음악을 배웠다. 독일에서 3년을 보내려고 했으나 그는 대신 로마에 계속 머물기로 작정했다. 로마에서 받은 인상들을 가지고 그는 결국 〈교향곡 제2번 C장조〉 '로마'를 작곡했다. 조르주는 이탈리아어로 쓴 오페라 〈돈 프로코피오〉에서는 도니제띠 양식의 영향을 보여 주었고, 〈바스코 드 가마〉는 주로 구노와 마이어베어의 작품 양식을 모델로 한 것이었다.

아를의 여인
제1모음곡

알퐁스 도데Alphonse Daudet (1840~1897)의 작품 가운데 우리에게 잘 알려진 것은 「마지막 수업」과 「별」일 것이다. 그러나 그의 다른 작품들까지 기억하는 이는 얼마 안 될 것이다. 「아를의 여인 L'Arlésienne」만 해도 조르주 비제Georges Bizet (1838~1875)가 곡을 붙여 발표하지 않았더라면 지금보다 훨씬 덜 알려졌을 것이다.

〈아를의 여인 모음곡〉은 조르주가 1872년에 알퐁스 도데의 희곡 「아를의 여인」을 위한 부수음악incidental music[23]으로 작곡한 27곡의 관현악곡으로, 이 중 네 곡을 골라 제1모음곡으로 만든 것이다. 그리고 조르주가 죽은 뒤 친구이자 파리 국립음악원 교수인 에르네스트 기로Ernest Guiraud (1837~1892)가 편곡한 4개의 곡은 '제2모음곡'으로 불린다. 제1모음곡은 전주곡, 미뉴에트, 아다지에토, 칼리용carillon(종鍾)으로 구성되어 있으며 제2모음곡은 전원곡, 간주곡, 미뉴에트, 파랑돌farandole로 구성되어 있다. 이 두 모음곡은 세계 각국의 연주회에서 주요 곡목으로 연주되고 있으며, 아름다움과 서정성이 넘치는 작품으로 〈카르멘〉과 함께 명작으로 인정받고 있다.

제1모음곡의 제3곡(아다지에토)는 약음기를 단 현의 4부 합주곡이며 주선율은 불과 여덟 소절이지만, 이는 비제가 만든 선율 중에서 가장 아름답다. 본래의 희곡 제3막 1장과 2장에 바탕을 둔 곡으로 약음기를 단 현악의 조용한 연주가 애절하기 그지없는 아름다운 곡이다. '아다지에토'란 아다지오보다는 조금 빠른 속도를 뜻한다.

그런데 플루트와 하프의 연주곡 미뉴에트가 원래 극음악에는 수록되어 있지 않았다. 이 미뉴에트는 비제의 오페라 〈아름다운 페르트의 아가씨〉에 실린 곡이다. 기로가 이 곡을 임의로 아를의 여인 제2모음곡에 포함시킨 것이다. 제2모음곡의 끝 곡 파랑돌은 프로방스의 춤곡 이름이다.

앞에서 소개된 희곡은 3막 5장으로 되어 있으며, 줄거리는 다음과 같다. 남프랑스의 프로방스 지방에 있는 아를Arles이라는 작은

---

23) 연극을 상연하는 동안 어떤 시점에 들을 수 있도록 특별히 작곡된 음악. 이 음악은 막 또는 장이 시작될 때 배경음악이 되기도 한다.

마을의 부잣집 아들 프레데리는 이 마을의 한 여인을 열렬히 사랑하는데, 프레데리의 집안에서는 이 여자의 과거가 불순하다는 이유로 결혼을 반대했다. 더구나 목동 미티피오가 나타나 이 여인이 자기의 애인이라고 주장하면서 결혼을 방해한다. 한편 비비에트라는 아름다운 소녀는 어렸을 때부터 프레데리의 집에 가끔 놀러온 적이 있었는데, 그녀는 프레데리를 사모하고 있다. 그리하여 두 사람은 결혼하게 되는데 결혼식 전날 밤 그는 춤추는 아를의 여인의 모습을 본 후, 다시 마음이 쏠려 이를 단념할 수 없어 고민한다. 그러나 그는 그녀와 도저히 결혼할 수 없음을 깨닫고 곡물 창고에 있는 높은 창문에서 뛰어내려 자살하고 만다.

이 아를 마을에서 빈센트 반 고흐Vincent van Gogh (1853~1890)와 폴 고갱Paul Gauguin (1848~1903)이 활동했다. 특히 고흐는 「아를의 여인들」, 「아를의 무도회장」을 비롯해 아를의 밤하늘을 그린 「별이 빛나는 밤」, 아를 외곽을 그린 「붉은 포도밭」, 「해바라기」 등의 대표작들을 탄생시켰다.

모데스트 무소륵스키

Modest
Mussorgsky

19세기 낭만주의 음악의 후반, 음악적 무기력 상태의 러시아를 깨우는 것은 한두 명의 힘으로는 역부족이었다. 그때 슬라브 민족을 중심으로 음악을 건설하려는 기운이 감돌았는데, 그 운동의 중심은 이른바 '5인조'에 의해 이루어졌다. 모데스트 무소륵스키 Modest Mussorgsky (1839~1881)도 그들 5인조 중 한 사람이었다. 러시아악파가 여러 국민악파 중에서 가장 먼저 등장한 것도 민족의 노래를 내세우는 이 5인조의 영향이 컸다. 러시아 악파의 기원은 낭만파의 기원과 뒤섞여 있기 때문에 러시아악파에는 고전파시대가 아예 없었다.

모데스트는 지주의 아들로 태어나 어려서 피아노를 공부했으나

1856년 사관학교를 졸업하고 군대 생활을 했다. 곧 군대 생활을 마쳤지만 농노 해방으로 집안이 몰락하자 독학으로 작곡을 공부한 뒤 창작에 몰두하였다. 그는 작곡가로서의 지식은 빈약하였으나, 타고난 음악적 재능이 뛰어나 작곡으로 프랑스 인상파를 포함한 현대의 음악가들에게 영향을 미쳤다. 가장 유명한 작품으로는 교향시 〈성 요한의 민둥산의 하룻밤〉을 들 수 있다. 그의 친구인 건축가이자 화가 빅토르 하르트만이 30대에 요절하자 이를 기리기 위해 지인들과 유작전시회를 열었는데, 이 전시회에서 그림을 보다가 영감을 얻어 열 점을 묘사하여 쓴 피아노곡 〈전람회의 그림〉이 있다. 오페라 〈보리스 고두노프〉 역시 잘 알려져 있다.

전람회의 그림 중 '옛 성'

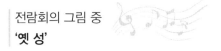

무소륵스키는 1874년 총 10곡으로 이루어진 〈전람회의 그림 Pictures at an exhibition〉을 완성한다. 이 작품은 10개의 회화 작품을 난쟁이, 성城 등 10곡의 음악으로 묘사해 내고 있다. 그런데 곡의 사이사이에 간주間奏의 성격을 갖는 '프롬나드'를 배치해 놓아 곡 사이의 유기성을 강조한다. 프롬나드promenade는 천천히 걷는 걸음걸이를 뜻하는 단어로 전시회장에 들어선 관람객의 느릿한 발걸음을 함께 묘사하고 있다. 이 곡은 회화를 음악화한 것이다.

두 번째 곡 '옛 성The old castle'은 〈전람회의 그림〉 전체를 통틀어 가장 아름답고 서정적인 곡이다. 하르트만이 그린 이탈리아의 오래된 성 밑에서 음유시인이 노래하는 모습을 음악으로 옮겨 놓은 곡인데, 러시아적 선율이 매우 매혹적이다.

이 작품은 원래 피아노곡으로 작곡되었으나 그 힘차고 개성적이며 색채적인 악상은 풍부한 관현악적 가능성을 담고 있었으며, 이를 간파한 여러 음악가가 이 곡의 편곡을 시도했다. 맨 먼저 미하일 투시말로프가 시도했으며, 헨리 우드, 레오폴드 스토코프스키, 블라디미르 아시케나지, 모리스 라벨 등이 각자의 관점에서 편곡하였다. 이들 중 라벨의 관현악곡이 피아노곡보다 더 자주 연주된다.

표트르 일리치 차이콥스키

Pyotr
Il'yich
Tchaikovsky

　표트르 일리치 차이콥스키Pyotr Il'yich Tchaikovsky（1840~1893）
는 광산 기사의 아들로 태어났다. 어려서부터 그는 음악적인 재질
이 뛰어났지만 정규적인 교육은 받지 않았다. 처음에 법률을 공부
한 후 잠시 관리가 되었다가 상 페테르부르크 음악원에서 안톤 루
빈스타인과 함께 공부했다. 이후 차이콥스키는 12년간 모스크바 음
악원에서 학생을 가르쳤다. 그는 1878년부터 1890년까지 한 번도
만난 적이 없는 부유한 미망인 나데즈다 폰 메크 부인으로부터 후
원을 받아 오직 작곡에만 매진할 수 있었다.
　차이콥스키는 소위 러시아 5인조가 주도하는 민족주의 음악이
러시아 음악계를 휩쓸고 있을 때, 그들과는 달리 서구적인 전통에

바탕을 둔 보편적인 음악어법으로 작곡을 했다. 그래서 국민적 감성을 충실히 전달하지 못하는 서구 음악 추종자라며 따돌림을 당했지만, 그가 러시아의 민족음악을 거부한 것은 아니었다. 그는 민속적 소재를 사용했지만 그것을 세계적인 수법으로 전개했다. 그렇지만 그의 작품에는 소박한 향토색이 깃들어 있다. 그러므로 그의 음악은 러시아적인 민족성에 입각했으면서도 특히 독일 고전파와 낭만형식을 계승하여 훌륭한 교류를 그의 음악에서 찾아볼 수 있다.

그의 음악에서 때로는 몽상적이고 서정적이며 세련된 러시아적인 정취가 풍기고 있음을 알 수 있다. 하지만 동시대에 많은 낭만주의 음악가의 자아도취 성향을 생각할 때, 차이콥스키의 정서적 유약함은 특이하다. 그는 확고하고 일관성 있는 음악 대신에 노래하는 선율과 다채롭게 펼쳐지는 변화무쌍한 감정들을 바탕으로 어둡고 우수 어린 음악을 작곡했는데, 이러한 음악적 특징은 그의 유약한 정서적인 면에서 기인한다고 할 수 있다. 그는 동성애 성향을 지녔었는데, 당시 러시아 사회가 동성애에 대해 매우 부정적이었던 탓에 평생 이것을 비밀로 하여 우울증과 신경쇠약에 시달렸다. 차이콥스키는 작곡가로 성공했으나 그의 영혼은 평화를 얻지 못했다. 차이콥스키의 삶이 이처럼 불행했던 이유는 그가 단지 동성애자였기 때문만이 아니라 그가 러시아의 역사적 격변기에 활동한 인텔리겐치아이자 신경쇠약 환자였기 때문이다. 어쨌든 차이콥스키는 고통받는 사람이었고 수난자였다.

차이콥스키는 러시아 음악에서 가장 중요한 위치를 차지하고 있음은 물론 러시아의 음악을 예술적으로 높여 그것을 세계적인 것으로 선양시킨 최초의 작곡가이기도 했다. 그의 작품은 6편의 교향곡을 비롯하여 〈바이올린 협주곡〉, 〈피아노 협주곡〉, 〈호두까기 인형〉, 〈잠자는 숲 속의 미녀〉, 오페라 〈에프게니 오네긴〉, 관현악곡 〈이탈리아 카프리치오〉, 〈서곡 1812년〉, 〈슬라브 행진곡〉 등으로 구성된다.

현악 4중주
제1번

차이콥스키의 〈현악 4중주 제1번 String quartet no.1 in D major〉을 듣고 있으면 안개가 짙게 낀 키 큰 침엽수림을 바라보는 느낌이 든다. 짙은 안개만큼 차이콥스키의 수심도 고요하고 깊었나 보다. 차이콥스키는 현악 4중주곡을 3개 남겼는데, 그의 다른 장르의 작품들에 비해 그 비중이 그리 크지 않다. 1871년에 작곡된 〈현악 4중주 제1번〉은 모방이 아닌 러시아적인 내용을 담은, 차이콥스키의 재능에 의한 최초의 4중주곡이라고 할 수 있다.

차이콥스키의 음악 중에는 문학가들의 지지를 받은 곡이 있는데, 바로 〈현악 4중주 제1번〉의 2악장 '안단테 칸타빌레'이다. 당대 러시아의 세계적인 문학가들은 모두가 차이콥스키의 음악에 열중하였으며, 그의 좋은 친구이자 지지자가 되었다. 특히, 차이콥스키보다 12살이나 연상인 러시아의 대문호 톨스토이(1828~1910)는 1876년 12월 차이콥스키가 마련한 음악회에서 '안단테 칸타빌레'가 연주되자 하염없는 눈물을 흘렸는데, 이것을 목격한 차이콥스키도 평소 존경하는 톨스토이의 눈물에 감격하여 톨스토이와 두터운 친분을 쌓게 되었다. 그때까지 톨스토이는 음악의 필요성과 존재가치도 부정했던 사람이다.

이 작품의 원곡은 '소파에 앉은 바냐'라는 러시아의 민요로, "바냐는 긴 의자에 앉아 럼주를 술잔에 따랐다. 반도 따르지 않고 카치켄카에게 권했다."라는 가사로 시작되는 느긋한 러시아풍 민요이다. 우연히 이 민요를 듣게 된 차이콥스키는 달콤하면서도 애수에 찬 러시아적 선율에 반하여 스케치해 두었다가 현악 4중주에 넣었던 것이다.

이 작품의 2악장에 붙은 음악용어 '칸타빌레'는 '노래하듯이 연주하라'는 의미로서, 악곡의 처음이나 중간에 적어 넣어서 분위기를 더욱 섬세하게 표현하라는 말이며, 여기에 빠르기의 정도를 나타내는 '안단테'를 앞에 붙여서 '천천히 노래하듯이'라는 의미가 된다. 이렇듯 음악용어가 마치 이 4중주곡의 작품 이름인 것처럼 대접을 받고 있다. 이 한 악장의 성공으로 차이콥스키의 인기는 급상승하게 되며, 이후에 첼로와 현을 위한 음악으로 차이콥스키 자신이 직접 편곡하기도 하였다. 현악기는 처음부터 약음기를 사용하여 마지막까지 절제된 음색으로 연주되지만, 아름다운 멜로디와 격정적이면서도 우수에 젖은 현악기의 울림은 톨스토이와 차이콥스키 모두에게 인생의 위안이 되어 준 명곡으로 남게 되었다.

　차이콥스키의 현악 4중주곡을 얘기하면 자연스럽게 떠오르는 현악 4중주단이 있는데 그것은 '보로딘 현악 4중주단'이다. 보로딘 현악 4중주단은 1945년 모스크바 음악원학생들이 창단하여 냉전 시기 중에도 소련을 대표하는 연주단체로 활발하게 해외 연주 활동을 벌였다. 러시아는 현악중주단의 활동이 다른 나라에 비해 매우 활발한 나라여서 1923년 창단된 베토벤 4중주단(창단 시 명칭은 모스크바 음악원 4중주단)을 시작으로 코미타스 4중주단, 글라주노프 4중주단, 볼쇼이 극장 4중주단이 거의 비슷한 시기에 창단되면서 서로 경쟁하며 20세기 초중반동안 전성기를 구가했다. 제2차 세계대전 기간 동안 침체했던 러시아 실내악은 대전이 끝나면서 다시 부활했는데 그 선두가 바로 보로딘 4중주단이고, 다음 해에 창단된 레닌그라드 음악원 출신으로 이루어진 타네예프 4중주단이 있다.

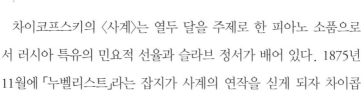

사계 중
'6월의 뱃노래'

　차이코프스키의 〈사계〉는 열두 달을 주제로 한 피아노 소품으로서 러시아 특유의 민요적 선율과 슬라브 정서가 배어 있다. 1875년 11월에 「누벨리스트」라는 잡지가 사계의 연작을 싣게 되자 차이콥스키는 1월부터 12월까지 매달 한 곡씩 계절 분위기에 어울리는 시詩를 선택하여 그 분위기를 피아노 소품으로 담아냈다. 애잔하기 그지없는 피아노 선율을 들으면 '러시아의 6월은 어떠하기에 이런 음악이 나오는 것일까?'라는 생각을 하게 된다. 알렉세이 플레셰예프의 시에 붙인 곡이 '6월의 뱃노래'다.

이탈리아 카프리치오 Op.45

〈이탈리아 카프리치오 Op.45 Capriccio Italien Op.45〉는 차이콥스키의 수많은 관현악곡 중에서 가장 짜임새가 있고 매력적인 곡으로 알려져 있다. 일정한 형식에 구애받지 않고 남국의 뱃노래라든가 무곡, 민요 등을 엮어 리듬이나 선율에 따라 배열해서 지방색이 풍부한 관현악곡으로 구성되어 있다. 그의 작품은 대체로 러시아의 기후 풍토나 정치를 반영한 때문인지 어둡고 비애감이 넘치는 것이 많은데, 이 〈이탈리아 카프리치오〉에는 눈이 부실 정도로 밝은 울림이 곡 전체에 넘쳐흐른다. 이것은 당시 차이콥스키가 결혼에 실패하고 마음의 상처와 피로에 지친 심신을 회복하기 위하여 1879년 여름에 스위스와 이탈리아로 요양을 떠났었는데, 그때 이탈리아에서 얻은 밝은 인상을 바탕으로 작곡한 것 같다. 그해 12월 니콜라이 루빈스타인의 지휘로 모스크바에서 초연되었다. 카프리치오 capriccio란 기상곡奇想曲으로 번역되며 19세기에 쓰인 자유로운 기지에 넘친 소품을 의미한다.

먼저 트럼펫의 찬연한 팡파르fanfare로 화려하게 곡이 시작된다. 그 뒤를 이어 오보에, 클라리넷, 파곳, 호른 등이 등장하고 다음에 트럼본, 플루트 등이 들어와 전관악기가 힘찬 팡파르를 울린다. 이 것이 일단락을 지으면 모든 현이 유려한 선율로 주제를 노래한다. 이 주제부가 정점을 형성하면 점차 힘이 약해지고 독주 오보에가 이 선율을 이어 연주하고 플루트가 약간 변화를 시켜 가면서 노래해 간다. 점차 정감이 고조되어 전 관현악이 정점을 형성한다. 곡은 더욱 자유로운 악상으로 전개해 가고 여기에 트라이앵글, 하프와 큰북 등이 총동원되어 장대한 클라이맥스로 전개된 다음, 곡은 점차 약해지면서 제2부로 들어간다. 이어 독주 트럼본이 부분적인 반복을 하면서 악상이 전개된다. 탬버린과 하프가 쾌활한 합주를 하고 현과 호른이 짧은 대화를 하면서 일단락을 지으면, 다시금 제1부의 속도로 되돌아간다.

1890년 이탈리아를 여행한 차이콥스키는 〈피렌체의 추억〉의 스케치를 하고는 그해 러시아로 돌아와 곡을 완성했다. 화가들이 풍경을 그릴 때 사진을 찍어 오거나 스케치만 하고 색깔은 화실에서 입히는 것과 비슷하다. 그래서인지 곡에는 러시아 민요선율도 포함되어 있다.

그런데 음악학자들이 차이콥스키의 발자취를 조사해 본 결과, 그가 피렌체에 들른 적이 없을지도 모른다는 결론이 나왔다. 여행에 흥분한 차이콥스키가 이탈리아의 여러 도시를 방문하고서 피렌체에

간 것으로 착각했다는 것이다. 특히 제3악장의 알레그레토 모데라
토는 농민들이 춤을 추는 듯 즐거운 무곡풍이다. 그렇다 해도 이 곡
은 언제까지나 그대로 〈피렌체의 추억〉으로 남아 있을 것이다.

23

안토닌 드보르작

Antonin
Dvorak

드보르작은 1841년 프라하 북서쪽의 작은 마을 넬라호제베스에서 태어났다. 17세 때 프라하의 오르간학교에 들어가 2년간 공부하고 졸업 후 레스토랑, 호텔 등에서 비올라를 켜 오다가 1862년 프라하에 가설극장이 신설되자 그곳에서 비올라를 연주했다.

안토닌 드보르작Antonin Dvorak은 스메타나의 영향을 받아 당시 고조된 민족운동의 와중에서 음악가로서 체코의 민족문화를 일으켜야 한다는 사명감을 갖게 되었다. 그리고 1872년 애국적인 시 「백산白山의 후계자들」을 바탕으로 한 〈합창 찬가〉가 호평을 받아 음악가로서 인정을 받는다. 그해부터 오스트리아 정부의 장학금을 얻기 위해 매년 작품을 제출하던 중 드보르작은 1877년 심사 위원이던 요하네스 브람스의 도움으로 베를린의 출판사에서 작품을 출판하면서 유명해진다.

이때부터 여러 연주자가 그의 실내악이나 관현악곡을 베를린과 런던에서도 연주하면서 그의 명성은 국내외로 퍼졌다. 그리고 1878년부터 지휘를 시작하여 1884년 이후 영국을 9회나 방문하여 자작곡을 지휘하여 대환영을 받았다. 1891년 프라하음악원 교수가 되고, 같은 해 영국의 케임브리지 대학교에서 명예박사 학위를 받았다.

1892년에는 뉴욕의 내셔널음악원 원장으로 초빙되어 도미했고, 다음 해 미국에서의 신선한 인상을 소재로 〈교향곡 제9번〉 '신세계로부터'를 작곡했다. 1895년 4월 프라하로 돌아온 후로는 음악원의 작곡 교수직과 창작에 전념하여, 1901년 프라하음악원 원장이 되는 등 음악가로서 많은 영예를 누렸으나 1904년에 사망하였다.

드보르자크는 2년간 오르간학교에서 공부한 이외에는 거의 독학으로 베토벤, 슈베르트를 연구하였다. 한때 그는 바그너와 리스트에도 열중하였으나 자연스레 물이 흐르는 듯한 음악 속에 체코 민족의 애환을 담은 독자적인 작풍作風을 이루었다. 표제음악 전성기에 절대음악을 많이 작곡한 그는 브람스의 영향을 받았으나, 미국에서 귀국한 후에는 교향시와 오페라에 집중했다.

드보르작의 음악은 보수적이었고, 화성이나 형식면에서 새로운 지평을 연 것은 아니다. 하지만 그의 음악은 소박하면서도 아름다운 선율과 보헤미아적인 정신세계를 품고 있다. 그런 정신세계는 동유럽의 갈망으로 나타나고 있다.

슬라브 무곡 제10번
Op.72-2

　평소 브람스를 존경하고 그의 영향을 많이 받았던 드보르자크는, 브람스가 〈헝가리 무곡〉 시리즈로 호평을 거두자 이에 자극을 받아 슬라브 민속음악에 바탕을 둔 모음곡 작곡에 착수하였다. 그는 이전부터 슬라브 음악에 대한 연구를 진행 중이었고, 이를 바탕으로 총 여덟 곡으로 된 피아노 연탄 곡 〈슬라브 무곡집 Op.46〉을 발표하여 성공을 거둔다. 처음에는 가정에서 소규모로 연주할 것을 염두에 두고 작곡하였지만, 곡이 큰 인기를 끌자 관현악으로 편곡하였고 이후 여덟 곡을 추가한 〈슬라브 무곡집 Op.72-2 Slavonic dances Op.72-2〉를 새로 발표하여 총 16곡이 되었다. Op.72에 포함된 10번은 그중에서도 가장 널리 연주되는 곡으로 유명하다.

　한줄기의 스산한 바람이 스치고 지나가는 듯한 쓸쓸함과 우수가 있는 곡이다. 크라이슬러가 바이올린 곡으로 편곡하여 더 유명해진 곡이다. 리스트나 브람스의 헝가리 음악과 함께 민족음악의 정화라는 평가를 듣고 있다. 슬라브 무곡은 대단한 성공을 거두어 드보르자크라는 변방의 음악가를 전 세계에 알리는 계기가 되었다.

교향곡
제8번

드보르작은 그의 여덟 번째 교향곡 역시 1889년의 늦여름부터 초가을까지 비소카에서 작곡했다. 그가 친구에게서 새로운 교향곡에 대한 아이디어를 얻은 것은 8월 초의 일이었는데, 그는 놀라운 속도로 작업을 진척시켜 9월 23일에는 전곡의 스케치를 마쳤다. 그는 4악장의 총보를 11월 8일에 완성하여 이듬해 2월 2일 프라하에서 자신의 지휘로 초연했다.

〈교향곡 제8번〉은 총 아홉 편에 달하는 드보르작의 교향곡들 중에서도 보헤미아의 민속색이 가장 두드러지는 작품이라 할 수 있다. 〈교향곡 제9번〉과 〈첼로 협주곡〉에 머나먼 이국땅에서 보헤미아를 꿈꾸는 그의 향수가 담겨 있다면, 이 작품에는 보헤미아의 정취가 듬뿍 투영되어 있다고 하겠다. 한편 이 곡과 관련해서 '영국'이라는 별명이 거론되기도 하는데, 이는 작품의 악보가 영국의 노벨로사에서 출판된 것일 뿐, 정작 악곡의 내용과 영국과는 아무런 상관이 없다.

제1악장은 첼로와 클라리넷, 그리고 호른이 한데 어우러져 빚어내는 우아하면서 애조 띤 선율로 시작된다. 이 악장은 마치 보헤미아 사람들의 소탈하고 활기 넘치는 생활상을 그린 듯하다. 시종일관 풍부한 활력과 생동감으로 넘쳐나는 흥미진진한 악장이다. 이어지는 2악장은 보헤미아의 자연 경관과 풍토를 소박하고 유려한 필치로 묘사한 한 편의 전원시와도 같은 느린 악장이다. 이 악장에서

는 조용하고 한가로운 전원의 정취가, 사랑스러운 새들의 속삭임
이, 그리고 그것들을 비추는 햇살의 눈부신 광채가 담겨 있다.

제3악장은 우아하고 선율적인 춤곡이다. 독일-오스트리아의 민
속춤곡인 왈츠나 렌틀러를 연상시키는 리듬과 함께 민요의 내음이
담뿍 스며 있는 가락으로 구성되어 있다. 트럼펫이 연주하는 행진
곡풍의 힘찬 팡파르로 시작되는 피날레 악장은 처음에는 짐짓 차분
하게 출발하지만 점차 속도와 열기를 더해가며 역동적이고 눈부시
게 전개되며, 마지막에는 광포한 질주의 정점에서 후련하게 마무리
된다.

에드바르트 그리그

Edvard
Grieg

그리그의 아버지는 선원으로 북해에 왔다가 노르웨이에 정착한 스코틀랜드 사람이었고 어머니는 노르웨이 여성이었다. 그리그가 본격적으로 음악가를 지망한 것은 15세 무렵 라이프치히 음악원에 입학하면서부터였다. 4년간의 유학 중 그는 독일음악의 전통을 배웠고, 그것은 그의 음악의 핵심이 되었다. 졸업 후 노르웨이 출신의 젊은 작곡가였던 리카르드 노르드로크와 깊은 우정을 맺고 그의 영향을 받아 그리그는 국민주의 입장을 취하게 된다. 그는 민족주의적 음악에 대한 집념으로, 조국의 민요와 춤곡의 편곡 등 여러 작품을 썼다.

그리그는 노르웨이에서 태어났는데, 그때는 노르웨이가 1536년

덴마크에 병합되어 약 300여 년간의 지배를 받은 후 1814년에 나폴레옹 군대를 격파한 스웨덴의 지배를 받고 있었다.

'북유럽의 쇼팽'이라 불리는 에드바르트 그리그(1843~1907)는 북유럽의 어두운 면과 서정적인 멜로디를 통해 국민음악을 위해 전 생애를 바친 노르웨이의 저명한 피아니스트 겸 작곡가이다. 그의 작품은 독일 낭만파에 가깝지만, 그는 향토색을 강하게 나타냄으로써 누구보다도 노르웨이의 국민성을 음악적으로 잘 표현하고 있다. 그리그가 처음부터 소명에 따라 자발적으로 민요에 주목했던 인물은 아니다. 그는 처음에 라이프치히악파에 몸담았고 그의 초기 작품은 멘델스존과 슈만의 영향을 교묘하게 드러냈다. 그리그가 노르웨이 민요로 눈을 돌리게 된 이유는 리카르드에게 자극을 받은 탓이다. 그는 그때 새롭게 눈을 떴다고 한다.

그리그는 1865년 로마 여행 때 리스트를 만나게 되고, 리스트의 초대로 다시 로마를 방문한 1870년 리스트가 그의 〈피아노 협주곡〉을 극찬한 이래 평생 교류하게 된다. 귀국 후 오슬로음악원 부원장을 지냈고 오슬로 음악협회를 조직하여 7년간 지휘자로도 활약했다. 노르웨이 정부로부터 종신 연금을 얻은 31세부터 작곡에 전념하는데, 〈페르 귄트Peer Gynt〉를 작곡한 것은 바로 이 시절이었다.

그가 남긴 〈교향적 무곡〉, 〈서정 모음곡〉, 〈제3번 바이올린 소나타〉, 피아노곡인 〈노르웨이의 농민무용〉 등은 하모니와 감수성이 노르웨이 민속정서와 잘 어우러지는 작품들로 많은 이의 사랑을 받고 있다.

페르 귄트 모음곡 중
'아침의 기분'

입센의 「페르 귄트」를 바탕으로 극음악을 작곡해 달라는 의뢰를 받았을 때, 그리그는 확신이 서질 않았다고 한다. 그리그는 자신의 음악이 서정적이어서 극음악에는 적합하지 않다고 생각한 것이다. 그러나 그는 입센의 위촉을 받아 작곡하기 시작하여 1875년 여름에 완성했다. 그리그는 이 극음악 중 가장 뛰어난 4개의 작품을 뽑아 제1모음곡으로, 그 후 다시 4곡을 선정하여 제2모음곡으로 펴냈다. 처음엔 피아노 이중주 형식으로 출판했다가 뒤에 관현악곡으로 편곡했다. 이 가운데 제1모음곡의 첫 번째 곡 '아침의 기분'과 세 번째 곡 '아니트라의 춤', 제2모음곡의 네 번째 곡 '솔베이그의 노래 Solbeig's song'가 우리에게 널리 알려져 있다.

제1모음곡의 도입부에 해당되는 '아침의 기분'에서 그리그는 날이 밝는 장면을 그 누구도 흉내 낼 수 없을 만큼 자연스럽게 표현했다. 잔잔한 피요르드의 수면 위로 모락모락 피어오르는 새벽안개가 아침 이슬을 빚어내는 모습을 연상시키듯 목가적인 느낌을 주는 곡이다. 두 번째 모음곡에 나오는 '솔베이그의 노래'에서는 노르웨이의 이미지가 강렬하게 풍긴다. 여기서 모음곡Suite은 교향곡이나 소나타 같은 대곡의 고정된 형식에 부합되지 않는 여러 악장 기악곡을 일컫는다. 18세기에는 일련의 춤곡 악장으로 구성된 기악곡집을 가리켰다.

오늘날 대부분의 나라에서는 '솔베이그의 노래'를 독일어로 부른다. 이를 원어로 착각하는 사람들도 있는데, 이것은 잘못이다. 그리그의 입장에서 보면 이는 지존심에 상처를 입히는 문제에 속한다. 그리그는 처음부터 자신의 노래가 일단 독일어를 거쳐 영어 등 다른 나라 말로 중역되는 데 대해 불만을 갖고 있었다. 페리 귄트의 줄거리는 다음과 같다.

부농의 외아들로 태어났으나 몰락한 주인공 페르 귄트는 아버지가 세상을 떠난 후 어머니 오제와 함께 가난한 생활을 한다. 그는 허황된 꿈을 꾸는 몽상가이자 방탕한 성격의 소유자였다. 돈과 모험을 찾아 세상을 여행하면서 그는 남의 부인을 탐하기도 하고, 험준한 산에서 마왕의 딸과 같이 지내기도 한다. 농부의 딸인 솔베이그를 만나 사랑을 맹세하지만, 그녀를 두고 늙은 어머니에게 돌아간다. 그리고 어머니의 죽음을 겪자 다시 먼 바다로 떠난다. 아프리카에선 추장의 딸과 사랑을 나누는 등 유랑의 모험을 하던 그는 끝내 몰락한다. 결국 노쇠하고 비참한 모습으로 고향에 돌아오자, 고향의 오두막엔 솔베이그가 그를 기다리고 있었다. 백발이 된 그는 사랑하던 여인의 품에 안겨 죽음을 맞이한다.

바이올린과 피아노를 위한
소나타 제3번 Op.45

그리그의 〈바이올린과 피아노를 위한 소나타 Sonata for violin and piano〉 3곡 중, 첫 두곡은 그가 20대 초반인 1865년과 1867년의 작품인 데 비해 소나타 제3번은 그가 이미 작곡가로서 성공한 후인 1887년경에 쓴 것이어서 앞의 두곡과는 작품성에서 큰 차이를 보인다. 앞선 두 작품이 장조 조성으로 밝은 색깔을 띤 반면, 3번은 단조 조성으로 열정적인 감정을 전달한다.

이 제3번 소나타는 실내악다운 면모와 협주곡의 특징이 교묘하게 짜인 효과를 동시에 느끼게 하며 노르웨이 무곡에서 힌트를 얻은 몇 개의 주제가 나타나 '무곡 소나타'로 불리는 경우도 있다. 이 곡은 북유럽 노르웨이의 춥고 고요한 바다를 연상케 한다. 곡은 당연히 바이올린과 피아노의 이중주이다. 차갑고 예리한 겨울을 표현하기에 바이올린과 피아노만큼 적절한 악기가 또 있을까?

달빛이 비치는 춥고 고즈넉한 스칸디나비아 반도 바다에서 서늘한 한기를 1악장에서 느낄 수 있다면, 2악장에서는 가요풍의 곡이 부드럽게 이어진다. 도입부에서 피아노의 긴 독주가 시작된다. 그리고 곧이어 어우러져 들려오는 바이올린 소리는 북유럽 바닷가 어느 작은 마을의 아름다운 이야기를 들려주는 듯 애절하기도 하고, 감미롭기도 하다. 이어지는 3악장은 열정적으로 시작하여, 듣는 이의 내면을 들여다보도록 이끌어 준다.

가브리엘 포레

Gabriel
Fauré

가브리엘 포레Gabriel Fauré(1845~1924)는 매우 세련되고 감수성 넘치는 가곡뿐만 아니라 거의 모든 장르의 실내악을 작곡했으며, 세련되고 부드러운 음악으로 근대 프랑스 음악의 발달에 큰 영향을 끼쳤다.

포레는 프랑스 남부 아리에주의 파미에르에서 태어났다. 어린 시절 포레는 교회에 있는 오르간을 통해 음악과 친해졌다. 초등학교 장학관이었던 그의 아버지는 주변의 권유에 따라 그를 파리에 있는 니더메이에르 교회음악학교에 입학시켰다. 이 학교는 훌륭한 교회음악 지도자를 양성하는 곳이었다. 따라서 교육은 교회음악에만 집중되어 있었다. 1861년에 생상스가 피아노과 교수로 부임했다. 생상스는 당시 유행하던 슈만, 리스트, 바그너의 음악을 학생들에게 소개했다. 그는 엄청난 열정으로 아버지처럼 학생들을 가르쳤다. 당시 청소년이었던 포레는 그의 열정과 자상한 마음에 감동했으며, 이후 평생 그를 존경하고 따랐다.

1870년 프로이센 전쟁이 일어나자 포레는 스스로 군에 입대했다. 전쟁이 끝난 후에는 새로운 프랑스 음악의 모색을 위해 국민음악협회가 설립되었다. 생상스가 회장이었으며 포레는 창립 멤버로 참여했다. 그는 그의 작품을 이 협회의 음악회를 통해 발표했다.

포레는 생상스가 수석 오르가니스트로 일하는 마들렌 성당의 보조 오르가니스트가 되었다. 생상스가 여행으로 자주 자리를 비웠기 때문에 포레가 대신 연주하는 일이 많았다. 포레는 여기서 40년간 일했다. 하지만 이렇게 평생 오르가니스트로 일하면서도 정작 오르간 곡은 거의 작곡하지 않았다. 그는 오르간보다 피아노를 좋아했다. 그에게 있어서 오르간 연주는 그저 생계 수단일 뿐이었다.

포레는 38세가 되던 해, 유명한 조각가의 딸 마리 프레미에와 결혼했다. 하지만 가정생활에 충실하지 못했고, 종종 다른 여성들과 염문을 뿌렸다. 1892년 무렵에는 가수 엠마 바르닥과 사랑에 빠졌으며, 그녀의 딸 돌리를 위해 피아노 모음곡 〈돌리Dolly Suite Op.56〉를 작곡하기도 했다.

1888년에는 후에 자신의 대표작이 된 〈레퀴엠〉을 선보였다. 하지만 마들렌 성당의 신부는 "우리는 이런 식의 새로운 작품을 원하지 않습니다."라는 부정적인 반응을 보였다.

파리 음악원 원장 토마가 사망하자 1896년 그 뒤를 이어 테오도르 뒤브아가 원상으로 취임했고, 포레는 원장이 되지 못해 홧김에 사표를 던진 마스네를 대신해 작곡과 교수가 되었다. 포레 밑에서 라벨, 에네스쿠, 나디아 불랑제 등 미래의 유명 작곡가들이 공부했다. 포레는 열린 마음을 가진 스승이었다. 제자들에게 자기 스타일을 따라하도록 강요하지 않았다.

1905년에 로마 대상을 둘러싸고, 한차례 잡음이 일어났다. 포레의 제자인 라벨이 로마 대상에 연거푸 떨어지자 로망 롤랑을 비롯한 음악계 유력 인사들이 파리 음악원 교수들의 보수성에 이의를 제기한 것이다. 이 일로 뒤브아가 원장직을 사임하고 그 자리가 포레에게 돌아갔다. 포레는 곧 개혁에 착수했다. 교내 콩쿠르의 심사위원을 모두 학교와는 관계없는 외부 인사를 쓰도록 했다. 교과과정도 대폭 수정했다. 르네상스의 다성 음악에서 드뷔시의 음악까지 레퍼토리의 폭도 확대되었다.

1911년 무렵, 포레는 청각에 이상을 느끼기 시작했다. 잘 들리지 않을 뿐만 아니라 소리가 왜곡되어서 들렸다. 그 후 건강이 점점 나빠져 결국 1920년에 음악원 원장 직을 사임했다. 말년에 건강으로 무척 고생하던 포레는 결국 1924년 11월 4일, 79세를 일기로 세상을 떠났다.

포레는 교향곡이나 협주곡 같은 큰 양식보다 독주곡이나 실내악, 가곡 같은 소규모 양식에 주력했다. 연극을 위한 부수음악을 썼으나 오페라는 한 편도 작곡하지 않았다. 대 편성 곡은 오케스트라와 합창이 들어간 교회음악이 주를 이룬다. 그중 대표작은 1888년에 발표한 〈레퀴엠 Op.48)〉이다. 레퀴엠은 대개 분위기가 어두운데, 포레의 〈레퀴엠〉은 '죽음의 자장가'라고 불릴 만큼 편안하고 평화로운 것이 특징이다. 그 밖의 작품으로는 첼로 독주곡 〈엘레지〉, 〈시칠리아노〉, 〈현악 4중주 e단조〉, 가곡 〈꿈을 꾼 후에〉, 관현악 소품 〈파반느〉, 합창곡 〈장 라신 찬가〉, 극장음악 〈칼리귤라〉, 〈서민귀족〉, 〈페넬로페〉 등이 있다.

꿈을 꾼 후에

포레는 매우 세련되고 감수성 넘치는 가곡뿐만 아니라 거의 모든 장르의 실내악을 작곡했다. 〈꿈을 꾼 후에〉, 〈이스파한의 장미〉를 포함한 100곡이 넘는 가곡과 〈우아한 노래〉, 〈환상의 수평선〉 등을 비롯한 연가곡집을 썼다. 매우 독창적이며 정교하게 짜인 많은 작품들을 남겨 피아노에 관한 문헌을 풍부하게 만들었는데, 그중에서도 열세 곡의 야상곡, 열세 곡의 바르카롤레, 다섯 곡의 즉흥곡들은 가장 대표적이면서도 잘 알려져 있는 작품들이다.

〈꿈을 꾼 후에Après un rêve〉는 Op.7의 세 곡 중 첫 번째 곡으로, 원래 가곡으로 만들어진 곡이다. 이 곡은 포레가 독자적인 작풍으로 전향하려 하고 있던 1865년 무렵의 작품으로 로망 뷔신Romain Bussine(1830~1899)의 시에 곡을 붙인 것이다. 이 곡에는 흘러간 사랑에 대한 회상과, 또다시 그것을 추구하려는 정열이 감미롭고도 풍부한 선율로 구성되어 있으며 현재는 피아노 솔로, 첼로, 바이올린 등의 독주용으로도 자주 연주된다.

프란시스코 타레가

유럽 대륙에 있으면서도 민족정서라든가 문화예술 면에서는 가장 유럽답지 않은 나라가 스페인이다. 그것은 스페인의 지형적인 특색과 매우 밀접한 관련이 있다. 지브랄타 해협을 건너 고대에서 중세에 걸쳐 중근동과 북아프리카의 여러 문화가 잇따라 이베리아 반도에 영향을 주었다. 7백여 년간 계속된 무슬림의 지배는 이베리아 반도에 이슬람 문화를 이식시키는 결과를 가져왔으며, 오늘날까지도 스페인 곳곳에 그 영향이 남아 있다.

그러나 스페인의 인종과 문화가 동방 그 자체의 것은 결코 아니다. 스페인어가 라틴어 계통이듯이 이 나라의 문화도 기본적으로는 다른 유럽 나라와 마찬가지로 그리스·로마문명의 강한 영향권에

흡수되어 있다. 그러면서도 서양적인 것과 동양적인 것이 역사의 소용돌이 속에서 자연스럽게 융화되어 불가분의 상태, 그것이 스페인인 것이다.

스페인은 풍부한 음악 자원을 지녔으면서도 유럽 음악사에서 항상 주류로 인식되지 못했다. 르네상스와 19세기 사이에 오랜 공백기가 있었다는 점이 첫 번째 이유일 것이다. 즉 바로크, 고전, 초기 낭만시대에 스페인은 이렇다 할 스타 작곡가를 배출하지 못했다. 이 점에 있어서는 영국 음악도 닮아 있다. 게오르크 프리드리히 헨델 이후에 독일 음악이 영국의 목소리를 짓눌러 버렸다. 그리고 도미니코 스카를라티(1685~1757) 이후에는 이탈리아 음악이 펠리페 5세 때부터 마드리드를 꽉 잡고 스페인의 목소리를 짓눌러 버렸다.

도미니코는 알렉산드로 스카를라티의 아들로 이탈리아에서 태어나 1720년경 포르투갈의 궁정에 가서 일하게 되었고, 1729년에는 스페인 궁정으로 옮겨 남은 생애 동안 봉직했다. 헨델과 스카를라티는 같은 시대 사람이다. 헨델이 1759년에 죽었고 스카를라티는 1757년에 죽었다. 이때부터 19세기 말까지 유럽의 연주회에서는 영국의 소리, 스페인의 소리를 일절 들을 수 없었다.

두 번째 이유는 스페인 음악 자체가 너무나 많은 색깔을 띠고 있기 때문일 것이다. 바스크, 카탈루냐, 발렌시아, 안달루시아 등 이 나라의 주요 지방들은 서로 다른 역사와 문화를 지녔고 음악의 차이도 뚜렷하다. 하지만 이러한 의문은 레퍼토리가 개발되고 미디어 시장이 넓어지면서 차츰 사그라지는 상황이다.

음악과 관련된 시야를 좀 더 넓혀 보면 스페인의 민족적인 음악과 고전음악의 결합은 스페인보다 그 밖의 나라에서 좀 더 일찍부터 일어났다. 로시니와 베르디는 스페인을 무대로 한 오페라 〈세비야의 이발사〉, 〈일 트로바토레〉, 〈돈 카를로〉를 썼고 슈만도 〈스페인 가곡집〉을 작곡했다. 좀 더 분명한 스페인의 멜로디와 리듬을 작품에 적용한 사람들은 프랑스와 러시아 작곡가들이라고 할 수 있다. 프랑스에서는 비제의 오페라 〈카르멘〉, 랄로의 〈스페인 교향곡〉, 마스네의 〈르 시드〉 등이 19세기에 나왔고, 20세기에도 드뷔시의 〈이베리아〉, 라벨의 〈스페인 랩소디〉, 〈볼레로〉 등과 같은 스페인 색채가 짙은 명작이 나왔다.

러시아에서는 글린카의 〈호타 아라고네사〉, 림스키-코르사코프의 〈스페인 카프리치오〉와 같은 스페인을 소재로 한 작품들이 발표되었다. 이와 같은 국외로부터의 자극은 스페인 음악가들에게 자국의 국민성을 반영한 자신들 특유의 음악을 만들어 내는 촉매제가 되었다. 이들 중 한 사람이 프란시스코 타레가Francisco Tarrega (1852~1909)이다.

프란시스코는 근대 기타연주법의 창시자로 일컬어질 만큼 뛰어난 재능을 보였으나 54세가 될 무렵 오른팔이 마비되어 그 후 연주 생활을 계속하지 못하였다. 작곡에서도 뛰어난 솜씨를 보여 〈알함브라 궁전의 추억〉을 비롯한 〈아침의 노래〉 등 많은 기타독주곡과 연습곡을 남겼다. 또한 J. S. 바흐와 베토벤 등의 고전을 기타용으로 편곡한 점도 높이 평가되고 있다.

기타는 악기사상 가장 오랜 역사와 빛나는 전통을 지닌 악기로서 오랫동안 사랑을 받았지만 바이올린 등 궁현악기의 발달로 말미암아 기타는 점점 쇠락하기 시작하였다. 그러나 18세기에 들어서면서 줄리아니, 카룰리 등이 계속 등장하여 기타 곡은 잠시 황금기를 맞이한다. 하지만 19세기로 접어들면서 피아노의 발달과 오케스트라의 확대, 오페라의 부흥으로 기타음악은 역사상 가장 심한 쇠퇴기를 맞이한다. 예컨대 슈베르트는 피아노가 흔치 않았던 시절에는 가곡의 반주로 피아노 대신 기타를 대용하기도 했다.

기타는 대규모 연주 홀에 부적합하다는 근본적인 단점을 갖고 있었으며 기타 음악의 작곡도 그 기술적인 화려한 면에 늘 묶여 깊이 있는 곡이 나오기 어려운 상태였다. 이때 후기 낭만파 작곡가이자 현대 기타 곡의 시조인 타레가가 1852년 11월 29일, 스페인의 발렌시아주 카스텔론의 비야레알에서 한 가난한 가정의 장남으로 태어난다. 그는 8세 때 맹인 기타리스트인 마누엘 곤잘레스에게 최초로 기타지도를 받고 이어 토마스 다마스를 사사하였다.

타레가는 한 후원인의 도움으로 발렌시아에서 공부를 하였으나 그가 사망한 후에는 브리아나로 가서 기타 선생으로 가난하게 생계를 유지하였다. 그러던 중 브리아나의 부호를 만나 마드리드 국립음악원에 입학할 수 있었고 1875년에는 콩쿠르에서 1등상을 탔다. 그 후 타레가는 기타리스트로서 마드리드에서 데뷔한 이래 스페인은 물론 런던, 파리, 스위스 등을 연주 여행했으며, 기타의 '사라사테'라는 절찬을 받았다.

그는 기타에 관한 일관된 애정을 갖고 있었다. 처음에는 피아노를 공부한 그가 기타에 전념하게 된 것은 마드리드 음악원에 입학하고부터였다. 마드리드 국립음악원을 졸업한 타레가는 그곳 알함브라 극장에서 기타연주회를 가졌으며 바르셀로나, 마드리드 등 전국 주요 도시의 순회 연주회에서 타레가 특유의 신선하고 독특한 연주로 절찬을 받았다. 1881년에는 파리, 런던등지에서 연주회를 열었으며 결혼한 이후 바르셀로나에서 살았다. 타레가는 겸손하고 온화하며 학구적인 성격으로, 화려한 무대에서 멀리하는 한편 기타 예술의 탐구를 위한 생활을 이어 갔다.

타레가가 이룬 많은 업적 가운데 일부는 기타의 소리가 더욱 맑게 울려 퍼지도록 한 것과 기타의 울림에 풍부한 색채감을 준 것을 비롯하여 복잡한 악곡도 기타로 연주할 수 있게 한 것 등이다. 이 모든 업적은 기타의 주법 개발과 기타의 디자인 혁신으로 인해 가능했다. 타레가가 기타를 위해 손을 댄 작품으로는 기타 자체를 위한 작품과 모차르트, 하이든, 슈베르트, 베버 그리고 바그너의 작품에 이르는 광범위한 편곡 작품이 있다. 이 위대한 기타 음악가의 작품에서 우리는 대단한 개성과 스페인의 철저한 향토성을 감지할 수 있다.

알함브라 궁전의
추억

이 곡은 원래 〈알함브라풍으로〉라고 이름 짓고 '기도'라는 부제를 덧붙여 놓았는데, 출판사에서 〈알함브라 궁전의 추억 Recuerdos de la Alhambra〉으로 고쳤다고 한다. 전곡에 은구슬을 뿌리듯 관통하고 있는 트레몰로[24]의 매혹적인 이미지를 준다. 더욱이 우수적인 멜로디는 콘차부인과의 실연의 아쉬움을 더해 주는 듯한 느낌도 든다. 제자였던 콘차부인과 함께 1896년 이 궁전을 구경한 뒤 그녀에게 남편이 있음을 알게 된다. 타레가는 떠나간 그녀를 그리워하며 그곳에 남아 그녀를 향한 아름다운 사랑의 세레나데를 작곡한 것이다.

타레가의 눈물이 가득 고인 알함브라 궁전은 스페인 남부 그라나다라는 도시에 높이 130미터, 폭 182미터의 크기로 지어진 비교적 작은 이슬람 궁전이다. 8세기 초 무어인들[25]이 이베리아반도를 지배한 때 안달루시아에 있는 그라나다는 700여 년이란 긴 세월 동안 이슬람의 지배를 받으며 성장한 도시로, 이베리아반도 중 가장 화려하게 이슬람문화의 꽃을 피웠던 곳이다. 안달루시아 주도인 그라나다는 옛 아랍문화의 영광을 고스란히 옮겨 놓은 듯 이슬람 특유의 신비함과 우아함을 간직하고 있다. 무엇보다도 이곳이 세인들의 관심을 모으는 가장 큰 이유는 타레가의 〈알함브라 궁전의 추억〉을 연상하며 그의 아름다운 기타 선율이 녹아 있는 궁전을 감상하기 위해서이다. 아름다운 헤레나리페의 아세키아 정원 가운데로 흐르는 수로에는 분수에서 나온 물줄기가 잔잔한 물소리를 내며 흐른다.

---

24) 엄지손가락으로 음을 퉁기고, 나머지 손가락으로 다른 음을 연속해서 퉁기는 주법.
25) 8세기경 이베리아 반도를 정복한 아랍계 이슬람교도를 일컫는 말.

사비카 언덕 위에 지어진 이 궁전의 이름 알함브라alhambra는 아랍어로 '붉은 성' 이라는 뜻으로, 성을 둘러싼 외곽벽돌이 붉은 색을 띠어 이러한 명칭이 붙었다고 한다. 1238년 그리스도교도들에게 쫓겨 온 이슬람왕국의 유세프 왕 때부터 짓기 시작해 대대로 증축을 거듭하며 1323년에 완성된 궁전이다.

여기서 잠시 스페인 음악을 살펴보자. 15세기까지만 해도 스페인은 외세의 지배를 받고 있었다. 스페인 문화를 유럽문화와 확연히 구분지은 시기는 무어인의 정복 기간이었다. 무어인은 711년부터 700여 년 동안 스페인을 다스렸다. 그 결과로 아직까지 스페인의 민속전통에는 이국적인 동양 양식, 리듬, 춤곡의 유산이 살아 숨쉬고 있다.

'호아킨 로드리고' 하면 분명 〈아란후에스 협주곡〉을 떠올릴 것이다. 뒤에서 로드리고를 소개할 것이지만, 우리들에게 스페인 작곡가는 그다지 익숙한 편이 아니다. 16세기 르네상스를 이끈 모랄레스, 게레로, 빅토리아 등은 스페인 음악 절정기의 음악가들이다. 하지만 17세기는 암흑 속에 빠진 채 19세기 낭만시대에 기타 음악의 거장 페르난도 소르가 명맥을 이었다.

스페인 음악에서 기타가 차지하는 비중은 막대하다. 기타가 대표적인 스페인 악기로 떠오른 것은 스페인의 독특하고 풍요로운 민속전통에서 비롯된다. 서양음악의 최고 정점으로 꼽히는 18~19세기 고전과 낭만시대에는 인기를 잃고 단지 스페인 민속악기 정도로만

취급되었다. 가장 큰 이유는 연주회장의 확대였다. 오스트리아와 독일을 중심으로 한 중부 유럽에서 콘서트홀이 커지면서 현악기의 기타나 관악기인 리코더 등은 음량이 작아 잘 들리지 않는다는 이유로 외면을 받게 되었다. 음량이 작은 건반악기인 하프시코드가 큰 음량을 소화할 수 있는 피아노로 진화한 뒤 잊힌 것도 같은 이유였다.

19세기 말 대부분의 유럽국가가 그 민족 나름의 고유문화를 되찾을 때, 스페인은 자국의 풍부한 춤곡에 관심을 돌렸다. 특히 스페인 민속음악의 정열적인 정신과 발랄한 멜로디의 안달루시아 플라멩코 음악에 많은 관심을 쏟았다.

펠리페 페드렐(1841~1922)은 춤곡 부흥의 아버지로 불린다. 작곡가이며 음악학자인 페드렐은 스페인의 고전음악과 방대한 민속음악을 끈기 있게 연구했다. 이삭 알베니스(1860~1909)는 보기 드문 피아니스트였다. 그는 1년간 리스트에게 배웠고, 페드렐을 사사하는 동안 스페인 음악의 풍요로움을 발견했다. 그의 피아노 소품 〈이베리아〉에는 스페인의 향토색이 짙게 그려져 있다. 19세기 후반에는 바이올리니스트 사라사테가 스페인 음악을 다시 일으키기 위해 노력했다. 20세기에는 1900년생 로드리고가 〈아란후에스 협주곡〉등 수많은 명곡들로 스페인 음악의 생명력을 내보였다.

1902년부터 페드렐을 사사한 마누엘 데 파야(1876~1946)는 현대 스페인음악의 초석으로 불린다. 민족주의 정신이 뚜렷하게 담겨 있는 〈사랑은 마술사〉, 〈삼각모자〉, 〈스페인 정원〉 같은 그의 관현악곡은 많은 사람의 사랑을 받고 있다.

구스타프 말러

Gustav
Mahler

"나는 삼중의 이방인이다. 오스트리아인 사이에서는 보헤미아인
이요, 독일인 사이에서는 오스트리아인이며, 세계인 사이에서는
유대인이다."

말러가 자신의 출신 배경에 대하여 한 말이다. 그가 처한 당시의
상황에 대한 집약이다.

1860년 7월 7일 보헤미아의 칼리슈트에서 아버지 '베른하르트'와
어머니 '마리' 사이에 태어났다. 열네 명의 아이들 중 둘째였기 때문
에 그 가운데 관심을 받는 것은 어려운 일이었다. 어린 시절에 대한
기억을 떠올리며 말러는 이렇게 말했다.

"나는 가정생활과 어린 시절을 몽상 속에서 헤쳐 나갔다. 괴팍했던 아버지 때문에 어머니가 견뎌 내야 했던 끊임없는 고통을 전혀 보지 못했다."

아버지의 성격으로 인해 어머니가 평생 고생을 했다. 게다가 오랫동안 정을 붙이고 간호했던 동생 에른스트가 열네 살 때 숨지고 열 네 형제 중 열 명이 요절하는 상황 속에서 그는 두려움과 죽음에 대한 강박관념에 사로잡힌다. 그런 소년 말러를 구원해 주었던 것은 다름 아닌 음악이었다.

말러가 교향곡 작곡에 착수한다. 그리고 말러는 이렇게 말했다. "교향곡은 세계와 같아야 한다. 모든 것을 포용해야 한다." 삼중의 이방인으로 어느 곳에서도 소속되지 못한다는 그의 체념은 교향곡을 세계로 보았고, 그가 느꼈던 소외감은 음악으로 표출되었다. 이전의 음악은 귀족의 기쁨을 위한 작곡이 대부분이었지만 말러는 세계인을 위해 세상의 모든 것을 음악으로 표현하였다. 선과 악, 고귀한 것과 비천한 것, 고상한 것과 시시한 것을 가리지 않고 세상에 존재하는 모든 것을 반영하고 있다. 인간의 감정을 모두 포용하고 있다. 그렇기에 혼돈과 희망과 격정과 환희가 교차하며 우리의 모든 어두운 감정이 그의 오케스트라 색채와 작곡 기법이 만나 극적으로 승화하는 단계에 이르게 되는 것이다.

말러의 10개의 교향곡 안에 있는 온통 이해하기 어려운 화성과 불편한 악기 편성은 듣는 이를 혼란스럽게 한다. 하지만 말러의 교향곡에는 불협화음 깊숙이 희망이 녹아 있다. 그리고 종지부에는 엉켜 있던 실이 풀리듯 불협화음이 하나씩 협화음으로 해결되어 고귀하고 거룩한 클라이맥스를 만들어 낸다.

말러는 당대 바그너 음악 연주의 대가였다. 그러나 그는 바그너의 아내 코지마로부터 심한 공격을 받았다. 반유대주의자인 남편을 둔 코지마 역시 반유대주의 성향이 강했는데, 말러에 대한 비판도 음악적인 이유가 아니라 말러가 유대인이었기 때문이다. 이러한 공격은 말러가 가톨릭으로 개종한 이후에도 계속되었다. 1897년 말러가 빈 궁정 오페라 극장의 전임지휘자로 취임할 때도 코지마는 극렬하게 훼방을 놓았다.

빈은 당시 오페라의 중심지였으므로 빈 궁정 오페라극장의 감독직은 말러에게 영광스런 자리였다. 빈에서 보낸 첫 시즌에 그는 눈부신 성공을 거두었다. 말러는 헌신적인 노력과 지칠 줄 모르는 정열로 한물간 것으로 여겨졌던 정통 오페라로 청중의 관심을 되돌리는 데 성공했다.

말러는 지휘할 때 박자를 친절하게 제시하지 않고 중요한 선율과 리듬만을 강조하는 식이었다. 연습할 때, 그는 무척이나 신경질적이었다. 아무리 조그만 실수라도 호되게 야단을 쳐 오케스트라 단원들로부터 연주를 거부당하는 경우가 다반사였다. 하지만 그의 해석은 정밀했으며 그러면서도 극적이었다.

교향곡 역사에 있어 획기적인 〈교향곡 8번〉 '천인교향곡'을 완성한 이듬해인 1907년이 말러에겐 숙명의 해가 되었다. 세 가지 비극적인 사건이 닥쳐왔다. 장녀 마리아가 성홍열로 목숨을 잃고, 그 자신도 건강 악화의 징후를 느끼게 되었을 뿐 아니라 빈 궁정 오페라극장 음악 감독직을 사임하게 된 것이다. 이후 뉴욕 메트로폴리탄 오페라하우스로 이주한 말러는 급격한 삶의 변화를 겪게 되었고, 설상가상으로 그의 부인 알마 말러에게 새로운 연인이 생기면서 두 사람의 결혼 생활은 파탄 위기를 맞이하게 되었다.

출생부터 죽음까지 말러는 가정불화와 동생의 죽음, 아내의 외도와 자식의 죽음에 이르는 갖가지 고통을 겪어야 했다. 그러나 정작 그는 자신의 고통을 영감에 찬 음악으로 승화시켜 우리에게 값진 선물을 남겼다.

교향곡 제5번 4악장 '아다지에토'

무거운 황혼이 드리워진 검은 바다에서 낡은 여객선 에스메랄다 호가 힘겹게 물살을 가른다. 굴뚝에서 흘러나온 검은 연기는 수평선에 긴 흔적을 남긴다. 말러 〈교향곡 5번〉의 '아다지에토'가 무겁게 흐른다. 거울 같은 수면에 파란 하늘이 비치고 흰 구름이 천천히 흘렀다. 그런데 영화의 첫 장면에 검은 바다를 배경으로 흐르는 음악은 어둡고 끈끈하다. 그 불가사의하고 아름다운 도시가 수평선 위에 떠오른다. 뾰족한 첨탑, 성당의 둥근 지붕과 십자가로 가득한 베니스다.

루치노 비스콘티 감독의 영화 「베니스에서의 죽음Death in Venice」은 이렇게 시작한다. 주인공은 늙은 작곡가 구스타프 아셴바흐. 그는 자신의 음악이 대중의 이해를 얻지 못하자 실의에 빠졌다. 순수함만을 추구한 음악에 청중은 야유를 보냈다. 아드리아 해

海가 보이는 리도 섬의 호텔 로비에 투숙객들이 식당에 입장하기 위해 기다린다. 아센바흐는 신문으로 얼굴을 가리고 사람들을 둘러본다. 이들 중 독특한 분위기의 일가족이 그림처럼 앉아 있다. 우아한 어머니와 장식 없는 옷을 제복처럼 입은 세 자매, 그리고 흰색 세일러복의 소년이다. 천천히 돌아가던 아센바흐의 시선이 소년에게 꽂힌다. 열다섯 살쯤 됐을까. 발그레한 뺨, 깊은 눈매, 붉은 입술을 물결치는 금발이 감싸고 있다. 손님들이 차례로 입장하고 그 가족이 마지막으로 일어선다. 작곡가의 시선은 소년을 따라간다. 식당 입구에서 소년이 돌아보고, 둘의 시선이 부딪친다.

만남은 계속된다. 로비에서 스치고, 식당에서는 넋을 놓고 바라본다. 좁은 엘리베이터에서의 만남은 현기증이 난다. 한순간 소년은 아센바흐의 곁을 지나며 빛나는 미소를 짓는다. 감전된 늙은이는 홀로 나직이 속삭인다. "누구한테도 그렇게 미소 짓지 마. 널 사랑해."

이 영화는 토마스 만Thomas Mann (1875~1955)의 동명의 소설을 바탕으로 제작되었다. 소설 속 아센바흐는 작가이지만 영화에서는 작곡가로 바뀌었다. 토마스 만이 구스타프 말러의 죽음을 계기로 쓴 소설이니까 작곡가로 그리는 것이 오히려 자연스럽다. 소설에는 없는 어린 딸의 죽음도 말러를 연상시킨다. 1971년에 제작된 이 영화는 고전으로 남았고, 말러의 음악을 세상에 알리는 데 크게 기여했다.

지중해의 여왕이었던 베니스엔 곳곳에서 쓰레기를 불태우고 벽마다 위생에 유의하라는 경고문이 붙어 있다. 아프리카에서 불어오는 얼풍으로 도시엔 콜레라가 창궐하고 있다. 아셴바흐는 알고 있었지만 소년 타치오를 두고 떠날 수는 없다. 탈진해 거리에 쓰러진 그는 울음을 터뜨린다. 평생 지켜 온 정신세계가 산산이 부서졌다. 아다지에토는 숨 가쁘게 절정으로 치닫는다.

축 처져 앉아 있던 아셴바흐는 놀라 몸을 일으킨다. 타치오가 그를 부른다! 그러나 곧 쓰러진다. 처음이자 마지막 신호를 받고 그는 죽는다. 회오리가 잦아든 아다지에토는 지친 듯, 아쉬운 듯 베니스 해변을 맴돈다.

당시 빈에서 가장 아름다운 여인 알마 쉰들러를 향한 말러의 연서戀書인 이 몽환적인 악장은 말러의 은밀하고 진솔한 내면 고백이다. 여기에는 번잡한 일상에 지친 한 예술가의 은둔에 대한 욕망과 구원의 여성을 향한 애틋한 호소가 담겨 있다.

28

클로드 드뷔시

Claude
Debussy

드뷔시는 1884년 칸타타 〈방탕아〉로 로마대상Grand prix de Rome을 받고 그 부상副賞으로 2년간 로마에서 유학할 수 있게 되었다. 그것은 그가 오랫동안 희망한 일이었지만, 막상 로마에 도착하고 보니 그곳은 그의 기대와는 너무 달랐다. 드뷔시는 로마에서 리스트를 만났는데, 그의 권유로 로마의 여러 교회를 찾아다니며 그곳에서 연주되는 르네상스 작곡가들의 음악을 듣는 것이 로마 생활의 유일한 기쁨이었다.

1663년 루이 14세가 제정한 '로마대상'은 프랑스의 화가와 조각가들 중에서 수상자를 선발하여 2년간 로마로 유학을 보내는 제도였다. 이 유학의 조건이 2년간 로마 체류로 정해진 것만 봐도 당시 유럽에서 로마에 대한 인식이 어떠했는지를 알 수 있다. 1803년 이 로마 대상제도에 음악 부문이 추가되었다. 수험자는 칸타타 한 곡을 제출해야 하며, 수상자는 정부 장학금으로 로마의 동북쪽 핀치오 언덕 위에 있는 빌라 메디치에서 유학할 기회를 얻는다. 베를리오즈, 구노, 비제, 마스네 등이 로마 대상의 수상자였다.

드뷔시는 스테판 말라르메의 유명한 상징주의symbolism[26] 시를 바탕으로 한 관현악 작품 〈목신의 오후 전주곡〉을 쓴다. 그가 만든 혁신적인 이 작품은 프랑스 음악의 앞날을 완전히 바꿔 놓게 된다. 왜냐하면 이 같은 곡은 역사상 청중들 앞에서 연주된 적이 없으며, 직접·간접적으로 그 이후에 출현하는 음악에 큰 영향을 미쳤기 때문이다.

클로드 드뷔시Claude Debussy는 1862년 8월 가난한 집안의 다섯 아이 중 첫째로 파리에서 태어났다. 1872년, 여름 드뷔시는 10살의 나이로 파리음악원에 입학했다. 음악원에서 그는 앙투안 마르몽텔에게 피아노를 배우기 시작했으나 연주보다는 점차 작곡에 흥미를 갖게 되었다. 그리고 1880년, 드뷔시는 풍족한 환경에서 여름을 보내게 되었다. 마르몽텔이 차이콥스키의 후원자인 러시아인 폰 메크 부인의 피아노 반주자로 일할 수 있도록 추천해 주었기 때문이다. 그는 겨우 열여덟 살에 메크 부인의 아이들에게 피아노를 가르치는

---

26) 사실주의와 자연주의에 반발해 19세기 말 프랑스를 중심으로 일어난 혁신적 경향으로서, '분석'으로는 포착할 수 없는 주관적 정서를 시詩로 정착시키는 것을 목적으로 삼았다.

교사 겸 사교 모임을 위한 실내악 피아니스트로 고용되었다.

당시 드뷔시는 자신의 외모에 굉장히 신경을 썼다. 그는 키가 작고 뚱뚱했으며 피부는 검었고 까만 곱슬머리와 양성종양으로 생긴 두 개의 혹 때문에 때로는 괴상하게 보이기도 했다. 드뷔시는 위에 솟아 있는 이 혹을 가리기 위해 항상 앞머리를 아래로 빗어 내렸다.

그런데 인간 드뷔시는 어떤 남자였을까? 그의 사생활을 음악과 결부시키는 것은 바람직한 태도는 아니지만, 그는 유독 흥미로운 일화가 많은 음악가 중 한 명이다. 드뷔시는 작품뿐 아니라 여성편력 또한 작품에 못지않았다. 그의 나이 18살에 시작된 마리 블랑슈 바스니에 부인과의 사랑, 초록색 눈의 가비와 동거, 오페라가수 테레즈 로제와 사귀다가 패션모델 출신의 릴리 텍시에와 결혼했으나 7년 만에 헤어지고 부유한 은행가의 부인 엠마와 만난다. 비로소 아내와 귀여운 딸 슈슈와 행복하게 삶을 꾸리게 되지만 행복은 오래가지 않았다. 직장암이 발생했고 1918년 1차 세계대전으로 파리가 폭격을 받는 중 사망했다.

여러 가지 일로 1905년 신작인 〈바다〉의 초연을 준비할 당시, 드뷔시는 도덕적 · 재정적 · 예술적 부담을 안고 있었다. 초연 당일에는 지휘자가 연주 도중에 악보를 잊어버리는 등 연주는 형편없었지만 다행히 새 작품은 큰 화제를 불러일으켰다. 하룻밤 사이에 드뷔시는 '음악의 인상주의'라는 새로운 악파의 창시자가 되었다. 드뷔시가 한창 인기를 얻을 무렵, 무명이었던 라벨은 드뷔시 음악의 영향을 받았으나 작곡에서 명료하고 또렷한 형식을 고수하여 자신의 독자적인 스타일을 지켰다. 같은 시간을 공유한 이들에게 경쟁 역시 피할 수 없는 일이었다.

　프랑스 작곡가들은 작품에 '풍경'이나 '인상'이란 말을 붙였다. 마스네는 〈알자스의 풍경〉이란 관현악 모음곡을 썼고 샤르팡티에는 〈이탈리아의 인상〉이라는 곡을 썼다. 이러한 현상은 프랑스가 동쪽 나라들에 비해 '빛'이 풍성하고 미술의 인상주의의 영향을 받았기 때문일 것이다. '인상주의'라는 용어는 원래 회화의 한 유파로서 대략 1870~1900년의 모네, 피사로, 르느아르 등에 관한 개념을 음악에 적용한 것이다. 인상주의 회화는 눈에 보이는 것을 정확하게 묘사하는 기존의 화풍을 거부하고 사물에 대한 순간적인 인상을 담아내고자 했다. 음악에서도 화성이나 음색, 울림을 통해 분위기와 감각적 인상을 불러일으키는 시도가 일어났다. 하지만 인상주의 화가들이 새로운 기법과 새로운 접근방식으로 당시의 전통과 급진적으로 결별한 데 반해 드뷔시의 음악은 점진적으로 발전한 결과다.

　드뷔시가 음악의 인상주의를 만들어 낸 후, 여러 다른 작곡가들이 그의 뒤를 따랐다. 화가들과 음악가들 모두 지나치게 모호하거나 내용이 없는 작품에 대한 조롱이 담긴 인상주의라는 용어를 좋아하지 않았다. 라벨은 고전주의 양식과 연관을 맺으며 인상주의 작품을 작곡했는데 발레곡 〈다프니스와 클로에〉, 피아노 모음곡 〈밤의 가스파르〉 등이 그 예다. 인상주의의 영향은 영국 작곡가들에게까지 전해져 랄프 본 윌리엄스는 그의 교향곡 〈런던〉에서 인상주의의 흔적을 나타낸다. 그러나 인상파는 오늘날에 이르는 어느 악파와도 마찬가지로 한 시대를 좌우할 만한 지배적 양식을 완성하지는 못하였다.

〈바다〉에 회화의 영감을 제공한 것은 윌리엄 터너(1775~1851)의 풍경화였다. 드뷔시는 그를 "신비로운 효과를 내는 예술계 최고의 창조자"라고 평했다. 드뷔시는 카츠시카 호쿠사이의 「가나가와의 큰 파도」란 작품에서도 영향을 받았다. 아무튼 우아하고 세련된 질감에 대한 프랑스의 집착은 묵직한 울림과 고도의 집중 쪽으로 기우는 독일의 성향과 대조적이다.

바다를 주제로 곡을 붙인 작곡가로는 드뷔시 말고도 영국 작곡가 랄프 본 윌리엄스(1872~1958)가 있다. 그가 쓴 〈제1교향곡〉 '바다'이다. 자크 이베르의 〈기항지 Escales〉도 바다와 관련이 있다. 바다를 주제로 삼은 오페라로는 바그너의 〈방황하는 네델란드인〉과 〈트리스탄과 이졸데〉, 브리튼의 〈빌리버드〉, 벨리니의 〈해적〉, 베르디의 〈오텔로〉, 모차르트의 〈여자는 다 그래〉 그리고 비제의 〈진주조개잡이〉, 한스 베르너 헨체의 〈배반의 바다〉, 리하르트 슈트라우스의 〈에녹 아덴〉, 아밀카레 폰키엘리의 〈라 조콘다〉 그리고 푸치니의 〈나비부인〉도 바다가 보이는 무대이다.

바다

드뷔시는 바다를 무척 사랑했다. 그는 일곱 살 때 칸느에 가는 길에 "나의 오랜 친구, 언제나 아름다운 바다"라고 말한 적이 있다. 그는 종종 어린 시절을 보냈던 지중해의 인상을 회상하곤 했다.

드뷔시는 1905년 아내를 두고 엠마 바르닥이라는 여인과 사랑에 빠져 프랑스 노르망디를 거쳐 영국령인 저지 섬으로 도피한다. 엠마 역시 기혼녀였다. 도피하는 중 드뷔시는 아내에게 이혼을 통고하는 편지를 보냈고, 아내 데시에르는 권총자살을 기도한다. 이 사건으로 데시에르는 치명상을 입었고, 엠마는 강제로 이혼 당한다. 드뷔시의 많은 친구들이 그를 비난하며 관계를 끊었다. 드뷔시는 임신한 엠마를 데리고 프랑스를 떠나 영국의 이스트본 호텔에 머물고 있었다. 여기서 완성된 작품이 〈바다La mer〉다. 하지만 실감에서 얻은 바다의 인상이라기보다는 오히려 하나의 상상력으로 동경의 바다를 묘사한 것이다.

드뷔시는 이 작품을 '3개의 교향적 스케치'라고 불렀다. 첫 악장의 도입부는 바다에 드리워진 어둠을 걷어내는 고요한 새벽빛을 묘사한다. 그런 뒤 조용한 현악이 천천히 떠오르는 태양에 점점 모습을 드러내는 거대한 바다를 암시한다. 바다의 끊임없는 움직임과 잘게 부서지는 파도를 암시하는 현과 목관의 연주 사이로 호른의 선율이 강렬하게 시작된다.

제2악장 '파도의 유희'는 파도 위에서 반짝거리는 빛의 움직임을 순간순간 포착한 악절이 계속된다. 잉글리쉬 호른이 연주하는 주제는 서로 얽힌 수많은 아라베스크들(하나의 악상을 화려하게 장식하는 기악곡)을 이끌어 내며 이것은 금세 첼로 트릴로 바뀐다. 전 악장에 걸쳐 끊임없이 움직이는 바다의 이미지가 추상에 가까운 음악을 통해 나타난다.

마지막 악장인 '폭풍과 바다의 대화'는 바다의 또 다른 면모를 보여 준다. 첼로와 더블베이스가 주도하여 바다의 변화무쌍한 표면을 묘사한다. 목관의 소리가 깊고 온화하다가 후에 격정적인 트럼펫 소리와 합해지는 길고 강한 가락으로 변한다. 마침내 음악은 관현악 전체가 빠짐없이 합세하여 연주하는 웅장한 합주로 치닫는다.

〈바다〉의 초판본 표지는 드뷔시가 좋아했던 호쿠사이의 「가나가와의 파도」라는 작품을 변형시킨 그림이다. 「가나가와의 파도」는 서구 세계에서는 일본을 상징하는 대표적 이미지로서 마네와 모네를 비롯한 인상주의 화가들과 반 고흐, 고갱 등 후기 인상주의 화가들에게 새로운 원천이 된 카츠시카 호쿠사이(1760~1849)의 채색 목판화다.

호쿠사이는 우키요에(浮世繪 민간 풍속화) 전문 화가였다. 우키요에는 에도시대(1603~1867) 말기에 성장한 대중문화의 대표적인 매체였다. 18세기부터 일본에서는 오늘날의 도쿄인 에도를 중심으로 도시가 발달하고 상공인이 늘어나며 사무라이들이 모여들면서 이들을 위한 유희와 오락산업이 발달했다. 처음에 목판화는 유흥업계를 사로잡은 관능적인 미인들과 유곽 여인들의 은밀한 일상을 담은 그림이었고, 가부키 배우와 스모선수들의 초상화였다. 이처럼 일시적이고 값싼 오락물인 우키요에를 세련된 예술의 경지로 끌어올린 화가들 중 하나가 바로 호쿠사이다.

이국적인 소재뿐만 아니라 과감한 색채와 유려한 형태는 유럽 미술가들에게 신선한 충격을 주었다. 빈센트 반 고흐는 우키요에를 수집하여 유명한 작품들을 모사했고, 고갱 역시 진한 원색과 평면적인 구도를 활용하여 새로운 회화의 양식을 수립했다.

이처럼 유럽에 등장한 자포니즘Japonism은 하나의 양식을 지칭하는 개념이 아니라 역사적인 현상으로 서구 미술작품에 나타난 일본 미술의 영향을 말한다. 자포니즘의 영향은 미술을 비롯해 건축과 사진, 음악과 문학 등 다양한 분야에 걸쳐 나타났다.

'자포니즘'이라는 명칭으로 인상주의자들에게 영감을 주기 이전에 '시누아저리Chinoiserie (중국풍)'는 18세기 유럽인들을 사로잡았다. 유럽 상인들은 중국과의 교역을 통해 중국에서 유행하던 도자나 병풍을 수입했다. 당시 유럽에서 중국의 병풍과 도자는 저렴한 상품이 아니라 유럽인들이 동경하는 고급 사치품이나 예술작품이었다. 19세기 중반, 일본이 서구와 교류를 시작하면서 중국풍은 서서히 사라지게 되었다.

베르가마스크 모음곡 중
'달빛'

"음악은 색과 리듬을 지닌 시간으로 되어 있다."라고 말한 드뷔시, 그에게 음악은 고정된 악보가 아니었다. 그는 음악의 유동성과 스스로 진화하는 능력에 주목했고 그것이 다른 대상들과 관계를 맺으면서 변화하는 과정을 살폈다. 그의 이러한 태도는 19세기 말 예술전반에 걸쳐 일어난 움직임의 하나로, 문학에서 상징주의, 미술에서 인상주의와 그 궤를 같이한다.

드뷔시의 〈베르가마스크 모음곡 중 '달빛' Bergamasque suite 'clair de lune'〉은 상징주의 시인 폴 베를렌(1844~1896)의 시에서 영감을 받아 완성한 곡으로, 순간적인 인상을 포착해 내어 세부 묘사보다 주제의 본질을 재빨리 잡아내는 인상주의적 기법에서 착안한 것이다. 아마도 이탈리아 유학시절에 들른 이탈리아 북부에 위치한 베르가모 지방에서 받은 인상을 제목에 이용한 것이 아닌가 생각된다. 몽환적이고 나른한 멜로디 속에서도 결국 긴장을 놓지 않는 지성이 엿보여 마치 철학도가 써 내려간 시 한 편을 읽는 듯한 느낌을 준다.

아마빛 머리의 소녀

드뷔시는 그가 작곡한 총 24곡의 피아노 전주곡을 정리해 두 권으로 나누어 제1권은 1910년에, 제2권은 1912년에 출판했다. '아마빛 머리의 소녀La fille aux cheveux de lin'는 제1권의 8번곡으로 르콩 드 릴(1818~1894)의 시를 바탕으로 한 작품이다. 원래는 피아노 곡이지만, 바이올린 곡으로 연주되기도 하고 선율의 아름다움과 정적인 분위기가 하프의 음색과 잘 어울려 하프로도 편곡되어 연주되기도 한다.

이 곡에서 그의 독특한 인상적인 색채는 하프의 아르페지오[27]에 의한 음의 분산을 통해 마치 인상파 화가의 경계가 불분명한 그림처럼 풍성하고 여유롭게 표현되고 있다. 그는 '아마빛 머리의 소녀'에서 부드러운 금발의 곱슬머리를 지닌 어여쁜 소녀를 그리고 있다. 작가 르콩 드 릴은 프랑스 출신으로 그가 펴낸 시의 대부분은 죽음에 대한 동경, 삶의 회의, 사랑의 비관 등을 노래한 염세적인 시를 주로 쓴 작가라 하는데, 이 곡에 감춰진 듯 비춰지는 순간순간의 애절함은 이러한 시인의 영향을 받은 것으로 보인다.

'아마빛 머리의 소녀'는 조용하지만 애절한 슬픈 사랑에 어울리는 곡이다. 2분여의 이 짧은 곡으로 드뷔시의 인상주의 음악을 이해한다는 것은 무리이겠지만, 감각이 예민한 사람은 이 선율에서 아마빛 머리의 몽롱한 유혹을 느낄 수 있을 것이다.

오늘날 전주곡에 '아마빛 머리의 소녀'와 같은 짧은 부제가 맨 앞에 붙어 있지만, 드뷔시가 작곡을 했을 때는 이해를 돕기 위한 짧은 암시로서 작품의 뒤에 기술되어 있었다.

---

27) 화성 구성 음이 동시에 울리는 것이 아니라 차례로 울리는 음, 즉 펼침 화음이라고도 한다.

피에트로 마스카니

Pietro
Mascagni

  단막극 〈카발레리아 루스티카나〉는 무명의 젊은이를 일약 세계적
인 스타로 만들었다. 그 작품은 기존의 오페라와는 상당히 달랐다.
신도 왕도 왕자도 그리고 귀족과 귀족 부인도 등장하지 않았다. 거
기에는 철학이나 자기반성도 없었고 또한 행동의 의미나 인생 전반
에 대한 심오한 고찰도 없었다. 거기에 묘사되어 있는 것은 단지 서
민들과 빈민가였으며, 상황 전개도 빠르고 생동감도 있었다. 이 오
페라는 유럽 전체의 극장을 석권하게 된다. 비평가들은 이것을 '베
리스모verismo (현실주의)'라 이름 붙이고, 새로운 풍조의 선구적인
작품이라고 평했다.
  피에트로 마스카니Pietro Mascagni (1863~1945)는 이탈리아에서

태어났다. 루제로 레온카발로와 함께 베리스모 오페라의 대표적 작가다. 법조계로 진출시키려던 아버지의 계획과는 달리 음악의 길을 택했다. 밀라노 음악원에서는 아밀카레 폰키엘리를 사사하여 푸치니와 동문이 되기도 했다. 지방을 순회하는 오페라단에 가담하여 지휘를 하면서 오페라와 친해졌다.

1880년대 초, 이탈리아 오페라계는 위기의식을 갖게 된다. 당시 오페라의 영웅 주세페 베르디(1813~1901)가 새 작품의 창작 작업을 줄이자 쥘 마스네(1842~1912)를 위시한 프랑스 작곡가들의 오페라가 쏟아져 들어오면서 이탈리아 작품의 공연 비율이 급락한 것이다. 베르디 후계자를 찾아야 했다. 결국 밀라노에서 폰키엘리의 제자인 자코모 푸치니(1858~1924)를 찾게 된다. 푸치니는 카사 리코르디 음악출판사의 지원 아래 〈라보엠〉, 〈토스카〉, 〈나비부인〉 등의 대작을 발표한다.

당시 프랑스 오페라 수입을 주도한 곳은 손초뇨 음악출판사였다. 이 회사는 1883년부터 고국의 젊은 오페라 작곡가를 육성한다는 취지아래 '단막 오페라 작곡경연 대회'를 열었다. 마스카니는 1889년 이 대회에서 〈카발레리아 루스티카나〉를 출품하여 1등상을 탄다. 이 오페라는 다음 해인 1890년에 로마에서 초연되는데, 크게 성공하여 27세의 청년음악가 마스카니는 일약 이탈리아 오페라계의 스타가 되었다. 이탈리아 밖의 여러 나라에서도 이 작품은 성공을 거두어 마스카니의 명성은 세계적인 것으로 되었다. 그러나 이후 그가 작곡한 오페라는 어느 것도 성공하지 못했고, 겨우 〈나의 벗 프리츠〉가 알려진 데 불과하다.

아직도 이탈리아에서 마스카니는 여전히 친 무솔리니라는 낙인을 떼지 못하고 있다. 파시스트의 악몽이 이탈리아인의 가슴에 남아 있기 때문이다. 만년에는 불우하게도 무솔리니에게 협력했다는 이유로 전 재산을 몰수당했다. 빈곤과 고독 속에서 오페라의 실패와 파시즘의 패배를 원망하며 말년을 보낸 그는 1945년 8월 2일, 로마의 작은 호텔방에서 쓸쓸히 생을 마감했다.

카발레리아 루스티카나, '간주곡'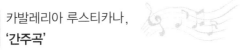

〈카발레리아 루스티카나Cavalleria rusticana〉는 '시골기사'를 의미하는 단막 오페라로서, 마치 군더더기 없이 잘 정리된 단편 소설 같은 느낌이 든다. 대본은 조반니 베르가의 소설을 바탕으로 조반니 토제티와 시인 귀도 메나시가 썼다. 이 간주곡은 1장과 2장 사이에 불이 꺼진 막간에 연주되는 곡으로, 최후의 비극이 암시되는 아름다운 곡이다. 효과적인 극적대비를 위해 마스카니는 간주곡의 주선율을 부활절 아침 성당에서 불리는 성가 〈하늘의 여왕〉에서 따왔다.

이 작품이 예상을 뛰어넘어 성공하자 그 후부터 '짧은 오페라' 붐이 일어났다. 즉, 푸치니의 〈외투〉가 그런 영향을 받은 대표작이고, 20세기로 접어들면서 짧은 오페라들은 더욱 성행하게 되었다.

바그너의 작품처럼 후기 낭만주의 시대의 장대한 작품들에 식상한 사람들이 이런 오페라에 관심을 갖게 된다. 이 작품은 또한 그 후의 많은 오페라의 작곡방향에 큰 영향을 끼쳤다. 그러므로 〈카발레리아 루스티카나〉는 아름답고 훌륭한 작품일 뿐 아니라, 오페라 역사상 중요한 의미를 지니는 작품이다.

〈카발레리아 루스티카나〉는 어느 부분에서나 남부 이탈리아의 독특한 정경을 물씬 담아내고 있다. 시칠리아 섬 어느 촌락의 투리두는 애인 롤라를 남겨 놓고 입대한다. 제대하고 돌아와 보니 그녀는 마부 알피오의 아내가 되어 있었다. 그는 마을 처녀 산투차를 가까이 하지만, 한편으로는 롤라와의 관계를 회복하려고 한다. 산투차의 질투로 두 사람이 비밀리에 만난다는 사실을 알고 화가 난 알피오가 투리두와 결투하여 투리두를 살해한다는 연애 비극이다. 전주곡이 연주되는 동안 무대 뒤에서 들려오는 테너의 아리아 '시칠리아'는 마치 이탈리아 영화를 연상시킨다. 아름다운 합창 '오렌지 향기는 바람에 날리고'가 막이 오름과 함께 연주되면서 오페라 전체의 분위기를 이끈다.

이 간주곡의 아름다운 선율과 이어서 나타날 파국을 예견하는 폭풍 전야의 정적은 숨을 죽이는 효과를 가져다준다. 이 오페라의 최후의 막은 아리아 하나 없이 순식간에 마무리된다.

영화 대부The Godfather 시리즈의 완결편인 「대부3」는 마피아 돈 콜로오네 가家의 최후를 보여 주면서 마침내 대부 시리즈의 마침표를 찍었던 작품이다. 이 영화의 마지막 장면에서 오열하는 대부의 슬픔 위로 흐르던 음악이 이 오페라 속의 간주곡이다. 흥미로운 것은 이 오페라 역시 시칠리아 섬을 배경으로 펼쳐지는 사랑과 복수의 드라마라는 점이다.

이 간주곡 외에도 자주 연주되는 간주곡으로서 비제의 〈카르멘 간주곡〉, 그라나도스의 〈고예스카스 간주곡〉, 슈베르트의 〈로자문데 간주곡〉, 쇼스타코비치의 〈현악4중주 제15번〉 중 간주곡을 들 수 있다.

장 시벨리우스

Jean
Sibelius

장 시벨리우스Jean Sibelius (1865~1957)는 어려서부터 유난히 자연을 좋아하고 몽상적인 성격을 지녀 숲이나 호수에 놀러 다니는 것을 좋아했다. 다섯 살 때부터 피아노에 친숙해지면서 작곡을 흉내 냈고, 9살이 되어서 피아노 레슨을 받기 시작했다. 그 이듬해에는 최초의 작품 바이올린과 첼로를 위한 소품 〈물방울〉을 작곡하였다. 음악활동을 위해 본명인 요한Johan 대신 프랑스식 예명 장Jean을 사용했다. 이는 국제적 감각이 뛰어난 삼촌이 붙여 준 이름이란다.

당시 핀란드에서는 음악 분야가 발전하지 못한 상태여서 작곡으로 생계를 이어 가기는 어려웠다. 그래서 시벨리우스는 19세가 되었을 때, 가족들의 희망에 따라 헬싱키대학의 법과를 선택해야만 했다. 그러나 음악에 대한 욕구를 누를 수 없어 법률공부와 동시에 헬싱키 음악원의 청강생이 되어 음악이론과 작곡법을 배운다. 이듬 해에는 대학을 중퇴하고 음악에 전념한다. 음악원에는 당시 신진 피아니스트 페루초 부소니(1866~1924)도 있어서 그의 지도를 받았 다. 음악원 과정을 마친 후 정부로부터 장학금을 받아 빈에서 유학 을 하게 되는데, 이때부터 핀란드의 국민적 대서사시 「칼레발라」에 열중하여 평생 그것에 매달리게 된다.

18세기 두 차례의 전쟁으로 러시아가 핀란드를 통치하게 되자, 핀란드에는 민족주의의 불꽃이 타오르기 시작했다. 그 움직임은 핀 란드의 언어인 수오미Suomi어와 고유의 전설에 대한 관심에서 시 작되었다. 특히 엘리아스 뢴로트가 핀란드와 러시아의 접경지역인 카렐리아 지방의 전설을 정리하여, 1835년에 수오미어로 편찬한 영웅서사시 「칼레발라Kalevala」는 민족의식을 고취하는 데 큰 역할 을 했다. 시벨리우스는 그 작품의 등장인물 중 하나인 쿨레르보를 주제로 한 〈쿨레르보 교향곡〉을 작곡하여 큰 성공을 거둔다.

유학은 시벨리우스에게 음악적으로 매우 귀중한 경험이 되었지만 부작용도 컸다. 오랜 타향 생활에서 오는 결핍감으로 술과 담배에 빠졌던 것이다. 무절제한 생활로 그는 건강을 잃었고 경제적으로도 어려웠다.

시벨리우스는 1897년부터 정부로부터 연간 2,000마르크의 종신 연금을 받게 되어 작곡에만 전념하게 되었다. 그는 1899년에 〈교향 곡 제1번〉을 완성한 다음 저항의 의미를 담아 교향시 〈핀란디아〉를 작곡했다. 〈핀란디아〉는 당시 러시아 치하에 있던 핀란드의 독립심을 부재실한다는 이유로, 제목을 바꾸어 연주되기도 하고 연주를 금지당한 일도 있었다. 시벨리우스는 당대에 서양고전음악 작곡가로서는 유행에 뒤처진 음악을 썼지만 그의 교향곡은 아직까지도 연주되고 있으며, 가장 유명한 20세기의 교향곡 작곡가 중 한 사람으로 남았다. 핀란드 국민 모두가 그의 영향을 받고 있다고 해도 과언이 아닐 것이다. 유로화 도입 이전 핀란드의 100마르크 지폐엔 시벨리우스의 초상화가 실려 있었다.

1917년에 일어난 러시아혁명으로 말미암아 다음 해 2월 시벨리우스의 집도 과격파에 의하여 두 차례나 수색을 받게 되자, 그는 가족과 함께 헬싱키에서 정신과 의사로 일하는 동생 집으로 피난한다. 그러나 핀란드는 이 기회에 숙원의 독립을 획득하고 1919년에 공화국을 선포하기에 이른다.

그가 사용하는 음계와 리듬도 북방의 자연을 그대로 떠올리게 한다. 「칼레발라」에 열중이던 초기 시벨리우스는 동북지방 유목민들의 낭송양식에 큰 관심을 보였다. 이 낭송을 통하여 단순성에서 유기적으로 발전하는 반복적인 변화, 샤만적인 감정표현을 받아들였고 이를 음악적으로 형상화하는 방법을 터득했다. 만년에 이를수록 자연에 대한 시벨리우스의 탐닉은 깊어만 갔다.

시벨리우스는 60세 이후 갑자기 창작활동이 둔해져 1929년까지 약간의 소품만을 작곡한 후 수수께끼의 공백 기간이 이어진다. 그가 펜을 내려놓을 시점에 시벨리우스는 술을 끊었고, 이때 빚도 다

갔았다고 한다. 이와 함께 그의 창작 의욕도 사라진 것일까? 그는 1957년 9월 20일, 뇌출혈로 91세의 생애를 마쳤다.

핀란디아

시벨리우스가 34세 때(1899년) 작곡한 〈핀란디아Finlandia Op.26〉 는 서주로 시작된다. 첫 서주에서 금관악기가 음울하게 울부짖으며 북유럽의 빙하를 연상시킨다. 목관은 종교적인 분위기로 답하며 현은 인간적인 선율을 연주한다. 두 번째 서주에서 템포는 알레그로 모데라토로 바뀌면서 금관 팡파르가 곡의 핵심적인 리듬을 예고하며 긴박감을 높여 주고 심벌즈의 타격은 투쟁정신을 고조시킨다. 현악기와 목관악기가 여러 갈래로 진행하다가 슬픈 민요풍의 표정이 풍부한 노래가 나온다. 음악은 고조되고 특징적인 리듬이 첨가되며 발전하다가 승리를 선언하듯 힘찬 기상으로 끝을 맺는다.

교향곡 제2번
D장조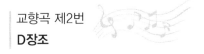

1902년에 완성된 〈교향곡 제2번 D장조 Symphony no.2 in D major Op.43〉는 북극의 자연환경인 핀란드의 민요와 무곡이 많이 나타나고 특히 전원적인 느낌이 난다고 해서 '전원 교향곡'이라는 별칭도 갖고 있다. 시벨리우스는 이 곡을 완성한 직후 헬싱키 필하모닉 소사이어티 주관으로 이 곡을 처음으로 지휘했다. 이 곡은 그 후 수정을 거쳐 1903년 아르마스 예르네펠트의 지휘로 스톡홀름에서 다시 상연되었다. 3악장과 4악장이 중단 없이 연주되는 가운데 복잡한 템포 변화가 물 흐르듯이 이루어지는 것은 시벨리우스의 장점이기도 하다.

이 작품의 제2악장은 2개의 주제가 서로 대비되며 진행되는데, 우수에 찬 제1주제는 얼음과 눈의 나라 핀란드 광야의 풍경을 떠올리게 하고 끝없이 펼쳐지는 핀란드의 숲과 신비스러운 호수의 정경들이 눈에 아른거리게 만든다. 제2주제는 핀란드의 자연환경을 연상케 하면서도 당시 러시아의 침략에 시달리던 핀란드 국민들의 슬픔과 설움이 묻어나는 곡이다. 따라서 이 작품의 강렬한 호소력은 작곡 당시 핀란드에 솟아오르고 있던 민족주의라는 시대 배경에 비추어 보아야만 제대로 이해할 수 있을 것이다.

세르게이 라흐마니노프

Sergey
Rachmaninov

세르게이 라흐마니노프Sergey Rachmaninov는 1873년 러시아의 한 귀족가문에서 태어나 다섯 살 때부터 교양이 풍부한 어머니에게 피아노를 배우기 시작했다. 라흐마니노프가 아홉 살 되었을 무렵 아버지가 방탕한 생활로 가산을 탕진하자, 가정은 파탄 나고 라흐마니노프는 어머니와 함께 상 페테르부르크로 이사한다.

페테르부르크 음악원에서 피아노 공부를 계속하다가 1885년 모스크바 음악원으로 전학한다. 사촌인 피아니스트 알렉산드르 실로티의 주선으로 니콜라이 즈베레프에게 개인 레슨을 받으며 탁월한 기량을 갈고 닦았다. 음악원을 졸업하면서 곧 연주자와 작곡가로 명성을 얻었지만, 섬세한 감정을 지닌 그는 자기비판에 용서가 없었다.

1897년 3월, 상 페테르부르크에서 가진 첫 교향곡의 초연이 연습 부족으로 엉망이 되자 자신에게 실망하여 3년간 작곡을 중단하기도 했다. 더 이상 작품을 쓰지 못하게 되면서 우울증으로 인한 라흐마니노프의 우수憂愁는 더 깊어졌다. 설상가상으로 그 즈음 그는 러시아 정교회로부터 결혼 불가 통보를 받는다. 몇 해 전부터 사촌 여동생 나탈리아 사티나와의 금지된 결혼을 추진해 왔다. 당시 러시아 정교회는 사촌간의 결혼을 엄격히 금했다. 가족의 반대 역시 극심한 것은 당연했다. 아버지의 가출과 집안의 몰락으로 방황하던 사춘기의 라흐마니노프는 그를 이해해 주는 나탈리아와 사촌관계를 넘어 불같은 사랑에 빠진다. 이윽고 가족의 허락을 얻었을 때, 라흐마니노프는 28세, 나탈리아는 24세로서 당시로서는 많은 나이였다. 가족은 서둘러 결혼을 추진했으나 러시아 정교는 허락하지 않았다. 결국 차르를 동원해서 교회의 반대를 고려해 다른 사람들이 눈치 채지 못하도록 조용히 식을 치러야 한다는 조건부로 허락을 얻어냈다. 그는 결혼을 하고 나서야 정신적인 평안을 얻고 작곡과 연주 활동에 더욱 열중할 수 있었다.

　1917년 혁명은 러시아를 송두리째 바꿔 놓았다. 라흐마니노프도 희생양 중 한 명이었다. 좀 전까지만 해도 소수의 부르주아였지만 하루아침에 모든 것을 잃었다. 재산, 생계수단, 자유까지 모두 잃은 그는 마침내 12월 22일, 상 페테르부르크에서 아내 그리고 두 딸과 함께 뚜껑도 없는 썰매에 올라 헬싱키로 도망갔다. 그는 1년 동안 쉬지 않고 스칸디나비아를 돌며 피아노를 쳐 겨우 생계를 유지하다가 모험을 감행한다. 뉴욕 행이었다.

그는 미국에서 작곡을 멈춘 채 피아니스트로서의 활동에 전념하였다. 생계형 피아니스트로 변신한 그에겐 더 이상 새로운 곡을 만들어 낼 시간도 힘도 없었다. 25년 동안 그는 다른 작곡가들의 짧은 작품 몇 개를 콘서트용으로 편곡해 낸 것 외에 단지 여섯 곡을 남겼다. 그의 네 번째 〈피아노 협주곡〉에 대한 반응은 의견이 분분했지만, 피아노와 오케스트라를 위한 그의 마지막 작품 〈파가니니의 주제에 의한 광시곡〉은 대성공을 거두었다. 여기서 라흐마니노프는 유행에 뒤진 감정피력을 피하고 서정성의 표출부터 우아한 재치까지 다양한 역할을 해냈다.

라흐마니노프는 그의 손이 닿으면 가장 단순한 음계, 가장 단순한 가락도 본연의 의미를 찾게 된다는 평을 받는가 하면, 그가 미국에서 거두게 되는 대성공과 커져만 가는 대중성은 일부 음악인들과 비평가들로 하여금 그의 곡을 그저 아름답다는 평에서 그치게 만들었다.

라흐마니노프는 러시아 낭만주의의 전통 위에 선 마지막 작곡가인 동시에 세계적인 피아노의 거장이었다. 그는 국민음악 이념을 따르지 않고 차이콥스키와 마찬가지로 19세기 낭만주의 운동을 지향했다. 그의 수많은 피아노곡이나 가곡은 그러한 낭만파 음악의 전형을 보여 준다.

보칼리제

라흐마니노프의 〈보칼리제Vocalise Op.34-14〉는 1912년에 소프라노 안토니나 네츠다노바를 위해 작곡된 곡으로, 14개의 가곡에 포함된 작품이다. 이 작품은 1916년 모스크바에서 쿠셰비츠키의 지휘로 초연되었고 노래는 네츠다노바가 불렀다. 보칼리제는 아무 의미 없이 그냥 하나의 모음인 '아, 에, 이, 오, 우' 등으로 노래하는 것을 말하는데, 슬프고 애잔한 분위기를 나타낸다. 따라서 이 곡을 듣는 사람에 따라 나름대로 내면의 그림을 그릴 수 있을 것이다.

포레, 라벨 등의 음악가들도 '보칼리제'를 작곡하였지만, 그중에서도 라흐마니노프의 〈보칼리제〉가 가장 유명하고 인기가 있어서 자주 연주된다. 슬픈 적막감에 사로잡혀 애틋한 감정을 느끼게 하는 이 작품은 '사랑의 슬픔'이라는 부제가 달려 있다. 지금은 성악곡 대신 피아노, 첼로, 바이올린 등 여러 악기로 편곡되어 연주되는 경우가 더 많은데, 아름답고 애수에 젖게 하는 슬픈 선율은 우리에게 큰 감동을 준다.

파가니니 주제에 의한
광시곡 중 '18변주'

라흐마니노프는 1917년 러시아를 떠난 뒤 작곡에서 멀어졌다. 그러다가 바이올린의 거장 니콜로 파가니니의 〈카프리치오 24번〉을 모태로 한 피아노와 관현악을 위한 변주곡을 만들기 시작했다. 이 주제는 폭넓은 영역의 변주가 가능하다는 것이 가장 큰 매력인데, 파가니니의 주제가 라흐마니노프를 사로잡은 이유는 달리 있었다.

19세기 말에 이르러 파가니니는 낭만주의의 거장으로 굳건히 자리 잡았다. 파가니니에 얽힌 전설에는 환상적인 요소가 있었다. 파가니니가 탁월한 재능을 얻은 대가로 악마에게 자신의 영혼을 팔았다는 소문이 떠돌았는데, 그 소문은 그가 죽고 나서도 한동안 사라지지 않았다. 이런 신비스런 주제는 늘 러시아 예술가들의 관심거리였는데 라흐마니노프도 그들 중 한 사람이었다. 라흐마니노프의 어떤 작품보다도 이 〈파가니니 주제에 의한 광시곡[28]Rhapsody on a theme of Paganini Op.43〉은 현란한 색채감과 기교 그리고 유머로 가득 차 있다. 라흐마니노프가 말년인 1934년 스위스로 피서를 가서 작곡한 최고의 걸작으로 평가받는 작품이기도 하다.

이 곡은 24개의 변주곡으로 구성되어 있는데, 이 변주곡들 중 우리에게 익숙한 곡은 18변주인 '안단테 칸타빌레'로서 멜로디가 아름답고 차분하며 우아하기까지 한 곡으로 많은 사람의 사랑을 받고 있다.

광시곡으로는 라흐마니노프 외에도 리스트의 〈헝가리 광시곡〉, 거슈윈의 〈랩소디 인 블루〉, 조르주 에네스쿠(1881~1955)의 〈루마니아 광시곡 1번〉 등이 있다.

---

28) 광시곡rhapsody는 형식과 내용면에서 비교적 자유로운 환상곡풍의 기악곡을 일컫는다.

교향곡
제3번

라흐마니노프는 〈피아노 협주곡 제4번〉과 〈파가니니 주제에 의한 광시곡〉을 쓰면서 천천히 활동을 재개하였고, 1930년대 중반 〈교향 곡 제3번 Symphony no.3 in a minor Op.44〉을 내놓았다. 이 작품 에는 고국에 대한 향수가 물씬 묻어난다. 모두 3악장으로 이루어졌 는데, 제1악장과 제2악장이 모두 느린 악장으로 고향에 대한 향수 를 그리고 있다. 특히 제2장 아다지오는 슬라브적 색채가 강하지만 부드럽고 침착한 분위기 속에서 향수에 젖게 한다.

처음에 호른과 하프가 꿈꾸듯이 연주하고, 솔로 바이올린이 먼 고 향을 향해 이야기하듯 시작한다. 이어서 제1바이올린이 고향이 생 각나듯이 이끌어 간다. 클라리넷을 포함한 관악기가 같은 선율을 반 복하고 현악기군도 고향에 대한 그리움을 표현한다. 마지막 부분은 앞부분처럼 고향을 그리워하며 꿈꾸는 듯한 분위기로 마무리한다.

이 〈교향곡 제3번〉은 '러시아 교향곡'이라고 불릴 정도로 러시아 적인 서정抒情과 기운으로 가득 찬 작품이다. 평생을 존경했던 차 이콥스키의 영향도 드러내지만, 라흐마니노프 자신만의 음악적 특 성도 잘 용해되어 있다.

여기서 세르게이 라흐마니노프의 시대를 관통하는 전쟁이 예 술가에게 어떠한 영향을 미쳤는지 살펴보자. 제1차 세계대전 (1914~1918)이 발발하자, 젊은이들의 싸우려는 의지는 계급의 대립을 넘어섰다. 특히 예술가, 지식인, 사회주의자들이 적극 나섰다. 영국에서는 수많은 예술가들이 자원하여 '총 든 예술가'라는 대대를 따로 만들 정도였다. 전쟁터에 나가고 싶어 나이를 속인 사람도 있었다. 화가 윈드햄 루이스, 작곡가 랄프 본 윌리엄스 등 유명한 예술가들이 전선으로 나갔고 '붓으로' 전쟁을 도운 화가들도 있었다.

물론 전쟁에 반대한 사람들도 있었다. 버트런드 러셀은 평화주의적 입장을 견지하여 곤혹을 치렀다. 극작가인 조지 버나드쇼는 영국을 휩쓰는 애국열과 전쟁을 비난했다.

전선에 나간 예술가들에게는 저마다 이유가 있었다. 어떤 이들은 작품을 위한 자극을 추구했다. 호기심이나 허세 때문에 나간 이들도 있었다. 그러나 가장 큰 이유는 이상주의와 애국심이었다. 길어야 몇 달 정도라고 예상했던 전쟁은 몇 년이 지나도 끝날 기미가 보이지 않았다.

후방전선은 대체로 평화 시時처럼 돌아갔다. 사람들은 평화 시와 똑같이 일하려고 애썼다. 화가와 음악가도 본연의 임무를 다하느라 노력했다. 그러나 많은 예술가들은 창작욕을 잃어 갔다. 영국 출신의 작곡가 구스타프 홀스트는 지원했다가 퇴짜를 맞고 절망감으로 신음했다. 윌리엄스는 1916년에야 프랑스 전선에 투입되었지만, 전쟁기간 중 아무런 작품도 쓰지 못했다. 심지어 에드워드 엘가도 실내악 몇 곡만 썼을 뿐이다.

1917년이 되어도 전쟁은 끝날 기미가 없었다. 많은 예술가들의 작품에 절망과 번민이 나타나기 시작했다. 그해 미국의 개입으로 전세는 연합군에 유리해져 1918년 11월, 드디어 전쟁이 막을 내렸다. 전쟁이 끝나자 억눌렸던 예술가들의 격정이 봇물처럼 쏟아졌다. 윌프레드 오언의 시 아홉 편은 1962년 상연된 벤자민 브리튼의 〈전쟁 레퀴엠〉의 뼈대를 이룬다. 1차 세계대전의 참화를 경험하지 못한 세대들에게도 이 곡이 감동을 준다는 것은 모든 전쟁을 종식시키려는 시인의 노력이 얼마나 치열했는가를 보여 준다.

32

모리스 라벨

Maurice
Ravel

　파리 음악계의 세련된 미식가 모리스 라벨Maurice Ravel (1875~1937)은 정확하면서 동시에 독창적인 곡을 써서 프랑스 음악의 20세기를 이끌었다. 뛰어난 지성과 통찰력을 지녔던 그는 몸집은 자그마했지만 그가 "나의 유일한 연인"이라고 말했던 그의 음악은 오늘날에도 큰 울림으로 연주되고 있다.

　라벨은 프랑스 바스크 해안 지방인 시부르에서 바스크계의 어머니와 프랑스계 스위스인 아버지로부터 태어났다. 그는 14살 때 파리 음악원에 입학했는데, 피아노와 작곡에 뛰어난 재능을 보였다. 재학 중 발표한 〈죽은 왕녀를 위한 파반느〉와, 〈현악 4중주 F장조〉에서 새로운 경향을 보여 눈길을 끌었다. 음악원에서 그는 '아파치'라는 작곡가 학생들의 모임에 가입했는데, 이는 술을 마시고 여자에게 찝쩍거리는 모임으로 유명했다. 라벨은 어린 시절부터 거의 평생을 파리에서 지냈다.

음악원에서 가브리엘 포레를 만난 라벨은 그에게서 음악을 배웠다. 음악원에 있는 동안 로마대상을 받으려고 했지만 실패했다. 그는 이미 〈물의 유희〉, 〈현악 4중주F장조〉, 〈세헤라자드〉까지 발표해 놓고서 로마대상을 타고 싶어 했을 만큼 분별이 모자랐다는 비난도 받았다. 그러나 라벨이 충분히 재능이 있었음에도 대상을 주지 않았다는 사실이 드러나자, 그는 음악원을 떠났다.

라벨은 아시아 음악 그리고 유럽 전역의 민요와 스페인 음악의 영향을 많이 받았다. 라벨은 종교를 갖지 않은 부신론자로 보인다. 그는 바그너의 음악처럼 공공연히 종교적인 색채를 부여한 음악을 싫어했으며, 대신 고대 야화에서 음악적 영감을 얻는 편이었다.

라벨은 150㎝의 단신이었지만 타고난 멋쟁이였다. 밤을 지새우며 작업을 하고 새벽에는 유적지로 산책을 했으며, 산책에서 돌아오면 곧장 잠자리에 들었다. 목가적인 저택에서 밤낮이 뒤바뀐 생활을 하는 그의 삶은 은둔자의 삶과 같았다.

라벨은 결혼한 적이 없지만 오랜 관계를 맺은 상대(남자)는 있었다. 또한 파리의 사창가를 자주 드나들었다고 한다. 그는 양성애자였다. 제1차 세계 대전 때 그는 애국심을 발휘하여 군대에 지원했지만 몸이 약해서 프랑스 부상병을 나르는 운전사로 복무했다.

모리스 라벨은 드뷔시, 포레와 함께 프랑스 인상주의 음악가로 여겨지지만 고전적인 측면을 보이고 있어 명확한 인상주의 음악가라고 말하기엔 무리가 따른다. 그는 주로 관현악곡과 피아노곡을 작곡했지만 가곡집, 오페라, 발레곡 등 다양한 장르의 여러 작품도 완성하여 프랑스를 대표하는 음악가 중 한 명으로 칭송받는다.

라벨의 가까운 친구인 이고르 스트라빈스키는 라벨의 복잡하고 정교한 음악에 빗대어 그를 '스위스 시계장인'이라고 말한 적이 있다. 그의 음악은 고전주의의 틀을 지키며 근대적인 감각을 발전시킨 것으로, 정교하고 치밀하다는 평을 듣는다. 그의 명성은 높아져 여러 나라로 연주를 다니기도 했지만, 심한 교통사고를 당해 그 후유증으로 결국 1937년 12월 28일 세상을 떠났다.

다프니스와 클로에
제2모음곡

라벨은 20세기 초 관현악의 거장 중 한 사람으로 불렸다. 무소륵스키의 피아노곡 〈전람회의 그림〉도 그가 훌륭하게 관현악으로 편곡해 완전히 새로운 작품으로 태어나게 했다. 발레음악 〈다프니스와 클로에〉에서도 헤매듯 용솟음치며 가라앉는 현악, 휘파람처럼 이국적인 분위기를 전해 주는 목관, 강렬한 금관이 우리를 밝고 커다란 소리의 화폭으로 이끈다. 그런데 이 작품의 무대는 에게 해의 터키에 가까운 레스보스 섬이다. '레즈비언'이라는 말의 어원이 된 곳이다. 강한 남성성을 시에 드러낸 고대 그리스 여류 시인 사포의 출생지였기 때문에 동성애와 연관 짓게 되었지만, 오늘날의 이 섬 주민들은 "동성애와 특별한 연관은 없다"고 말한다.

〈다프니스와 클로에〉는 줄거리가 모두 3부로 구성되어 한 시간여 동안 전개된다. 〈다프니스와 클로에〉는 당시 파리에서 선풍적인 인기몰이를 하고 있었던 '발레뤼스(러시아 발레단)'를 위한 작품이었다. 발레뤼스의 단장인 세르게이 디아길레프는 1909년에 다음 시즌 공연을 준비하기 위해 러시아와 프랑스의 작곡가들과 접촉하는 과정에서 라벨에게 새로운 발레음악의 작곡을 의뢰했다.

발레의 주제와 내용은 발레뤼스의 안무가였던 미셸 포킨이 제안했는데, 그는 고대 그리스의 작가인 롱구스의 목가적 로맨스를 참고하여 발레의 대본을 마련했다. 대본을 받아든 라벨은 일단 피아노용 초고를 마련한 다음 오케스트레이션에 착수하여 1912년에 총보를 완성했다. 이 발레의 줄거리는 고대 그리스 신화 중 양치기 다프니스와 그의 연인 클로에의 순수한 사랑 이야기를 담고 있다.

오늘날 〈다프니스와 클로에〉는 스트라빈스키의 〈봄의 제전〉처럼, 발레 무대에서보다 콘서트홀에서 더 자주 상연된다. 라벨은 그 음악을 '3부로 구성된 교향무곡'이라고 불렀다. 라벨이 이 곡에서 구현한 관현악의 묘사적·회화적 수법은 그야말로 절묘한데, 그중에서도 제3부 첫머리에서 동이 터 오는 정경의 처리가 두드러진다.

〈다프니스와 클로에 제2모음곡 Daphnis et Chloe suite no. 2〉은 제3부에서 발췌한 3곡으로 구성되어 있다. 특히 이 제2모음곡은 〈볼레로〉와 더불어 라벨의 작품 가운데 가장 널리 연주되는 곡목이 되었

240

다. 연주 시간은 약 16분이다. 제1곡 '해돋이' 장면은 해가 떠오르기 시작하며 새소리가 들려오는 가운데, 양치는 목자들이 피리를 불며 양떼를 몰고 지나간다. 목자들은 마침내 다프니스를 찾아냈는데, 얼마 후 클로에가 월계관을 쓰고 나타나자 둘은 기뻐한다. 오케스트라는 힘차게 울리며 태양이 점점 떠올라 그들을 축복한다.

이어지는 제2곡 '판토마임'은 다프니스와 클로에의 춤으로 시작한다. 서로 사랑을 맹세하는 두 사람을 둘러싸고 처녀와 남자들이 기쁨의 춤을 춘다. 제3곡 '모두의 춤'에서는 두 연인을 중심으로 많은 남녀가 뒤섞여서 춤을 춘다. 클라리넷이 주제를 연주하는 가운데 독특한 리듬의 곡이 시작되는데, 처음에는 억제되고 있었던 감정도 마침내 도취된 것처럼 고조되어 현이 표현하는 환희의 주제도 섞이면서 곡은 물결치듯 클라이맥스로 향한다.

물의 유희
Op.30

이 피아노 소품은 라벨이 26세 때에 쓴 것인데, 그의 선배인 드뷔시의 영향을 받은 인상적인 작품이다. 말하자면 리스트 이래 그가 새로운 독창성을 보여 준 곡이다. 맑게 갠 한낮, 하늘로 뿜어 오르는 분수가 햇빛을 받아 아롱지며 사라져 가는 모습을 신선하게 잘 그려 냈다. 조용하게 아르페지오로 시작되는 서두는 이 작품의 분위기를 여실히 드러낸다.

라벨은 피아니스트로서 매우 작은 손을 가지고 있어서 옥타브 연타의 어려움이 많았다. 이 같은 난점을 지녔던 라벨의 피아노곡들이 쇼팽, 리스트로 이어지는 난해한 레퍼토리 계보를 잇고 있다는 것은 아이러니이다. 하지만 테크닉적인 난이도나 음향에 있어서 오케스트라를 방불케 하는 〈거울〉과 〈밤의 가스파르〉 같은 곡을 라벨은 전혀 무리 없이 연주해 냈다고 한다. 왕성한 창작 활동을 보이던 20대 청년기에 이미 대표적인 피아노곡인 〈물의 유희 Jeux d'eau〉와 〈소나티네〉를 발표하였다.

라벨의 음악에는 숲 속에서 날개 치는 새, 광대, 밤의 환상 등 밤의 풍경과 꿈속에서 배태되는 황홀경의 세계가 펼쳐진다. 음으로 그림을 그리고 싶어 했던 수많은 음악가들의 오래된 숙원이 라벨의 품위 높은 음악을 통해 비로소 이루어진 것이다.

당대의 다른 예술가들과 마찬가지로 라벨은 그 무렵 예술가들이 모이는 살롱을 드나들면서 상류사회나 예술인들과 긴밀한 교류를 가졌고, 그들을 위해 작곡하였으며 그 속에서 작품을 발표하였다. 라벨은 그가 다니던 살롱의 여주인이었던 폴리냐 대공 부인을 위해 〈죽은 왕녀를 위한 파반느〉를 작곡하였다. 하지만 그는 그다지 맘에 들어 하지 않았고, 피아니스트들이 이 작품을 연주하면서 과도한 센티멘털리즘에 빠지는 것을 끔찍이 싫어했다. 후일 그는 이 곡을 소관현악 악보로 편곡하였는데, 이 곡이 피아노 원곡의 분위기를 한층 더 풍성하게 살려 주고 있다.

1902년 4월 5일 파리의 살 플레이엘에서 열린 국민음악협회 연주회에서 라벨이 가장 신뢰했던 스페인 출신의 피아니스트 리카르도 비녜스Ricardo Viñes (1875~1943)의 연주로 〈죽은 왕녀를 위한 파반느〉와 함께 〈물의 유희〉가 초연되었다. 라벨은 이 작품을 자신이 사랑하는 스승인 가브리엘 포레에게 헌정했다. 청중은 초연과 동시에 출판으로 이어진 이 작품에 대해 열광했다. 작곡가는 다음과 같이 말한 바 있다. "무엇보다도 물을 피아노 음으로 형상화한 이 음악은 물의 음악에 있어서 선구자적인 리스트의 〈순례의 해〉 중 '세 번째 해'에 포함된 '에스테 빌라의 분수'의 전통을 고스란히 계승했다고 할 수 있다." 한 방울씩 떨어지는 물, 분수의 솟구침, 그리고 거칠게 흐르는 물의 다양한 소리가 〈물의 유희〉에서 잘 표현되고 있다.

처음 등장하는 주제는 물방울이 떨어지거나 흩날리는 듯한 느낌을 주는 조용하면서 선율적인 오스티나토[29] 형태를 띠고 있다. 그리고 두 번째 주제는 인상주의적인 5음계로서 수직적인 첫 주제와는 대비되는 수평적인 형태로 등장한다. 5분 정도의 연주 시간이 소요되는 이 짧은 작품은 이 두 개의 주제가 소나타 형식의 범주 내에서 자유롭게 제시되고 변형되는 것이 특징이다. 왼손과 오른손을 오가며 주제 선율과 물방울을 표현한 모습들이 등장하다가 음악은 정돈되지 않은 카덴차에 이르고, 목가적인 분위기로 물의 여정을 마무리 짓는다.

---

29) 어떤 일정한 음형을 악곡 전체를 통하여, 혹은 통합된 악절 전체를 통하여 같은 음높이로 되풀이 하는 것을 말한다.

마누엘 데 파야

개인주의적 경향과 함께 낭만파 음악의 바탕이 된 또 하나의 사조는 국민주의이다. 국민주의가 가장 강렬했던 나라는 독일로, 나폴레옹의 세계 정복에 대한 반발에서 국민성에 눈뜨고 국민주의를 강화하게 되었다. 이 국민주의는 유럽 각국으로 확산되고, 특히 19세기 후반 러시아의 국민주의는 범슬라브 민족운동에 뿌리를 내린 강력한 것으로서, 그 음악은 전 세계에 큰 영향을 미쳤다. 또 프로이센-프랑스전쟁의 패배로 프랑스에서도 새로운 국민음악운동이 일어났으며, 이에 의해서 프랑스는 근대음악에서의 지도권을 장악하게 되었다. 국민주의의 발전과 함께 세계 각국에는 국민음악이 새로 생겨나 화려한 음악의 꽃을 피웠다. 국민주의는 문학과의 결합을 통해 음악에 다시없는 큰 힘이 되었다.

스페인은 이러한 19세기의 음악적 변화가 거의 무색할 정도로 본래의 음악에 충실했다. 독일 낭만파와 바그너리즘도 스페인에는 영향을 미치지 못했다. 반면 19세기 말, 스페인 민족주의 음악사가史家들의 각성으로 그 본래의 음악을 충실히 활용할 수 있게 되었다. 음악학자, 지칠 줄 모르는 민족적 뿌리의 탐구자, 게다가 스페인 음악의 기초를 세운 펠리페 페드렐Felipe Pedrell(1841~1922) 덕분에 스페인 음악이 전통적 유산을 되찾는다. 그리고 스페인 음악의 레나시멘토(르네상스)를 완성한 음악가라고 하면 역시 파야다.

스페인 특유의 풍미, 소용돌이 치는 풍경, 사람들의 열정은 파야가 작곡한 모든 곡에서 잘 드러난다. 파야의 음악은 스페인 그 자체이다. 그는 스페인에서 태어난 작곡가들 중에서 가장 위대한 인물이며, 그의 음악은 스페인이 그곳 사람들에게 의미하는 것을 담아내고 있다.

마누엘 데 파야Manuel de Falla (1876~1946)는 스페인 남부 안달루시아의 항구 도시 카디스에서 태어났다. 파야는 아버지로부터 안달루시아의 피를, 어머니로부터는 카탈루냐의 피를 이어받았다. 19세기 말부터 일어난 스페인 음악 부흥운동에 영향을 받았던 그는, 이삭 알베니스(1860~1909)와 엔리케 그라나도스(1867~1916)의 뒤를 이어 스페인 음악의 근대적인 조명에 참여할 수 있는 조건을 갖추었던 셈이다. 그는 마드리드에서 명교수인 펠리페 페드렐 밑에서 작곡을 배우며 유년시절을 보냈고, 1907년 파리로 유학을 갔다. 그곳에서 그는 라벨, 드뷔시, 뒤카, 알베니스 등의 작곡가와 리카르도 비녜스와 교류하며 자신의 지평을 넓힐 수 있었다. 그는 1905년에 완성한 베리스모 계열의 오페라 〈허무한 인생〉을 개정하여 1913년 니스에서 초연하여 주목을 받았고, 이후 마드리드로 돌아와 1916년 〈사랑은 마술사〉를 초연했다.

1917년, 파야는 제1차 세계대전 동안 작곡한 판토마임 발레를 위한 두 장면짜리 곡 〈정부 관리와 방앗간 마누라〉를 체임버 오케스트라를 위한 곡으로 편곡하여 발표한다. 파리 발레뤼스의 세르게이 디아길레프(1872~1929)로부터 이 곡의 재편곡을 의뢰받은 파야는 대규모 오케스트라가 연주하는 2막짜리로 바꿔 〈삼각모자〉라는 제목을 붙이고 1919년 7월 22일 런던의 알함브라 극장에서 초연하여 큰 호응을 얻었다. 무대 미술과 의상은 피카소가 맡았다. 초연 때 디아길레프는 파야에게 오케스트라 지휘를 의뢰했지만, 이렇게 복잡한 곡을 지휘한 경험이 없다고 생각한 파야는 첫 번째 리허설만 지휘했다고 한다. 이 작품의 대본은 스페인의 소설가 알라르콘(1833~1891)의 소설을 각색한 것으로, 음악은 남부 스페인의 정서를 잘 표현했다는 평을 받는다.

이 발레곡에서 시장市長은 늘 삼각모자를 쓰는데, 이 모자는 권위를 나타낸다. 〈삼각모자〉는 힘없는 자에게 부당하게 행사되는 권력과 이에 대응하는 민중을 상징적으로 묘사한 작품이다.

1970년 스페인은 100페세타 지폐에 마뉘엘 데 파야의 얼굴을 실었다. 프랑코의 스페인 통치에 반대한 파야는 1939년 아르헨티나로 이주하여 그곳에서 생을 마쳤다.

스페인 정원의
밤

그의 모든 작품 가운데에서 인상주의적이고 스페인적인 열정은 바로 〈스페인 정원의 밤Nights in the gardens of Spain〉에서 가장 잘 드러난다. 1차 세계대전이 일어나 1914년 스페인으로 돌아온 그는 오래전부터 솔로 피아노를 위한 녹턴을 구상했던 곡을 카탈루냐 피아니스트인 리카르도 비녜스의 권유로 피아노가 가세한 오케스트라를 위한 작품으로 쓰기 시작했다.

이 작품은 '오케스트라를 위한 교향시'와 같은 제목을 달고 있지만 파야의 작품 가운데 가장 아름다운 곡으로 순수한 교향곡도 아니고 그렇다고 피아노 협주곡도 아니다. 드뷔시적인 분위기로 가득 차 있는 이 작품은 스페인의 대표적인 정원의 인상을 그린 것이지만, 형식적으로 전통적인 3악장의 피아노 협주곡을 연상시킨다. 파야의 명료한 개성과 그만의 인상주의적 기법에 의한 색채감이 또렷하게 드러난다. 이는 선배들의 어법과도 구분되고 프랑스 작곡가들과도 다른, 파야만의 독창성을 보이는 것으로서 20세기 스페인 음악의 진일보를 이루어 낸 작품이라고 할 수 있다. 그런데 이 곡에서는 뭔가 모르는 우수가 전반적으로 흐른다. 천국을 잃은 자들의 탄식 소리가 아닐까?

1915년 완성된 뒤, 1916년 4월 9일 마드리드 왕립극장에서 호세 쿠빌레스의 피아노와 이 작품의 의뢰자인 아르보스의 지휘로 초연되었다. 개정판은 1921년 런던에서 작곡가의 피아노 연주로 상연된 뒤, 1923년에 출판되었다. 그리고 파야는 이 작품을 오케스트라 작품으로 만드는 데 결정적인 역할을 한 비녜스에게 헌정했다. 이후 스페인 음악의 옹호자이자 이 작품의 초연에 참관한 아르투르 루빈스타인 또한 이 작품을 자주 연주했을 뿐만 아니라 세 번이나 녹음했다.

이 〈스페인 정원의 밤〉은 어디까지나 지극히 스페인적인 요소들, 조금 더 자세히 말하자면 안달루시아 지방의 아름다움과 그 정서를 극대화한 밤의 노래이다.

오토리노 레스피기

Ottorino
Respighi

'오페라의 나라' 이탈리아에서 태어난 오토리노 레스피기Ottorino Respighi (1879~1936)는 스승들의 영향을 받아 관현악에 뜻을 두게 된다. 우선 볼로냐 음악원에서 그를 가르쳤던 루이지 토르토는 이탈리아에 독일 교향악기법을 도입한 사람이다.

레스피기는 1900년에서 1903년까지 러시아에 체류하면서 상 페테르부르크 음악원에서 림스키-코르사코프에게 관현악기법을 배웠다. 또한 그는 베를린에서 막스 브루흐에게도 배웠다. 레스피키는 1913년 34살에 로마의 산타 세칠리아 음악원 작곡 교수로 추대되었으며 10년 뒤에는 이 음악원의 원장이 되어 많은 작곡가를 배출했다. 그 사이에 교향시 〈로마의 분수〉, 관현악곡, 발레음악, 바이올린 협주곡 등을 작곡했다. 레스피기는 이탈리아의 옛 음악을 연구하여 림스키-코르사코프의 동양적인 관현악법이나 드뷔시의 인상주의 음악처럼 색채적인 음악을 써냈다. 흔히 라벨의 후기인상파를 색채주의라고 말하지만, 레스피기 음악의 색채성은 더 오묘하다.

음악사에서 흔히 슈만 부부의 사랑 이야기가 오르내리지만, 레스피기와 그의 아내 엘사 올리비에리 산쟈코의 부부 사랑 또한 그에 못지 않다. 1919년 결혼한 15살 아래인 그의 아내 엘사는 작곡가로서 이름을 날린 여성으로서 레스피기가 완성하지 못한 오페라 〈루크레치아〉를 완성하여 예술적인 부부 사랑을 승화시킨 것으로도 알려져 있다.

로마의 분수

1953년 윌리엄 와일러 감독이 제작한 영화 「로마의 휴일」은 세계인들의 가슴에 로마를 향한 감동을 심어 놓았다. 가녀리면서 수줍음으로 감춰진 오드리 햅번의 청순한 미모는 영화 속 분수의 투명함과 이상적으로 잘 어울린다. 트레비 분수와 햅번의 아름다운 이미지는 잘 시들지 않는 가을 국화의 향기 같다고 할 수 있을까?

지구상에서 로마만큼 분수가 많은 곳이 또 있을까? 누군가가 "로마의 분수를 보는 것만으로도 로마를 본 것과 마찬가지다."라고 했는데, 이것은 결코 과장이 아니다.

〈로마의 분수 Fontane di Roma〉는 레스피기가 3부작으로 작곡한 로마시리즈의 첫 번째 교향시로, 1917년 작곡되었다. 수많은 분수 중에서 4개를 골라 그것들이 아름답게 보이는 새벽, 아침, 낮, 저녁때의 인상을 음화音畵로 꾸몄다. 그 해에 로마에서 초연되었으며 악보에는 각 주제별로 정경 묘사에 관한 상세한 설명이 붙어 있다. 연주 시간은 약 16분이다. 초연당시 이 작품에 대한 평가는 매우 좋지 않아 레스피기는 실의에 빠졌고 한동안 이 작품을 잊고 있었다. 그 이듬해인 1918년 2월 토스카니니의 지휘로 〈로마의 분수〉가 다시 연주되었다. 그때 이 곡이 대단한 호평을 받자, 레스피기는 〈로마의 소나무〉와 〈로마의 축제〉를 구상하게 된다.

제1곡 새벽, 줄리아 골짜기의 분수. 발레 줄리아는 로마 북쪽에 있는 계곡이다. 이 계곡에 바로크풍의 아름다운 분수가 있는데, 이 새벽의 아름다운 풍경을 목가적으로 표현했다.

제2곡 아침, 트리톤의 분수. 이 분수는 바르베리의 광장에 있는 인어의 조각으로 장식되어 있다. 트리톤 (반인반어의 해신)이 아침 햇빛을 받아 춤추는 환상을 그렸다.

제3곡 한낮, 트레비의 분수. 로마에 있는 가장 화려한 분수로 바다의 신과 군상들로 구성되어 있다. 금관악기의 화려한 팡파르가 옛 로마의 찬란한 영광을 표현한다.

제4곡 황혼, 메디치장의 분수. 로마의 동북쪽 핀치오 언덕 위에 있는 르네상스 시대 메디치가의 아름다운 궁전 정원에 있는 분수다. 첼레스타의 맑은 울림과 함께 목관과 현악의 선율이 향수를 자극한다.

벨라 버르토크

19세기부터 20세기까지 헝가리의 국내 정세는 불안했다. 오스트리아로부터 독립을 주장하며 1848년 혁명을 일으켰으나 1867년 헝가리-오스트리아 제국이라는 이중 국가가 탄생했다. 제1차 세계대전에서 패전국이 된 헝가리-오스트리아 제국은 신생독립국에 땅을 나누어 주게 되어 국토는 3분의 1로, 그리고 국민은 3분의 2로 줄어들었다. 제1차 세계대전 후 헝가리는 독립을 선언했지만 불운은 여기서 끝나지 않았다. 독일에 협력한 헝가리는 제2차 세계대전에서도 패전국이 되었으며, 소련의 세력권에 들어가 1949년에는 헝가리 인민공화국이 수립되었다.

벨라 버르토크Bela Bartok (1881~1945)[30]는 소심한 아이로 자라났다. 그는 어른이 되어서도 매우 내성적인 성격이었고 감정적인 고립감을 느끼는 일이 잦았는데, 이 또한 어린 시절의 경험에서 비롯된 것이 적지 않을 것이다. 버르토크의 첫 번째 아내 마르터는 남편과 아주 친밀한 교감을 나눌 수 있는 유일한 사람이 네 살 터울 여동생 엘자밖에 없었다고 회고한 적이 있다.

1904년 4월부터 벨라는 누이와 함께 헝가리 시골에 몇 개월간 머물렀다. 그는 바로 이곳에서 우연히 마을의 소녀가 부르는 헝가리 민요를 듣게 되었다. 이것을 계기로 그는 민요의 아름다움에 눈뜨게 되었고 헝가리 민요를 수집하기 시작했다. "이 마을에서 저 마을로 다니며 나는 내 민족의 진정한 음악을 들었다 … 그 음악이 내게는 일종의 계시였다."고 그는 후에 기록했다.

벨라는 1905년에서 1906년에 걸쳐 친구인 졸탄 코다이와 함께 헝가리 민요의 뿌리를 조직적으로 조사하기 시작했다. 그리고 이 작업이 벨라에게 크나큰 전기를 가져다주었다. 버르토크와 코다이는 협력하여 하이든, 슈베르트와 브람스의 '헝가리풍'의 작품에 나타나는 선율과 리듬이 표면적인 범주를 벗어나지 못함을 알게 되었다. 그들은 이런 점을 실증하기 위해 농촌으로 조사 여행을 떠나 거기서 소박한 민족음악이 풍부하게 존재한다는 사실을 발견했다. 매년 6개월은 시골 마을을 돌면서 민속적인 자료를 수집하고 나머지 6개

---

30) 헝가리에서는 이름을 성과 이름 순서로 적으므로 '버르토크 벨라'로 표기해야 하지만, 유럽인 표기의 관례대로 벨라 버르토크로 표기했다. 버르토크 외의 헝가리인들의 이름도 위와 같은 표기법을 따랐다.

월은 작곡에 몰두했다. 버르토크가 일생 동안 채집한 민요는 힝가리로부터 슬로바키아, 루마니아, 터키 그리고 아프리카의 것까지 모두 14,000곡이 된다.

벨라의 음악이 생경하게 들릴 수 있겠지만 진입 장벽만 넘고 나면 아름다운 세계의 세계를 발견할 수 있다. 우리는 그의 음악 속에서 신선하고 자극적인 풍경을 만나게 되고, 섬세한 선율과 거칠게 귀를 때리는 음악이 공존하는 것을 알게 된다. 벨라는 분석적 지성의 소유자였지만 궁극적으로는 자연을 신뢰하며 곡을 썼다.

벨라는 1907년 부다페스트 음악원의 피아노 제자이며 미래의 아내가 될 마르터 지에글레르(1893~1967)를 만난다. 마르터는 벨라를 처음 만났을 때 겨우 14살이었고 벨라는 26살이었다. 나이 차이가 12살이나 났지만 그들은 곧 서로에게 깊은 매력을 느꼈다. 1908년 벨라는 마르터에게 피아노소품 〈소녀의 초상〉을 헌정했다.

그의 관현악 작품들은 유럽 전역에서 다양한 계층의 청중을 만났으며 순회연주 때마다 논란을 불러일으켰다. 비평가들은 그의 작품에서 질서 없는 음만 들을 수 있을 뿐이라고 평했다. 버르토크는 그의 활동 기간 내내 무시되었으며 거친 무조의 작곡가로 인식되었다. 1909년 버르토크는 16살의 마르터와 결혼하고 이듬해에 아들을 낳아 이름을 자신과 같은 벨라라고 지었다.

제1차 대전이 끝난 후 헝가리에는 무질서와 고통이 엄습했지만 이런 혼란 속에서도 버르토크는 두 개의 〈바이올린과 피아노를 위한 소나타〉를 완성했고, 1922년에는 영국 · 프랑스 · 독일 · 이탈리

254

아를 돌며 연주여행을 해 성공을 거두었다. 특히 〈소나타 제1번〉이 환영을 받았으며 많은 비평가들은 그의 피아노 연주가 완벽하다고 평했다.

1921년, 그는 마르타를 만났던 것과 똑같은 상황에서 미래의 두 번째 부인이 될 디터 파스토리를 만났다. 당시 그녀는 19살의 학생이었다. 그들이 결혼했을 때 디터는 21살, 버르토크는 41살이었다. 두 사람은 결혼한 지 1년이 채 되기 전에 아들 페테르를 낳았다. 기쁨에 찬 버르토크는 관현악곡 〈무용모음곡〉을 만들었다. 이것은 오늘날 그의 작품 중 가장 인기 있는 곡이다.

1938년, 히틀러는 오스트리아를 침공했다. 이 사건 자체도 우울했지만 버르토크에게 더욱 힘든 것은 그의 출판업자가 오스트리아에 있었고 나치가 모든 인세의 지불을 중단시켰기 때문에 그가 수입을 잃게 된 일이었다. 대부분의 동료들은 미국으로 망명했으나 버르토크는 조국에 남았다. 버르토크는 망명에 대해서는 몹시 망설였다. 그의 작품 대부분이 거의 다 자신의 조국과 연관되어 있었기 때문이다. 버르토크의 음악은 각별하다. 그의 음악은 극적이고 명상적이며 악마적이라는 평을 듣는다. 그의 모든 음악은 특유의 긴장감과 독특한 리듬감에서 출발한다.

버르토크와 디터는 1940년 10월 미국으로 연주여행을 했다. 이 여행을 계기로 그들은 파시즘을 피해 미국에 남게 되었다. 그때 버르토크의 나이는 60세였다. 처음 5년간 미국 생활은 암울하고 비참했다. 뉴욕의 컬럼비아 대학에서 연구원으로 봉급을 받았으나 작곡가와 연주가로서의 그의 존재는 거의 무시되었다. 미국에서 그는 고국의 익숙한 환경에서 얻은 영감의 메아리로부터 단절된 이방인 이었다. 평범하지 않은 성격과 행동에 대한 작곡가 본인의 이런저런 이야기 때문인지 많은 전문가들은 버르토크가 일종의 자폐증을 잃고 있었던 것으로 추측한다.

1945년 초까지 그는 〈비올라 제3협주곡〉의 초고를 쓰고 아름다운 〈피아노 협주곡〉을 거의 완성했다. 하지만 그는 건강을 잃고 그해 9월 26일 사망했다. 그는 세상을 떠난 지 불과 몇 년도 지나지 않아 세계 무대에서 가장 인기 있는 현대 작곡가가 되었다. 죽음 후의 영광이 예술사에 꽤 있듯이 그도 그런 전형이다.

동유럽이라는 지역 속에 묶이는 세 작곡가 벨라 버르토크, 졸탄 코다이, 레오시 야나체크를 묶어 주는 동질성은 마자르, 모라비아, 보헤미아의 시골 민요들이다. 이들은 시골 들녘을 찾아다니며 농부와 유랑자들에게서 현대와 미래를 찾았다. 농부와 함께 살아야만 알 수 있다는 신념으로 젊은 시절을 그렇게 보냈다. 버르토크는 남에게 영합하지 않는 고결함을 지키면서 단순하고도 아름다운 일생을 살았다.

관현악을 위한 협주곡

버르토크의 〈관현악을 위한 협주곡Concerto for orchestra〉은 그의 곡들 중 가장 자주 연주되는 곡이자 현대음악 중에서도 가장 자주 연주되는 곡으로, 1945년과 1955년 사이에 전 세계 곳곳에서 200회 이상 연주되었다. 이 곡이 초연될 때 버르토크는 왜 이 곡을 교향곡이 아니라 협주곡이라고 부르는가에 대해 설명했다. 그는 이 작품의 길이와 구성은 교향곡 형식이지만 개별 악기나 악기 군을 협주나 독주 형식으로 다루고 있기 때문에 협주곡으로 부른다는 견해를 밝혔다. 버르토크는 헝가리 민속음악의 풍부한 가락과 리듬을 융합시켜 자기만의 독특한 작품을 만들었다.

서주에서 현악기의 떨리는 소리와 플루트의 간헐적인 소리가 뉴욕주 새러낵 호숫가 숲에서 영감을 얻은 듯한 어두운 야상곡 분위기로 고조시킨다. 이윽고 좀 더 엄격한 리듬의 알레그로로 새로운 주제가 시작된다. 제1주제는 박자가 서로 다른 현의 연주로 고조된다. 심벌즈가 굉음을 울리고 나서 평온한 주제를 주고받는 조용한 목관의 연주로 돌아간다.

제2악장은 버르토크의 가장 유쾌한 스케르조이다. 작은 북에 맞춰 개개의 악기들이 짝으로 등장한다. 여기서 버르토크는 개개 악기가 표현할 수 있는 최고의 개성을 끄집어낸다.

3악장은 '비가悲歌'로서 버르토크 특유의 어둡고 드라마틱한 야상곡풍 음악으로 구성되어 있다. 4악장은 스케르초 악장으로 클라리넷의 경쾌한 선율이 중심을 이룬다. 여기서 클라리넷의 선율은 쇼스타코비치의 〈교향곡 7번〉에 나타나는 침공의 주제와 유사한데, 버르토크는 이 선율을 풍자와 조소의 도구로 사용했다. 이 선율은

레하르의 오페레타 〈즐거운 미망인〉에 나오는 것인데, 이 오페레타
는 히틀러가 좋아했던 것으로 알려져 있다. 즉, 이 악장에는 버르
토크의 고향에 대한 향수와 망명의 원인을 제공한 자에 대한 조소
가 담겨 있다고 여겨진다.

　마지막 5악장에서는 짤막한 금관의 섹션이 끝나자마자 현이 광속
으로 돌진하고 관현악기들이 순차적으로 이 흐름에 동참한다. 우울
한 목관과 함께 안개 낀 밤의 호숫가 같은 분위기로 되돌아간다.

자크 이베르

Jacques
Ibert

이베르의 본격적인 작곡활동은 프랑스의 거의 모든 20세기 작곡가들이 그렇듯이 1919년에 로마대상을 받은 후부터였다. 자크 이베르의 음악세계는 '무엇이다'라고 정의 내려 말하기가 어렵다. 그것이 그의 음악의 특징이다.

20세기로 접어들면서 프랑스에는 드뷔시를 중심으로 인상주의 음악 사상이 주류를 이룬 때였다. 기존 질서를 벗어나 주제 대상의 불확실한 묘사, 생동하는 색채 등 영감의 세계에서 흐르는 소리를 악보에 옮겨 적었던 것이다.

그러면 이베르는 어떤 작곡가였을까. 이베르는 현대 프랑스에서 어떤 주의主義에 들어가지 않은 심미파의 대표자라고 할 수 있다.

그는 프랑스 음악의 조류를 타지 않았다. 이베르를 심미파라고 한 것은 다듬어지고 정제되고 안정된 미의 완성을 유지하는 것을 항상 최고의 목표로 했기 때문이다.

파리에서 1890년에 태어나 1962년 파리에서 세상을 떠난 이베르는 파리국립음악원에서 페사르에게 화성학을 그리고 폴 비달에게 작곡을 배웠다. 제1차 대전의 발발로 그는 해군사관으로 종군해야 했다. 이 기간에 음악수업이 방해를 받았지만, 바다에서 겪은 경험은 후에 그의 음악에 많은 영향을 미친다.

이베르의 초기 작품들 중 피아노 부문에서도 그의 대표작을 남기고 있는데, 그것은 1921년 작품인 〈이야기〉라는 곡이다. 이것은 10개의 소곡이 묶여져 있는 피아노 소품으로 슈만의 〈어린이 정경〉, 드뷔시의 〈어린이 차지〉, 포레의 〈돌리〉 등으로 이어지는 어린이 세계를 그린 일련의 피아노 모음곡이다. 〈이야기〉의 10곡에는 '금거북이의 경비원', '귀여운 흰 노새', '늙은 거지', '바람둥이 처녀', '슬픔의 집에서', '버려진 궁전', '여자 물장사' 등 각기 다른 표제의 내용을 담은 형식을 취하고 있다.

음악사에 굵은 선을 긋지는 않았으나 오히려 그 선을 벗어나 자유를 추구하기 위해 노력했다는 점으로 볼 때, 이베르에게서는 자신에게 충실한 작가정신을 엿볼 수 있다.

기항지

전쟁에서 돌아온 이베르는 1919년 전후에 로마대상의 일환인 로마유학 중 참전의 경험을 토대로 한 〈기항지Escales〉를 발표해 호평을 받는다. 항해 중인 배나 비행기가 목적지로 가는 도중에 잠시 들르는 항구나 공항을 기항지라고 일컫는다. 〈기항지〉는 그의 초기 작품을 대표하는 곡으로, 참전 중에 지중해에서 얻은 인상과 스페인을 여행한 경험 등을 모아서 이탈리아, 아프리카, 스페인 항구도시의 정경을 세 곡으로 묶어 묘사한 곡이다.

제1곡 '로마-팔레르모'는 플루트와 트럼펫의 음색이 돋보이는 곡으로, 로마에서 지중해로 가로질러 팔레르모로 향하는 여정을 그려 냈다. 제2주제는 트럼펫이 빠른 4분의 2박자로 이탈리아 춤곡인 타란텔라 리듬을 연주하며 남극의 인상을 전한다. 제2곡 '튀니스-네프타'는 북아프리카의 회교도의 고장인 튀니스에서 네프타로 향하는 사막과 오아시스의 밤의 인상을 그린 곡이다. 제3곡 '발렌시아'는 지중해에 인접한 스페인 항구의 부산한 분위기를 담은 곡이다. 스페인 춤곡의 리듬과 탬버린, 캐스터네츠 등 다양한 타악기의 색채가 돋보이는 음악이다.

드뷔시가 칸느에서 유년 시절을 보냈던 지중해는 이베르에게도 음악적 영감을 제공하여 〈기항지〉를 쓰도록 했다. 이베르는 그의 음악에 지방 이름을 붙이는 것을 꺼려했고 악보에도 그 이름을 적지 않았다. 하지만 1924년 이 음악이 파리에서 초연된 후 이베르는 프랑스의 「쿠리에 무지컬」지에 그의 음악이 지중해 여행 후에 떠올랐다고 인정했다. 그는 2악장에서 그를 매혹했던 튀니지의 동양풍 리듬과 독특한 음악적 색채를 빌려 오기도 했다.

조지 거쉰

20세기를 넘어 21세기 현재까지 미국은 대중예술은 물론 음악, 미술 등 예술 전반에 걸쳐 독보적인 위치를 점하고 있다. 막대한 자본, 뛰어난 인재들, 그리고 이질적인 것들을 포용하는 자유스러운 사회적 분위기까지 겸비한 미국의 문화 콘텐츠 생산력은 다른 어느 나라도 감히 넘볼 수 없을 정도다. 하지만 이러한 미국이 20세기 초반만 해도 문화예술의 불모지였고 변방국에 불과했다.

20세기 초, 중반에 걸쳐 유럽에서 발발한 두 차례의 세계대전과 이념 논쟁으로 미국은 단번에 문화 강국으로 발돋움하게 되었다. 이념 논쟁과 전쟁을 피해 신천지 미국으로 망명한 예술가들이 미국의 문화예술의 발전에 원동력이 된 것이다. 대부분의 미국 음악가

263

들은 유럽에서 건너와 미국에 정착한 사람들이다. 하지만 지극히 예외적인 경우도 있다. 바로 조지 거쉬인George Gershwin이 그 예외적인 첫 번째 사례라고 할 수 있다.

조지 거쉬인은 뉴욕의 브루클린에서 1898년 9월 26일 제이콥 거쉬빈Jacob Gershvin이라는 이름으로, 1890년대 초에 러시아에서 이민 온 유대계 가정에서 둘째 아들로 태어났다. 조지 거쉬인은 그의 'Gershvin'이라는 성을 전문적인 음악가가 된 후에 'Gershwin'으로 바꾸었고, 다른 가족들도 모두 조지 거쉬인을 따라 성을 바꾸었다. 조지가 12살이 되던 해 어느 날, 어버지는 첫째 아들 아이라의 음악 교육을 위해 피아노 한 대를 사 왔다. 그러나 정작 이 피아노를 가장 열심히 친 사람은 조지와 어동생 프란세스였다. 조지의 음악적 재능에 놀란 부모는 찰스 햄비처라는 유능한 피아니스트에게 그의 교육을 맡겼고, 햄비처는 1918년 그가 죽을 때까지 조지 거쉬인에게 피아노 교습은 물론 유럽의 다양한 클래식 음악에 대해 가르쳐 주었다. 음악에 심취한 거쉬인은 후에 전통적 음악 이론은 루빈 골드마크에게, 전위적인 음악 이론은 헨리 코웰에게 배우며 음악적 소양을 키워 나갔다.

1919년 뮤지컬 〈스와니〉가 큰 성공을 거두면서 그는 곧 이 분야의 정상에 우뚝 올라서게 되었다. 1920년대에 그의 연주회용 작품과 뮤지컬은 미국에서 대성공을 거두었으며, 1928년에는 유럽 순회연주로 세계적인 명성도 얻었다.

20대 초반의 거쉬인은 훤칠하고 건장한 청년이었다. 매부리코에

넓은 이마, 툭 튀어나온 턱은 결코 미남이라고는 할 수 없었지만 성적 매력을 풍겼다. 사회적으로 성공하면서 그는 늘 여성 파트너를 갈아치웠고 무수한 염문을 뿌렸으며 사창가도 자주 드나들었다. 그는 연애 상대를 쉽게 구했지만 깊은 사랑을 나눌 대상은 결코 찾지 못했다.

재즈뿐만 아니라 흑인 음악에도 관심이 많았던 거쉰은 그의 작품 속에 다양한 문화를 한데 녹여내 미국음악이 무엇인지를 보여주고자 노력했다. 그는 드뷔시와 라벨의 프랑스 모더니즘, 프란츠 리스트의 낭만주의 대가적인 기교, 알반 베르크의 무조주의 실험, 그리고 다양한 건반 음악 스타일을 배워서 익혔다.

뮤지컬이나 짧은 대중적인 곡들만 작곡했던 그는 〈랩소디 인 블루〉와 〈피아노 협주곡 F장조〉를 작곡하여 재즈와 고전 음악의 성공적인 결합을 선보였다. 이러한 작업을 통해 거쉰은 미국 음악의 정체성을 확립한 인물로 급부상하게 되었다. 짧은 시간 안에 미국에서 가장 유명한 작곡가이자 최고의 사교계 인사가 된 그는 미국을 넘어서 유럽에까지 그 명성이 퍼지게 되었다.

1928년 3월 말, 두 번째로 유럽에 건너간 그는 당시 파리의 현대 음악가들과 폭넓은 교류를 가졌다. 특히 다리우스 미요, 모리스 라벨, 프란시스 풀랑크, 이고르 스트라빈스키, 세르게이 프로코피에프 등과 친분을 쌓았고, 많은 연주회에 참석하여 최신 경향을 직접 체험하기도 했다. 이 가운데 뉴욕에서 만난 적이 있던 라벨의 소개를 받아 음악 교육가 나디아 블랑제를 만나 음악을 배우고 싶어 했지만, 나디아는 거쉬인에게는 가르칠 것이 아무것도 없다고 정중히 거절했다.

　30대 중반에 작곡법을 공부하여 새로운 전기를 맞이하기 시작한 그는 자신의 재능을 충분히 펼쳐 보지도 못한 채 39세라는 젊은 나이에 세상을 떠나고 말았다

랩소디
인 블루

　1924년 거쉬인은 낭만적 전통에 재즈를 결합시킨 아름다운 멜로디의 〈랩소디 인 블루Rhapsody in blue〉를 초연했다. 이 곡은 아마도 미국인이 작곡한 관현악곡 중 가장 유명한 작품일 것이다. 하지만 이 곡은 거쉬인 혼자 완성해 낸 작품은 아니다. 관현악 작업은 작곡과정에서 각 성부에 어떤 악기들의 조합으로 연주할지를 지정하는 일이다. 거쉬인은 음악교육을 제대로 받지 못하여 이 작품의 오케스트레이션(관현악법) 작업을 할 자신이 없었다. 그래서 관현악에 뛰어난 재능을 지닌 퍼디 그로페에게 마무리 작업을 맡긴 것이다. 이 곡의 도입부 클라리넷의 인상적인 글리산도도 클라리네티스트 고어먼의 아이디어였다고 한다. 이후 거쉬인은 관현악법뿐 아니라 화음을 붙이는 화성악도 공부했다.

　거쉬인은 빈센트 로페스가 재즈와 클래식을 융합하는 자신의 실험을 표절해서 선수를 치려고 한다는 비난을 듣는다. 더 이상 시간

266

이 없었다. 마침내 작품을 쓰기로 결심한 그는 서둘러 작품을 썼다. 1931년 거쉬인은 그의 첫 전기 작가인 아이작 골드버그에게 이렇게 말했다.

"그건 기차 안이었다네. 열차 바퀴가 선로 이음새와 마찰하는 덜컹거리는 소리는 종종 작곡가들에겐 좋은 자극이 되지. 마치 악보에 적혀 있는 것 같았다네. 다른 주제는 어떤 것도 귀에 들어오지 않았지. 주제 선율은 이미 마음에 있었고 작품 전체를 파악하려고 했다네. 그건 마치 미국을 묘사하는 음악적 만화경이나 다름없었지."

원래는 두 대의 피아노를 위한 곡이었던 이 작품에 붙였던 제목은 '아메리칸 랩소디'였다. 〈랩소디 인 블루〉라는 명칭은 형 아이라 거쉬인이 조지에게 제안한 것이다. 아이라는 미국의 화가 제임스 맥닐 휘슬러의 전시회에서 '검은색과 금색의 녹턴: 떨어지는 불꽃', '회색과 검은색의 구성' 등을 관람하고 나서 이 같은 명칭이 떠올랐다고 한다.

곡의 첫 부분은 봄날의 나른함을 연상하게 하는 달콤한 멜로디로 시작한다. 그러다가 곧이어 언제 그랬냐는 듯 사이렌 소리를 연상시키는 클라리넷 독주로 곡의 문을 연다. 이어서 피아노가 독주를 이어 받는 듯하더니 관현악기들이 동원되어 웅장한 선율을 토해 낸다. 그러다가 다시 피아노로 받는다. 음악장르에 편견이 없고 거부

감도 없었던 거쉬인의 자유롭고 즉흥적인 선율이 매력적인 〈랩소디 인 블루〉의 한 토막이다. 우디 앨런 감독의 1979년 영화 「맨허튼」에 〈랩소디 인 블루〉의 나른한 선율이 흐른다.

파리의
미국인

거쉬인이 두 번째 파리 체류 기간에 얻은 가장 큰 소득이라면 파리를 배경으로 한 교향시 〈파리의 미국인 An American in Paris〉에 대한 새로운 아이디어를 얻을 수 있었다는 점이다. 일종의 자전적 스케치와도 같은 작품으로서 작곡가가 샹젤리제 거리를 산책하는 동안 카페에서 흘러나오는 댄스음악과 자동차 경적 소리 등등 파리의 갖가지 모습이 묘사되고, 더불어 뉴욕에 대한 향수로서 블루스라는 중요한 모티브와 브로드웨이의 댄스 음악이 등장한다. 〈랩소디 인 블루〉와 〈피아노 협주곡 F장조〉와 비교했을 때 음악적으로나 내용적으로 훨씬 세련되어졌다고 말할 수 있고, 더군다나 거쉬인이 자신의 음악에 늘 포함시켰던 피아노를 사용하지 않았다는 점에서 그가 음악적으로 변화하고자 하는 열망이 강했음을 짐작할 수 있다.

거쉬인은 이 〈파리의 미국인〉에 대해 다음과 같이 언급한 바 있다. "이 새로운 작품은 실질적으로 랩소디 풍의 발레로서 자유로운 형식이자 이전에는 시도한 바 없는 현대적인 작품이다. 시작 부분은 드뷔시나 6인조[31]의 방식을 차용한 전형적인 프랑스 스타일이지만 주제는 모두 독창적인 것이다. 이 음악에서 나는 파리를 방문한 한 미국인이 산책하면서 거리의 다양한 소음을 들으며 프랑스의 공기를 들이마셨을 때 받은 인상을 음악으로 그리고자 했다." 1928년 8월 1일 뉴욕에서 피아노용 스케치를 마친 뒤, 그해 11월 18일에는 오케스트레이션을 끝마쳤다. 그리고 1928년 12월 13일 카네기 홀에서 월터 담로슈가 지휘하는 뉴욕 심포니 오케스트라(현재 뉴욕 필하모닉의 전신)의 연주로 초연이 이루어졌다.

제1부 알레그로 그라찌오소는 현과 목관으로 나타나는 최초의 선율이 호기심에 차 두리번거리며 즐겁게 활보하는 미국인의 모습을 그리고, 자동차 경적 같은 느낌이 유머러스하게 나타난다. 제2부 안단테에서는 향수에 젖은 듯 바이올린 선율이 달콤하게 흐르다가 급전되면서 떠들썩한 춤곡이 된다. 이 제2부는 전곡을 통해서 가장 변화가 많고 매우 유쾌하다. 제3부 알레그로는 낙천적인 미국인의 성격을 그리면서 마지막에 제1부 서두로 돌아가 다시 자동차 경적과 즐거운 행진곡이 된다.

31) 1918년 미요, 오네게르를 중심으로 6인의 젊은 프랑스 작곡가들로 구성된 모임을 일컫는다. '6인조'라는 명칭은 이 6인의 작곡가들이 음악회를 열었는데 음악비평가 앙리 콜레가 '러시아인의 5인조'에 비유한 것에서 유래한다. 이들은 낭만주의와 인상주의에 대한 반항으로 우아한 것에 대해 반발하고 대위법으로 복귀하는 등의 경향을 보였다.

38

호아킨 로드리고

　호아킨 로드리고Joaquin Rodrigo (1901~1999)는 스페인 발렌시아 지방에서 태어났다. 스페인에서는 1905년까지만 해도 치명적인 디프테리아가 돌아 많은 아이가 죽었다. 로드리고는 디프테리아에서 회복되기는 했지만 시력을 잃었다. 로드리고의 화려하고 그림 같이 아름다운 음악은 거의 실명상태였다는 비극적인 사실과는 전혀 어울리지 않는다.

　로드리고의 음악적 재능을 키워 준 것은 그를 가르친 여러 교사였다. 1925년 로드리고는 이미 초기 작품으로 명성을 쌓기는 했지만 교사들은 해외에 나가 배워야 한다고 충고했다. 로드리고는 파리의 음악사범학교에 입학해 폴 뒤카에게 배웠다. 파리 유학은 그라나도

스와 마누엘 데 파야를 비롯한 스페인 음악가들의 전례를 좇은 것이다. 그중 파야는 로드리고의 삶과 음악에 큰 영향을 미쳤다.

그러던 중 1928년 7월 31일, 로드리고의 〈새벽 수탉 전주곡〉 악보가 「르 몽드 뮈지칼」을 통해 널리 알려졌다. 부유한 유태계 터키인 집안 출신으로 당시 파리에 거주 중이던 피아니스트 빅토리아 캄히(1905~1997)는 잡지에 실린 전주곡의 악보를 보고 그 곡을 쓴 인물에 대해 흥미를 갖게 되었다. 그러던 어느 날, 친구의 집에서 열린 파티에서 마침 로드리고를 만난다.

두 사람은 곧 사랑에 빠진다. 하지만 빅토리아의 아버지는 둘 사이의 교제를 달가워하지 않았다. 로드리고는 앞을 못 보는 맹인이었고 소득도 변변찮은데다 확실한 직장이 생길 가망도 보이지 않았기 때문이다.

한편 스페인은 이곳저곳에서 폭동이 일어났고 많은 도시에 계엄령이 선포되면서 사회 분위기는 갈수록 혼란스러워지기만 했다. 이런 와중에 1933년 1월 19일 마침내 그들은 결혼식을 올렸고, 다음날 마드리드로 떠나 함께 살 집을 찾아 나섰다. 하지만 그들 앞에 놓인 삶의 여정은 순조롭지 못했다. 로드리고는 여전히 수입이 일정하지 못했고 부모로부터 지원을 받지 않으면 생활이 불가능한 상태가 지속되었다. 로드리고는 훗날 "빅토리아는 삶과 굶주림, 일과 영광을 나와 함께 나눴다."고 술회했다.

1941년에 외동 딸 세실리아가 태어났다. 이 당시 로드리고는 작곡에 몰두해 〈영웅협주곡〉, 〈여름협주곡〉 등을 발표했다. 그의 명성은 날로 높아 갔다. 로드리고는 수많은 기악곡과 관현악곡 외에도 60곡이 넘는 가곡을 작곡했다.

로드리고의 곡을 들으면 시각적인 아름다움, 즉 미술적인 아름다움을 느낄 수 있다. 이런 뜻에서 로드리고는 암흑 속에서 음악을 창조했지만 원초적인 색채를 풍부하게 나타낸 것이다. 로드리고가 실제로는 사물을 전혀 보지 못하는 맹인이지만, 자기 작품 속에서는 색채를 느꼈다는 것을 알 수 있다.

아랑후에스 협주곡

로디리고 부부는 당시 저명한 기타리스트이자 스페인 문화계의 주도적 인물인 레히노 사인스 델라 마사를 만나 식사를 하게 되었다. 이 자리에서 누군가가 로드리고에게 기타협주곡을 써 보면 어떻겠느냐고 제안했다. 결국 로드리고의 인생을 송두리째 바꾸어 버리고 그의 이름을 전 세계에 알릴 씨앗이 이 자리에서 뿌려진 것이다.

1939년 로드리고는 〈아랑후에스 협주곡 Concierto de Aranjuez〉을 완성했다. 이 해는 로드리고 부부가 내전을 피해 파리에 머물 때이며 내전이 끝난 시점이기도 하다. 이 곡은 기타와 오케스트라를 위한 최초의 협주곡이자 20세기의 가장 유명한 협주곡 중 하나가 됐다. 이 곡을 작곡할 당시, 아내가 유산으로 위독한 상태여서 기도하는 심정으로 음악을 만들었다고 한다. 그는 조국을 무척 사랑

272

했고 스페인의 풍경과 역사에서 받은 낭만적 인상을 곡으로 표현했다. 국왕 후안 카를로스 1세는 1991년 그에게 '아랑후에스 정원 후작'이란 작위를 내렸다.

〈아랑후에스 협주곡〉이 지닌 최대 강점은 스페인이라는 나라와 스페인의 민족유산을 음악으로 멋지게 그려 냈다는 데 있다. 스페인 민속 악기에서 빼놓을 수 없는 기타를 이용해 지중해 생활의 색깔, 분위기, 멜로디 그리고 발랄함이 커다란 슬픔으로 돌변하는 역설을 포착하고 있기 때문이다. 고전적인 구조에 스페인 민요풍 모티브를 지닌 로드리고의 기타 협주곡들은 음색이 훌륭하지만 음량이 작아 소품연주에만 쓰이던 기타의 영역을 넓혀 기타를 주요 협주악기의 하나로 자리 잡게 하는 데 크게 이바지했다.

아랑후에스는 마드리드 남쪽 45㎞ 떨어진 곳에 있는 작은 도시 이름이며, 이곳에 스페인 왕족이 머무는 여름 궁전이 있다. 아랑후에스 궁전은 비옥한 평야지대에 있으며 아름다운 정원과 건축물 그리고 스페인 왕실의 진귀한 유물들이 소장되어 있는 것으로 유명하다.

이 곡의 1악장은 스페인 춤곡다운 리듬의 기타독주가 관현악의 여린 지속음을 바탕으로 도입부를 시작하는데, 감동을 주며 우선 스페인적 이국정서라는 품속으로 우리를 끌어들인다. 2악장에서는 작곡자가 기타를 잘 치지는 못했지만 기타의 묘미를 잘 살리고 있기 때문에 기타의 정적인 매력에 사로잡힌다. 3악장은 론도형식이어서 주제가 되풀이되며 어딘가 어두운 느낌을 주는데, 이것은 어둠 속에서만 살아온 작곡자의 심경이 은연중에 나타난 것은 아닐까!

39

새뮤얼 바버

Samuel
Barber

새뮤얼 바버Samuel Barber(1910~1981)는 미국 펜실바니아주 웨스트 체스터에서 태어났다. 그는 일곱 살 때 처음으로 곡을 썼고, 열 살 때는 오페라를 쓸 정도로 일찍부터 작곡에 재능을 보였다. 14세 때부터 21세까지 필라델피아의 커티스 음악학교에서 공부하고, 프리쯔 라이너에게서 지휘를 배우고, 로자리오 스칼레로에게서 작곡을 배운 그는 1934년 스물네 살의 나이로 음악원을 졸업했다. 그는 커티스에서 이탈리아 출생의 미국 작곡가 잔 카를로 메노티를 만나게 되는데, 그와는 평생 파트너로 지냈다.

바버는 오페라 〈바네사Vanessa〉와 〈브릿지의 손A hand of bridge〉을 각각 1957년과 1959년에 발표했는데, 대본은 모두 메노티가 썼다. 제2차 세계대전 중인 1942년에는 군에 입대하였다.

이후 그는 모교의 교수로 지내며 작곡 활동을 이어 갔다. 바버는 그의 작품에 12음기법과 다조성 등 새로운 음악어법을 도입하기도 했지만, 기본적으로는 낭만파의 전통을 이어받아 풍부한 선율감과 서정주의에 넘치는 작풍을 보여 미국인들의 사랑을 받았다.

바버는 1935년, 퓰리처상[32]을 그 이듬해 아메리카 로마 대상을 받아 이탈리아에 유학을 가게 되는데, 그곳에서 〈현악 4중주곡 제1번〉과 〈교향곡 제1번〉을 작곡한다. 이 두 곡은 바버의 출세작이며 이 작품들로 그는 유럽에서도 인정을 받게 되었다. 이외에 오페라 〈안토니우스와 클레오파트라〉, 〈바이올린 협주곡〉, 〈첼로 협주곡〉, 〈관현악 서곡〉 등이 있다.

유럽이 승전국 패전국 가릴 것 없이 깊은 전쟁의 후유증을 앓고 있을 때지만 미국은 상황이 좀 달랐다. 1차 세계대전이 끝난 후, 미국은 유래 없는 호황을 맞이했다. 미국은 기업의 생산성 향상과 능률성 제고로 1920년대 기업가들은 황금시대를 맞이했다. 그러나 제1차 세계대전이 끝나면서 패전국들은 막대한 전쟁 보상금을 내기 위해 더 많은 돈을 찍어 내야 했으며 그 결과는 인플레이션이었다. 패전국들은 경제적 파국을 맞게 되었다.

---

32) 미국에서 가장 뛰어난 업적을 보인 언론·문학·음악작품에 수여되는 상. 언론·문학·음악작품 분야에서 미국 내 최고로 권위 있다고 평가받는 상이다 퓰리처상은 1911년 사망한 미국의 신문왕 조셉 퓰리처의 유산을 기금으로 하여 1917년 창설되었는데, 뉴스·보도사진 14개 분야와 문학·드라마·음악 7개 분야에서 수상자를 선정하며 매년 4월 수상자를 발표한다.

이처럼 1920년대의 미국은 물질적으로는 풍요로웠으나 정신적으로는 1차 세계대전의 충격에서 아직 벗어나지 못했다. 미국에서는 지나친 주식가격의 폭등을 두려워 한 사람들이 주식을 내다 팔기 시작하면서 공황이 시작되었다. 1929년 주식 시장의 붕괴는 환상에 마침표를 찍었고, 1930년대는 더 큰 난관에 봉착했다. 많은 유럽 국가의 실업, 민족주의와 반유대주의, 전체주의 정권의 대두로 국제적인 긴장감이 조성됨에 따라 여러 나라가 속절없이 제2차 세계대전으로 휩쓸려 들어갔다.

바버가 한참 활동했던 기간인 1930년대에는 전례 없이 많은 바이올린 협주곡이 탄생했다. 이 중에는 이고르 스트라빈스키(1931), 아르놀트 쇤베르크(1940), 카롤 시마놉스키와 보후슬라프 마르티누(1933), 다리우스 미요(1934), 알반 베르크(1935)와 세르게이 프로코피에프(1935), 벨라 버르토크와 에른스트 블로흐(1938), 벤자민 브리튼(1940), 카를 아마데우스 하르트만(1939), 파울 힌데미트(1939), 새뮤얼 바버(1940), 윌리엄 월턴(1939) 등의 곡이 있다.

현을 위한
아다지오 Op.11

이탈리아에 머무는 동안 바버가 메노티와 함께 아르투로 토스카니니의 별장을 방문했는데, 그때 그에게서 작품을 청탁받는다. 바버는 거장에게 인정받은 사실에 기뻐하며 〈관현악을 위한 에세이〉

와 함께 〈현을 위한 아다지오〉 악보를 토스카니니에게 보냈다. 그런데 얼마 후 아무런 설명도 없이 우편으로 악보가 되돌아왔다. 바버는 토스카니니에게 무시당한 것 같아 크게 실망한다. 사실 바버의 악보를 본 토스카니니는 작품에 흡족하여 악보를 모두 암기하였지만, 아무 답 없이 바버에게 악보를 모두 보낸 것이다. 메노티를 통해 자초지종을 알게 된 토스카니니는 악보가 되돌려진 이유를 설명해 주며 연주회 날짜를 잡고 있다는 계획도 함께 알리자, 바버의 오해는 풀리게 되었다.

아다지오는 원래 그가 1936년에 작곡한 〈현악 4중주〉의 느린 악장으로 쓰려고 만든 것이었다. 토스카니니는 자신의 연주 목록에 이 곡을 편곡하여 추가하였고 미국 전역에 방송된 뉴욕연주에서 초연했다. 그는 남미 순회공연에서도 이 곡을 연주했다. 이 작품은 곳곳에서 큰 반향을 일으켰다. 이 곡의 강렬하고 애수 어린 선율은 우아한 호소력을 지닌다. 그래서 이 곡은 루스벨트 대통령 장례식에서, 존 F. 케네디, 그레이스 켈리 등의 추모식에서 연주되었고 1981년 1월 바버 본인의 장례식에서 다시 한 번 연주되었다.

바버의 음악적 기법은 결코 혁신적인 것은 아니지만, 로맨틱하면서도 이지적인 특징을 보이고 있다. 초기엔 스트라빈스키의 영향이나 재즈의 혼용도 보이지만, 보수적이면서도 미국의 현대 생활을 반영한 기지와 신선함이 그의 작품들 속에 녹아 있다.

참고자료

· 김대웅 역, 무대 뒤의 오페라. 서울: 아침이슬, 2004.

· 김동진 외, 음악대사전. 서울: 세광출판사, 1982.

· 김병화 역, 멘델스존, 그 삶과 음악. 서울: Photonet, 2010.

· 김병화, 하이든, 그 삶과 음악. 서울: Photonet, 2010.

· 김형수 역, 리스트, 그 삶과 음악. 서울: Phono, 2015.

· 문성모 역, 모차르트 이야기. 서울: 예솔, 2006.

· 문학수, 더 클래식. 서울: 돌베개, 2014.

· 민은기 외 역, 그라우스의 서양음악사. 서울: 이 앤 비 플러스, 2009.

· 배준석, 명반의 산책: 발크/르네상스 편. 서울: 파워북, 2009.

· 오재원, 필하모니아의 세계 I, II. 서울:아름다운 사람들, 2010.

· 유윤종, gustav@donga.com

· 이대우 역, 권력과 예술가들. 서울: 우물이 있는 집, 2015.

· 이석호 역, 로드리고: 그 삶과 음악. 서울: Phono, 2014.

· 이석호 역, 바그너, 그 삶과 음악. 서울: Photonet, 2013.

· 이세진 역, 음악의 기쁨 1, 2, 3. 서울: 북노마드, 2014.

· 이종길 역, 매독. 서울: 도서출판 길산, 2004.

· 이진수 역, 엘가, 슈트라우스, 홀스트, 로드리고. 서울: 타임 라이프
  북스, 1990.

· 이채훈, 클래식 400년의 산책. 서울: 호미, 2005.

· 임선근 역, 말러앨범: 교향곡에 세계를 담은 음악가의 초상. 서울: 포노, 2011.

· 임선근 역, 모차르트, 그 삶과 음악. 서울: Photonet, 2010.

· 임선근, 피아노의 역사. 서울: Phono, 2004.

· 임희근 역, 쇼팽, 그 삶과 음악. 서울: Photonet, 2010.

· 장호연 역, 하워드 구달의 다시 쓰는 음악 이야기. 서울: 뮤진트리, 2015.

· 정준극, http://blog.daum.net/johnkchung/6823325

· 조병선, 클래식 법정. 서울: 뮤진트리, 2015.

· 홍승찬, 클래식이 필요한 순간들. 서울: 임프린트, 2012.

· 홍은정 역, 피아노를 듣는 시간. 서울: 한스미디어, 2013.

· Goss, Madeleine, The life of Maurice Ravel. New York: Goss Press, 2007.

· Horowitz, Joseph, Classical music in America. New York; W.   W. Norton & Co., Ltd., 2005.

· Kennedy, Michael, Oxford concise dictionary of music. Oxford: Oxford Univ. Press. 1996.

· Libbey, Ted, The NPR Listener's Encyclopedia of Classical   Music. New York: Workman Publishing, 2006.

· Robertson, Alec, Dvorak. London: J. M. Dent & Sons Ltd., 1964.

· Sachs, Harvey, Virtuoso. New York: Thames and Hudson,   1982.

· Watson, Derek, Liszt. Oxford: Oxford Univ. Press, 2001.

· Wiley, Roland John, Tchaikovsky. Oxford: Oxford Univ. Press, 2009.

· Wikipedia, https://en.wikipedia.org